신화 전설이 된
영웅의
이세계담 ④

타테마츠리 / 일러스트 미유키 루리아

아우라

"……약한 소리는
하지 않겠어."

"나는 그란츠 황가처럼
썩지는 않았어."

스카아하

오구로히로

"이런 때야말로 냉정해져야 해."

"……히로."

리즈

―너를 죽일 자의 이름이다.

"히로
레이 슈바르츠 폰 그란츠."

이세계담 영웅의 신화 전설이 된

4

타테마츠리 지음

미유키 루리아 일러스트

송재희 옮김

INDEX

프롤로그

전장 일대는 수많은 시체로 뒤덮였다.

나무들은 불탔고, 시꺼먼 연기가 맑은 하늘을 온통 가렸으며, 가시지 않는 녹슨 냄새가 충만했다.

"하아아아!"

그런 지옥의 양상을 보이는 전장에서 붉은 머리 소녀가 아름답게 날뛰고 있었다.

공기에 섞인 시체 냄새를 흩으며 악몽이라고 해야 할 정경을 베어 내듯 춤추었다.

그럴 때마다 절규가, 노호가, 다양한 원망이 생겨났다.

그러나 아무리 많은 적병을 베어도, 아무리 많은 시체로 산을 쌓았어도—.

—이 절망적인 상황은 바뀌지 않았다.

소녀는 거친 숨을 토하고서 활활 타는 붉은 검을 지면에 찔러 넣었다.

"……사면초가라는 게 이런 걸까."

주위를 둘러봐도 아군의 모습은 한 명도 보이지 않았다.

도망칠 길은 이미 막혀 있었다. 마지막까지 따라 주었던 병사들도 숨을 거뒀다.

체력도 얼마 남지 않았으니 이제 소녀가 포위를 돌파하는 것은 불가능했다.

피보라가 시야를 가리는 가운데, 하늘을 올려다본 소녀는 표정을 다잡았다.

"하지만 만나자고 약속했는걸. 쉽게 포기할 수는 없어."

쌍흑의 소녀과 했던 약속을 떠올린 소녀는 다시 붉은 검의 칼자루를 움켜쥐었다.

성장한 자신을 보여 주겠다고, 반드시 재회하자고 약속했다.

―그렇다면 무릎을 꿇을 수는 없다.

자신을 에워싸는 적병을 위협하듯 소녀는 칼끝을 옆으로 휘둘렀다.

"자, 덤벼. 나는 이런 곳에서 안 죽어."

팔이 잘려도, 다리를 잃어도, 반드시 도달해 보이겠다.

쌍흑의 소녀이 기다리는 곳으로, 그의 웃음을 다시 한 번 보기 위해서―.

소녀는 힘껏 검을 치켜들고 적병과 맞섰다.

"괜찮아, 나는 이런 곳에서 끝나지 않아!"

뇌리에 어른거리는 소년에게 미소를 지은 소녀는 달려 나갔다.

예리한 창끝이 시야를 가득 메우는 그곳으로―.

그 끝에 있는 소년 곁으로 달려가듯이―.

붉은 눈동자에 확실한 결의를 담고, 소녀는 쇄도하는 적들

속으로 대담하게 베어 들어갔다.

목표를 정할 필요는 없었다. 눈을 감고 공격하더라도 맞을 것이다.

그저 한 번 휘둘렀을 뿐— 그것만으로도 피가 대지를 빨갛게 물들였고 비명이 하늘을 뒤덮었다.

소녀의 기백에 호응하여 붉은 검이 눈부시게 반짝이며 업화의 불길을 흩뿌렸다.

그때, 기세를 몰아 적병을 도륙해 나가던 소녀가 묘한 기척을 느끼고 움직임을 멈췄다.

"……뭐지?"

주위에서 북소리가 울렸다.

고양된 함성이 적진에서 크게 터져 나왔다. 우렁찬 외침은 대지를 뒤흔들었고, 발소리는 오장육부를 움켜잡았다.

시야를 가득 메운 인파가 갈라지더니 그 사이에서 여기사 한 명이 나타났다.

"승패가 정해졌는데도 계속 저항하는 그 모습에 실로 감복할 만하군."

환성 속에서도 여성의 맑은 음성은 고막에 녹아들었다.

"그러나 결국 수적 열세를 뒤집을 수는 없어. 이쯤에서 막을 내리도록 하지."

여성은 마치 인자한 어머니처럼 미소를 지으며 한 손으로 솜씨 좋게 푸른 창을 휘둘렀다.

그 간단한 동작의 여파로 지면이 부서졌다. 부서진 지면의 수많은 파편이 여성을 중심으로 모래 먼지를 일으켰다. 공간이 삐걱거릴 정도의 위력이 뿜어져 나오고 있었다.

"결코 눈을 돌리지 마라. 항상 앞을 봐라."

공기가 터지는 소리가 났다.

"그러지 않으면— 죽을 것이다."

순식간에 여기사의 모습이 눈앞까지 다가와 있었다.

소녀가 황급히 붉은 검을 상단자세로 올렸지만 무시무시한 충격이 몸을 꿰뚫었다.

"윽……?!"

"그러면 돼. 하지만 잘못 봤군."

피부를 강렬하게 자극해 오는 한기, 맞받아친 푸른 창에서 냉기가 흘러나오는 것이 느껴졌다.

이변을 깨닫고 시선을 돌리자— 창날을 막은 붉은 검이 얼어붙고 있었다.

"그래서 뭐 어쨌다는 거야!"

소녀는 몸을 앞으로 구부리며 붉은 검을 힘껏 밀어내 창을 뿌리쳤다.

"지금부터야!"

그러나 아무리 마음이 강해도, 아무리 기백을 가지고 있어도, 한 번 기싸움에서 밀리면 공격은 생기를 잃게 된다.

그래도 소녀는 과감하게 공격을 이어갔다. 푸른 창에서 뿜어져 나오는 한파 때문에 이마에 맺혔던 땀이 얼어붙어도, 메마른 입술이 찢어져 피가 배어나도, 목적지에 도달하기 위해 필사적으로 계속 저항했다.

"하지만 여기까지다."

"으, 윽……."

겨우 한 호흡이었다. 다음 공격을 위해 잠시 숨을 돌린 것이 치명적인 결과를 낳았다.

창끝이 부드러운 살갗을 가르자 소녀의 미려한 얼굴이 고통에 일그러졌다.

"아악—!"

이어서 창이 소녀의 어깨를 꿰뚫자 선혈이 후방으로 튀었다.

소녀는 격통에 정신을 빼앗겨 완전히 움직임을 멈추고 말았다.

"끝이로군."

여기사가 푸른 창을 땅에 찔러 넣고 한 손을 들었다.

그러자 호기임을 깨달은 적병들이 필사적인 형상으로 소녀에게 달려들었다.

위험을 감지한 붉은 검이 강렬한 빛을 내뿜었지만, 곧바로 푸른 창에서 뿜어져 나온 냉기에 휩싸여 무산되었다.

"아직…… 끝날 수는……."

눈동자는 여전히 강한 의지를 담고 있었으나, 패를 잃은 소녀가 포학(暴虐)의 폭풍을 막을 방도는 없었다.

"……히로."

소녀는 재회하길 원했던 소년을 향해 손을 뻗었다.

하지만 희망은 찾아오지 않았고, 소녀는 한순간에 적병의 파도에 삼켜졌다.

제1장 파란의 개막

가도로 떨어지는 황금색 잎사귀가 가을이 왔음을 실감케 했다.

바람에 잔잔히 물결치는 가지와 가지, 잎과 잎이 스치며 마치 춥다고 투덜거리는 것처럼 흔들렸다. 자연의 음색으로 가득 찬 그곳에 포장된 도로 하나가 존재했다.

샤인 대공로(大公路)— 그란츠 대제국이 탄생한 초기 무렵, 당시 5대 귀족이었던 샤인 가문이 만든 도로이기에 그 이름이 붙었다. 현재는 국가가 관리하고 있으며 일정 간격을 두고 역이 설치되어 있었다. 그러나 이른 아침이기도 해서 사람의 왕래는 적었고, 달리는 역마차도 한 손으로 헤아릴 수 있을 정도였다.

그런 조용한 도로 위를 한 사두마차가 전속력으로 내달리고 있었다.

비정상적인 속도로 달려 나가는 마차의 앞부분, 그곳에 앉은 갈색 피부의 여성이 솜씨 좋게 마차를 몰았다.

"히로 님! 곧 대제도입니다!"

바퀴가 돌을 밟아 마차가 크게 흔들렸을 때, 갈색 피부의 여성이 그렇게 외쳤다.

그녀의 이름은 후긴— 원래는 리히타인 공국에서 용병 일을 하던 여성이었다.

한때 노예 해방군에서 부관 보좌를 맡았으나 지금은 히로의 사병으로 활약 중인 여장부였다.

"알겠어. 이대로 황궁으로 가 줘."

간결하게 고한 이는 히로— 평소의 온화한 얼굴은 자취를 감추고 험악한 표정을 짓고 있었다.

히로는 조급해지는 마음을 진정시키고자 가슴 부근을 움켜잡고 심호흡을 되풀이했다.

'허둥대 봤자 소용없어. 우선은 황제를 알현해서 이야기부터 해야 해…….'

내용은— 페르젠 속주에서 안부를 알 수 없게 된 리즈와 아우라에 관해서다.

레벨링 왕국에서 도리쿠스로부터 이야기를 전해들은 지 벌써 일주일이 지났다.

대제국으로 돌아가면 더욱 자세한 이야기를 들을 수 있을 터였다.

어쩌면 그녀들의 무사를 확인할 수 있을지도 모른다.

하지만 자신의 냉정한 부분이 그렇게 원활히 풀리지는 않을 거라고 알리고 있는 것도 사실이었다.

"세리아 에스트레야 전하께는 정령검 5제 중 하나인 『염제』가 있고, 아우라 준장은 유례를 찾아보기 힘든 지모를 갖추고 있습니다. 분명 두 분 다 무사하실 겁니다."

옆에 앉은 도리쿠스가 히로의 불안을 누그러뜨리려 했다. 하지만 일시적인 위안도 되지 않았다.

그러나 자신을 생각해서 꺼낸 발언을 부정할 수도 없었고, 입을 열면 호통이 튀어나갈 것 같았기에 히로는 그냥 고개만 끄덕였다.

"히로 님, 짐 검사인 모양입니다."

그 목소리에 반응하여 얼굴을 들자 후긴이 마부석 쪽에 난 창문을 열고 마차 안을 들여다보고 있었다.

"알겠어. 이야기는 내가 할게."

히로는 소파에서 살짝 몸을 일으켜 옆에 설치된 창문으로 바깥 모습을 살폈다.

현재 히로 일행의 마차가 달리고 있는 곳은 대제도로 연결된 다리 위였다.

다리 위에는 인근 마을 주민, 살벌한 분위기를 풍기는 용병, 타국의 상인이 한밑천 잡고자 웃고 있는 모습 등, 다양한 목적을 가진 사람들과 직종으로 넘쳐 났다.

그들은 하나같이 대제도로 연결된 거대한 정문을 향해 가고 있었다. 그곳에서는 병사들이 짐을 검사 중이었고, 통행 허가증 등을 제시해야 했다.

"거기 마차, 멈춰라! 어느 나라 사람이지?"

병사 몇몇이 히로 일행의 마차로 달려왔다. 그 표정은 잔뜩 경계하는 것처럼 보이기도 해서 일반인이라면 주눅이 들 만큼 무시무시한 분위기를 자아냈다.

히로는 민중이 소란을 피우지 않도록 자신의 소속을 나타내는 문장기를 내걸지 않은 상태였다. 그것이 병사들에게는 역효과였는지 히로 일행의 마차는 눈 깜짝할 사이에 포위되어 버렸다.

"아아, 경계하지 않아도 돼."

히로가 창문으로 얼굴을 내밀자 짐 검사 담당의 대장으로 보이는 자가 놀란 토끼 눈을 했다.

"일단…… 내 얼굴은 본 적 있을 것 같은데. 황제 폐하의 서명이 있는 편지를 보여 주면 통과시켜 주려나?"

황제의 인새가 찍힌 편지를 꺼내 손가락 사이에 끼고 팔랑팔랑 흔들자 대장의 얼굴이 새파래졌다.

"이, 이게 누구십니까! 히로 슈바르츠 전하 아니십니까!"

침을 튀길 기세로 말하나 싶더니 꼿꼿하게 서서 경례를 했다.

그 탓에 주변 사람들까지 그 말을 듣게 되어 눈 깜짝할 사이에 주위가 소란스러워졌다.

이건 위험했다. 주위 병사들이 필사적으로 제지하고 있지만, 사람들은 히로를 한 번이라도 보고 싶어서 웅성거리며 인파를 이루어 마차를 에워싸려 하고 있었다.

"……지금 서두르고 있는지라 가능하면 조용히 황궁으로 가고 싶어."

히로는 검지로 마차 천장을 가리켰다.

왜 문장기를 내걸지 않았는지 헤아려 달라는 동작이었다.

그것을 알아차린 대장은 확연하게 당황한 모습으로 주위를 둘러보았다.

"죄, 죄송합니다. 당장 사태를 수습하겠습니다!"

대장은 진땀을 흘리면서 과장된 손짓을 섞으며 목소리를 냈다.

"다들 흩어져라! 단순히 닮은 사람이었다! 이런 곳에 히로슈바르츠 전하가 계실 리 없잖은가! 평범한 길거리 재주꾼의 마차다!"

반쯤 내던지는 외침이었지만 임기응변치고는 나쁘지 않았다.

주위 사람들은 곧장 납득했는지 투덜거리면서도 짐 검사 대열로 돌아갔다.

"폐를 끼쳤으니 사죄의 뜻으로 이 마차는 먼저 통과시켜 줘라!"

그렇게 대장이 말하자 그의 부하가 인파를 가르고 들어가 마차가 달릴 수 있도록 길을 터 주었다. 마차가 다시 달리기 시작했고, 히로는 뒤쪽에 달린 창문으로 바깥을 바라보았다.

대장이 몇 번이고 머리를 숙이는 모습이 보였다. 벌을 받을 것이라고 생각하는지 그 얼굴은 불쌍할 만큼 창백했다. 그는 직무를 다했을 뿐이었다. 그것 때문에 히로가 기분 상할 리도 없거늘…….

'나중에 사자를 보내서 치하하기로 할까…….'

어쨌든 먼저 통과시켜 줬기에 곧장 정문을 지날 수 있었다.

여기서부터는 중앙대로였다.

화려한 복장의 귀부인부터 시작해 타국에서 들여온 도예품에 모여든 지식인, 다양한 색감의 향신료를 음미하는 요리사, 노점에서 풍기는 향기로운 고기 냄새에 몰려든 아이들 등, 이른 아침인데도 불구하고 중앙대로는 활기로 가득했고 사람들은 늘어선 노점을 즐겁게 오가고 있었다.

페르젠 속주에서 일어난 사변 따위 전혀 개의치 않는 것 같았다.

'의도적으로 정보를 봉쇄했나 싶었지만…….'

단순히 정보가 아직 들어오지 않았을 것이다. 만약 정보를 손에 넣었다면 대제도의 화제는 하나로 통일되어 있었을 터였다.

무엇보다 사람의 입은 막을 수 없다. 서방 너머에 있는 속주의 일이더라도, 타국으로부터 많은 행상이 방문하는 대제도에서 정보 봉쇄는 불가능에 가까웠다.

'지금은 아직 퍼지지 않았지만 내일이나 모레에는 화제가 될 거야.'

대제도에서 『군신소녀』와 『염희』의 인기는 무시무시했다. 그런 그들이 패퇴했음을 알았을 때 민중은 어떤 반응을 보일까. 아마 여론은 호전(好戰) 쪽으로 기울 것이다.
<small>아프로디테</small>　<small>바르디테</small>

'그걸로 득을 보는 건 그란츠 대제국을 눈엣가시로 여기는 주변 나라들이야. 호시탐탐 약해지길 기다리고 있으니까…… 페르젠 속주에 너무 정신을 뺏기는 건 위험해.'

한시라도 빨리 페르젠 속주의 잔당군을 진압하지 않으면 서방부터 무너질 것은 명백하다. 그렇게 되면 더는 중앙 대륙 통일을 논하고 있을 수도 없다.

'……황제는 무슨 생각이려나.'

히로가 불안감을 억누르며 창밖으로 시선을 돌리니 마차는 그란츠 열두 대신이 내려다보는 중앙대로를 빠져나와 분수 광

<small>솔레이유</small>

장을 달리고 있었다.

여기서 북쪽으로 나아가면 장엄하게 우뚝 선 황궁 베네자인에 도착한다.

"무닌."

"예이."

히로가 이름을 부르자 얼굴이 온통 상처투성이인 남자가 자세를 바로 했다.

정면에 앉은 이 남자의 이름은 무닌. 마차를 몰고 있는 후긴의 오빠였다.

석 달쯤 전, 그란츠 대제국 남쪽에 있는 리히타인 공국에서 노예 해방을 내세운 반란군이 결성되었다. 무닌은 거기서 부관 보좌를 맡았으나, 그의 상관인 가더 메테오르가 제4황군에 패배하면서 그 또한 히로의 진영으로 들어오게 되었다.

"내가 황제 폐하를 알현하는 동안 동쪽 구획에 가서 『금사자 기사단』의 모습을 살피고 와 주지 않을래?"

황궁 베네자인의 광대한 부지는 장미원을 중심으로 사방으로 구분되어 있는데, 동쪽에는 제1황군의 정예 『금사자 기사단』의 주거와 훈련장이 마련되어 있었다.

남쪽은 망루와 대기소가 배치된 엄중한 입구이고, 북쪽은 국가의 중추인 황궁 베네자인, 마지막 서쪽은 유력 귀족의 저택이 늘어선 구획이었다.

"알겠습니다. 확실하게 조사해 오겠습니다."

평소에는 자유로운 분위기의 무닌이지만 이때만큼은 얌전

한 태도로 힘차게 고개를 끄덕였다.

"그리고 도리쿠스 씨한테도 부탁하고 싶은 게 있어."

"예! 무엇이든 말씀하십시오."

"슈트벨 제1황자의 모습을 살펴보고 와 줘. 무리일 것 같으면 최근에는 뭘 하고 있는지, 사소한 거라도 상관없으니 알아봐 줬으면 좋겠어."

"알겠습니다."

"그럼 두 사람 다 부탁할게."

""존명.""

두 사람의 대답을 들은 히로는 마차 문을 열고 땅에 내려섰다.

"히로 님! 저는 뭘 하면 좋을까요?"

그렇게 말을 걸어온 사람은 후긴이었다. 자기 혼자 아무 명령도 받지 못한 것이 불만인지, 혹은 불안한지, 얼굴에는 당황이 여실히 나타나 있었다.

"후긴은 마차에서 대기하도록 해. 줄곧 마차를 몰았잖아. 피곤할 테니 좀 쉬어야지."

"대, 대기인가요?"

"응. 쉬는 것도 일이니까. 후긴은 내가 돌아올 때까지 마차 안에서 대기야."

후긴을 설득하는 히로의 시야 끄트머리에서는 무닌과 도리쿠스가 맡은 일을 처리하기 위해 각처로 흩어지고 있는 모습이 보였다. 후긴은 그 모습을 한스럽게 바라보다가 포기했는지 탄식하고서는 히로에게 시선을 옮겼다.

"아, 알겠습니다. 히로 님이 그렇게까지 말씀하신다면 감사히 쉬겠습니다……."

마지못해 따른다는 느낌이었지만 후긴이 얌전히 수긍해 주었다.

"다행이다. 그럼 나도 갔다 올게."

히로는 뒤를 돈 채 손을 흔들며 황궁을 향해 발을 움직였다.

먼지 하나 없는 대리석 계단을 올라가니 호사스러운 문이 보였다. 좌우에는 용맹해 보이는 문지기가 서 있었다. 그들은 히로에게 예를 취한 후 문고리를 잡았다.

"히로 슈바르츠 전하, 기다리고 있었습니다. 기리시 재상께서 기다리고 계십니다."

히로가 눈앞까지 다가가자 문지기는 동시에 움직여 문을 열어젖혔다. 내부에 갇혀 있던 달콤한 향기가 희미하게 밖으로 새어 나오며 그 온기가 히로를 감쌌다. 오랜 세월이 담긴 건축물의 냄새는 마음을 안정시켜 준다. 그것이 1000년 전과 가까운 분위기를 풍기기까지 하니 히로가 그리움에 눈을 가늘게 좁히는 것도 무리는 아니었다.

'이곳에는 여러 가지 추억이 있으니까. 정말로 돌아온 기분이 들어.'

그런 향수(鄕愁)와도 닮은 감정을 품고 안으로 들어가자 많은 사람들이 히로를 기다리고 있었다.

선두에 있는 사람은 기리시 재상, 주위에 모여 있는 이들은 측근인 고관들이리라.

"히로 슈바르츠 전하, 기다리고 있었습니다."

"기리시 재상, 오랜만이네요."

짧게 인사를 나눈 후 기리시 재상은 공손한 태도로 몸을 옆으로 돌린 뒤, 고개를 숙였다.

"이대로 알현실까지 가시지요. 황제 폐하께서 기다리고 계십니다."

"알겠습니다."

기리시 재상의 재촉으로 히로는 걷기 시작했다. 그 뒤를 재상이 따라왔다.

고관들도 함께 오기 때문인지 많은 발소리가 복도에 메아리쳤다.

왜 그들이 따라올 필요가 있을까 의문스러웠지만 이내 그 의문은 풀렸다.

"기리시 재상님, 중앙 백성의 탄원서입니다. 무거운 세금을 강요하는 귀족을 어떻게 좀 해달라는 것 같습니다만 상대가 그 크로네 가문의 먼 친척이라……."

"내 이름으로 엄중히 주의하게. 이런 시기에 무장봉기라도 일어나면 곤란해."

"니클 가문의 자제가 황제 폐하께 알현을 요청하고 있습니다."

"……내버려 둬. 처우가 뒤집힐 일은 없으니 상대할 필요는 없어. 그런 사안으로 날 귀찮게 하지 말게."

"이쪽은 북방 귀족이 올린 건입니다. 새로운 광산을 발견한 것 같지만 험준한 협곡이라 괴물도 만연해서 토벌 비용 등의 일부 부담을 국가에 요구하고 있습니다.”

“그게 무슨 소린지……자세한 내용이 정리되어 있지 않잖나. 파발을 보내서 책임자를 데려와.”

고관들이 잇따라 보고서를 건네고 기리시 재상이 정확한 지시를 내렸다.

“히로 전하, 죄송합니다. 이런 곳에서 할 일은 아닙니다만…….”

“신경 쓰지 않으셔도 됩니다. 제가 들은 정보는 어느 것이나 기밀은 아닌 것 같으니까요.”

바쁜 와중에 짬을 내서 히로를 만나고 있을 것이다.

그렇기에 이렇게 걸어 가면서도 일 처리에 쫓기고 있었다.

그 이유도 어렴풋이 짐작이 갔다.

아마 페르젠 속주 안건을 우선적으로 처리하고 있는 탓에 다른 일이 뒷전으로 밀려 있으리라. 그쪽은 고관들의 일이지만, 조금 전 들은 안건들은 어느 것이나 미묘하게 판단하기 어려우니 독단으로 결정할 수 없었을지도 모른다.

그러나 기리시 재상의 다망함 따위 알 바 아니었다.

히로는 신경 쓰지 않고 앞을 본 채 입을 열었다.

“페르젠에서 작전 중이던 아우라가 고립됐을 뿐만 아니라, 리즈가 이끄는 군대가 드랄 대공국의 급습을 받아 패퇴했다고 들었습니다.”

“예, 맞습니다. 세리아 에스트레야 전하는 고립된 아우라 준장을 구하기 위해 군대를 움직이신 모양입니다만, 그때 드랄 대공국이 측면을 공격해 와서…….”

기리시 재상의 뜸 들이는 말투에 짜증이 난 히로는 말을 끊고 재촉했다.

"두 사람의 안부는?"

"아우라 준장은 가까운 성채로 도망친 듯하지만…… 세리아 에스트레야 전하는 안타깝게도 드랄 대공국에 붙잡히셨다고 합니다."

그 음성에 담긴 무게— 그것을 헤아린 히로는 입을 다물고 말았다.

그래도 지금까지 쌓은 경험이, 길러 온 지식이— 뇌리에서 순식간에 전술을 구성해 갔다. 무엇이 최선이고, 그녀를 구하려면 무엇이 필요한지…….

드랄 대공국 측에 붙잡혔다면 그에 상응하는 거래 재료를 준비해야 했다. 하지만 페르젠 잔당군이 상대라면 그 요구는 껑충 뛸 것이다.

아마 그들의 바람은 페르젠에서 그란츠 대제국이 철수하는 것. 그러나 고생해서 손에 넣은 영토를 황제가 포기할 리 없다. 그렇게 되면 리즈의 안전은 보장되지 않으리라.

그렇다면 다른 수법, 페르젠 잔당군에 불만을 가진 자를 찾아내서 내부를 붕괴시킨다— 하지만 이 책략에는 방대한 노력과 시간이 필요했다.

위험하다……고 생각했다.

떠오른 책략이 차례차례 무산되었다. 그럴 때마다 최선의 방법을 필사적으로 모색했지만, 지금까지 길러 온 지식이 도움이 안 된다는 사실을 이해하기까지 그리 오랜 시간은 걸리지 않았다.

'아니야. 있어. 처음부터 생각해 뒀던 전략을 쓸 수 있잖아. 하지만 이건······.'

이 전략은 리즈가 무사히 도망쳤다면 실행에 옮기려 했던 것이었다.

그러나 붙잡힌 리즈를 생각하면 이 전략은 그녀의 위험을 동반했다.

히로는 거미줄에 걸린 벌레처럼 움직일 수 없게 된 느낌을 받았다.

완전히 사고가 혼탁해지기 직전에 히로는 자신의 다리를 쳤다.

'이런 때야말로 냉정해져야 해. 멋대로 상상해서 자신을 몰아붙일 필요는 없어.'

히로는 사고를 강제로 중단했으나, 그 표정에는 어두운 그늘이 드리워져 평상시의 생기가 아닌 초조함만이 짙어졌다.

"자세한 내용은 글라이하이트 폐하께 들어 주십시오."

히로는 기리시 재상의 목소리를 듣고 현실로 돌아왔다.

눈앞에 호사스러운 문이 우뚝 서 있었다. 생각하는 동안 알현실에 도착한 모양이었다.

경비병이 문을 열어 주었다.

알현실에 발을 들인 히로는 귀족 제후의 모습이 없음을 깨달았다.

그뿐만 아니라 황제를 수호하는 친위대도 보이지 않았다.

그 모습이 의아하여 눈썹을 찌푸리면서도 히로는 붉은 융단 위를 걸어 옥좌로 향했다.

　"히로 슈바르츠 제4황자. 무사히 잘 돌아왔다."

　그렇게 말한 이는 옥좌에 앉은 황제— 올해로 예순일곱 살인데도 불구하고 젊디젊은 생기로 가득했고, 그 당당한 패기는 놀라울 정도였다. 하지만 그 음성에는 분노가 묻어났으며 약간이지만 평소보다 표정이 험악했다.

　"우선은 레벨링 왕국의 내란 진압을 칭찬하마."

　"아닙니다. 클라우디아 왕녀가 분투했을 뿐, 저는 아무것도 하지 않았습니다."

　히로는 특별한 감개도 없이 말하고서 한쪽 무릎을 꿇고 머리를 숙였다.

　그 모습을 흥미롭게 살펴보던 황제가 입을 열었다.

　"레벨링 왕국의 내란을 진압한 상황을 구두로 보고하라……고 말하고 싶지만—."

　얼굴을 들라— 그 말을 듣고 히로는 검은 눈동자로 황제를 보았다.

　"즉각 페르젠 잔당군과 드랄 대공국에 관해 이야기하도록 하지."

　황제는 음성에 귀찮음을 담으면서도 막힘없이 자세한 내용을 이야기하기 시작했다.

　브루탈 제3황자로부터 독립하여 행동하던 아우라가 적의 책략에 빠져 고립되고, 페르젠 잔당군에게 포위당해 버렸다.

하지만 그것을 오히려 좋은 기회로 인식한 리즈는 협공하고자 군대를 움직였으나, 동시에 드랄 대공국이 페르젠 속주로 진격을 개시해 전투 중인 그란츠군의 측면을 쳤다. 그 무시무시한 공격 앞에서 리즈는 철수를 결단했다.

자책감을 느꼈는지 리즈가 후위를 맡았으나 적의 기세를 막지 못하고 부대는 괴멸— 그대로 적에게 붙잡혔다고 한다.

"세리아 에스트레야는 구해 내야 해. 초대 황제 알티우스 폐하 이후 첫 『염제(레바테인)』 소지자이기도 하니까. 내버리기에는 너무 희소한 인재다."

"그 말씀은…… 고립되어 싸움을 이어가고 있는 아우라 준장은 버리시겠다는 겁니까?"

"그럴 생각이다. 브루탈 제3황자는 구하고 싶다는 취지를 열심히 서신에 적었지만 말이지. 『군신소녀』 정도의 인재는 이 대제국에 넘쳐 난다. 희생을 치르면서까지 구해 낼 가치는 없고, 그럴 필요성도 느껴지지 않는군."

"외람된 말씀이지만 아우라 준장의 재능은 『군신(마르스)』에도 필적할 만합니다. 지금은 아직 젊어서 그 재능이 개화하지 않았으나, 간단히 버리자고 결단하는 것은 성급한 생각이라고 사료됩니다."

"그렇다면 그대는 이번 실태를 젊은 혈기에 저지른 실수라며 넘어가자는 거로군."

황제가 히로를 노려보며 품에서 종이 한 장을 꺼냈다.

그것을 히로에게 던진 황제는 읽으라고 턱으로 지시했다.

종이를 펼치니— 소국이라면 파산할 만한 손해액이 적혀 있었다.

이 정도로 서방의 안정이 무너지지는 않겠지만 영향이 없지는 않을 것이다. 황제는 귀족 제후의 불만이 분출되기 전에 소녀 한 명— 아우라를 화살받이로 만들 속셈일지도 모른다.

"저희 선조인 『군신』에게도 실수 한두 번은 있었습니다. 하지만 그래도 초대 황제 알티우스 폐하는 관대한 마음으로 용서하셨습니다. 그 덕분에 저희 선조는 쌍흑의 영웅왕으로서 지금도 국민들에게 사랑받고 있습니다."

확실히 아우라가 제멋대로 폭주하여 이번 사태를 일으킨 것이라면 그에 상응하는 벌을 받아야 했다. 그러나 이번 일의 원인을 찾자면 황제가 페르젠을 궁지에 몰아넣었기 때문이었다.

그 책임을 소녀 한 명에게 떠넘기고서 내버린다는 선택지를 고르는 것은 너무나도 극단적이었다.

"히로 슈바르츠 제4황자. 짐과 초대 황제를 비교하는 건가?"

언짢음을 숨기려고도 하지 않는 목소리가 황제의 목에서 나왔다.

위대한 공적을 남긴 초대 황제 알티우스. 그에 비해 현 황제는 역사에 남을 만한 위업을 달성하지 못했고, 공적조차 비교도 안 될 만큼 뒤떨어져 있었다. 역시 알티우스와 비교되면 자존심이 상할 것이다. 황제의 시선에는 살기가 섞여 있었다.

'상당히 초조한 상태인 걸까. 여기저기 할 것 없이 그란츠 대제국에 맞서는 나라밖에 없으니 무리도 아닌가.'

히로는 내심 어이없어하면서도 지극히 성실한 표정으로 아무 말 없이 어깨를 으쓱였다.

그 직후— 바람이 불었다.

창문도 열려 있지 않은데 차가운 바람이 뺨을 스치더니 보이지 않는 칼날이 목에 바싹 다가온 것이 느껴졌다. 그래도 히로의 눈은 일절 흔들리지 않고 그저 황제만을 응시했다.

공기가 압력에 의해 삐걱거리기 시작하는 가운데, 두 사람은 서로를 노려보며 한마디도 하지 않았다.

황제는 마음 깊숙한 곳까지 꿰뚫어 보는 것처럼 날카로운 안광을 빛냈다.

그에 비해 히로는 태연한 얼굴로 희미하게 웃고 있었다.

두 사람은 잠시 동안 눈싸움을 벌였으나 이윽고 황제가 엷게 미소 지었다.

"재밌군. 그대의 배짱을 보아 아우라 준장의 처벌은 다시 생각하도록 하지. 내 신하들도 그런 눈을 하고 있다면 짐도 안심하고 옥좌에 앉아 있을 수 있을 텐데 말이야."

옥좌에 등을 기댄 황제는 깊이 숨을 토해 냈다.

"그대의 의견을 말하도록 하라. 짐의 생각을 바꿀 만한 이유가 있겠지?"

"제 의견을 말씀드리기 전에 질문이 있습니다."

"짐이 파악하고 있는 내용이라면 말하겠다."

"리즈의 석방을 조건으로 드랄 대공국 측에서 무언가 요구해 오지는 않았습니까?"

그란츠 대제국의 제6황녀라는 점만으로도 인질로서 가치가 높은데 『염제』마저 소지하고 있으니 그 가치는 이루 헤아릴 수 없었다. 그런 리즈를 죽이지 않고 산 채로 붙잡은 것에는 이유가 있을 터, 아무런 요구가 없을 리 없었다.

"상대방은 아직 아무런 요구도 없다."

"그렇습니까……."

히로는 낙담하는 척하며 분노를 들키지 않도록 얼굴을 숙였다. 아무것도 없을 리 없다. 분명 황제에게 불리한 요구였거나— 백번 양보해서 그 말이 사실이더라도 그것은 상대가 리즈의 가치를 알아차리지 못했을 때 이야기였다.

하지만 『염제』 소지자인 그녀의 외모는 주변 나라들에 널리 알려져 있었고, 군대를 이끌며 지휘관까지 맡고 있으니 드랄 대공국이나 페르젠 잔당군이 모를 턱이 없었다.

그러나 여기서 물고 늘어지더라도 황제는 아무 말도 하지 않을 것이다. 어쩌면 기분을 상하게 할 가능성도 있었다. 향후 작전에 지장이 가지 않도록 하기 위해서라도 그것은 피하고 싶었다.

지금은 타협할 때— 빚을 하나 달아 둘 셈으로 화제를 바꾸기로 했다.

"그럼 제 의견을 말씀드리겠습니다."

역시 처음부터 생각해 뒀던 전략을 선보일 수밖에 없었다.

리즈와 아우라의 미래를 생각한다면 이 방법뿐이었다.

'이 뒤는 시간과의 승부야. 되도록 단기간에 결판을 내 보이

겠어.'

히로는 심호흡을 한 번 하여 마음을 달랜 후 다시 황제에게 시선을 보냈다.

"저는 드랄 대공국에 쳐들어가야 한다고 생각합니다."

"호오, 페르젠 속주가 아니라 드랄 대공국이라고?"

황제가 눈썹을 찌푸리며 되묻자 히로는 손짓을 섞어가며 설명했다.

"페르젠 잔당군, 드랄 대공국, 양쪽을 동시에 상대한다면 페르젠 속주의 부흥은 10년이고 20년이고 계속 늦어질 겁니다. 그렇게 되면 황제 폐하께서 품고 계신 중앙 대륙 통일은 어림도 없는 꿈이 되어 버립니다."

"왜 그렇게 단정할 수 있지? 짐이 페르젠 속주를 버리고 서쪽으로 진출을 꾀하기 위해 드랄 대공국, 혹은 슈타이센 공화국에 손을 뻗을 수도 있지 않은가."

페르젠 속주를 버리지 못한 결과가 현재 상황을 부르지 않았나. 그렇게 비웃고 싶었지만 히로는 꾹 참고 지론을 전개했다.

"그건 불가능합니다. 아뇨, 무리라고 해 두겠습니다."

지금까지 얻은 정보를 머릿속에서 순식간에 정리했다. 황제가 납득할 수 있도록 최적화하여 답을 도출해 갔다.

"페르젠 속주를 버려 봤자 페르젠 잔당군의 분노는 가라앉지 않고 오히려 복수하고자 서방을 공격할 겁니다. 그리고 드랄 대공국뿐만 아니라 슈타이센 공화국과도 전쟁이 벌어지게 되면 삼국과 영토를 맞대고 있는 서방은 버티지 못하고 붕괴하겠지요. 그렇게 되면 그란츠 대제국의 지반조차 흔들릴 수 있는 사태를 초래합니다. 그런 상황에서 중앙 대륙의 통일 따위 논하고 있을 수 없을 겁니다."

"거기까지 알고 있으면서 왜 드랄 대공국에 쳐들어갈 필요가 있지? 괜한 수고를 늘릴 뿐이다."

무엇보다……. 황제는 무겁게 숨을 내뱉고 말을 이었다.

"거듭된 싸움으로 서방의 전력은 이 이상 할애할 수 없어."

제1차 페르젠 정벌— 브루탈 제3황자가 페르젠을 침공한 전투다.

유례를 찾아보기 힘든 뛰어난 지모를 가진 아우라가 참모로 가담하면서 결과적으로 승리할 수는 있었으나 브루탈 제3황자의 실책 때문에 병력 피해는 막대했다.

이어서 벌어진 것이 제2차 페르젠 정벌— 황제가 직접 페르젠을 침공하고 슈트벨이 다대한 공적을 올린 싸움이지만 페르젠 왕도를 함락하기 위해 대규모 병력이 투입되었다고 들었다. 덧붙여 말하자면 이번에 리즈가 이끌었던 군대— 그것도 어느 정도는 서방 귀족이 보낸 병사였고, 이번 패퇴로 많은 병사가 쓸모없게 되었을 것이다.

"그렇다고 중앙 귀족에게 병사를 보내라고 할 시간도 남아 있진 않습니다."

히로는 황제가 하려던 말을 이어받으며 다리에 힘을 주고 일어섰다.

"병사를 모으는 사이에 아우라 준장이 농성 중인 성채가 함락될지도 모릅니다. 무엇보다 붙잡힌 리즈의 신병도 안전하다고는 할 수 없는 상황입니다."

"알고 있다면 포기하라. 『염제』를 잃을 수도 있다면 드랄 대공국을 공격하는 어리석은 짓은 더더욱 불가능해. 그대는 페르젠 속주에서 브루탈 제3황자와 합류하는 거다."

"그렇기에 선수를 쳐야 할 때, 지금이 바로 호기입니다."

히로는 황제의 말을 일축했다. 그리고 한 차례 발을 굴러서 귀를 기울이도록 했다.

"드랄 대공국도, 페르젠 잔당군도 지금이 승부처라고 생각하고 있습니다. 상대도 여유 따위 없습니다. 드랄 대공국은 슈타이센 공화국과 이제 막 휴전한 참이니 이번에는 무리하여 출진했을 터. 또한 페르젠 잔당군도 우두머리를 잃은 상태라 민심은 멀어져 가고 있으며, 병사 역시 거듭된 전투로 인해 육체적으로나 정신적으로나 피폐합니다."

히로의 자신만만한 말이 공간을 지배했다. 반론은 허락하지 않겠다며 목소리는 열기를 띠었고, 의견을 말하는 모습은 황제를 앞에 두고서도 당당하여 왕의 풍격조차 감돌았다.

"실력은 이쪽이 우세합니다. 더욱 서쪽으로 진출하고 싶으시다면 제게 맡겨 주십시오."

황제는 눈을 가늘게 좁히고 히로를 관찰하더니 냉철한 목소리를 자아냈다.

"조금 전에도 말했지만 병사는 어쩔 거지? 서방에 여유는 없다. 중앙에 병사를 모으라고 할 시간도 없으니 멀리 떨어진 동방 역시 똑같다고 할 수 있지. 설마 남방이라고 답하진 않을 테고. 거긴 슈타이센 공화국과 영토를 맞대고 있다. 병사를 보내지 않으려 할 가능성도 있지. 설득힐 시간은 남아 있지 않다."

"예. 그래서 제 사병만 데리고 드랄 대공국에 쳐들어갈 겁니다."

그 말을 듣고 닳고 닳은 황제도 멍해져 버렸다.

무리도 아니었다. 히로의 사병은 3천이 못 되는 수— 신병을 보태더라도 5천 정도였다.

드랄 대공국이 모든 병력을 페르젠 속주로 진군시킨 것은 아니었다.

슈타이센 공화국과 휴전 협정을 맺었다고는 해도 경계는 하고 있어서 수비병이 많이 남아 있었다. 가볍게 어림잡아도 5만 이상의 병력은 동원 가능했다.

그곳을 고작 5천으로 공격하겠다는 말을 들으면 광대라도 정색할 것이다.

누가 들어도 제정신이 아니라고 생각할 말이었다.

"폐하와 마찬가지로 드랄 대공국 측도 놀랄 겁니다. 하지만 그것이 바로 이번 전법으로, 상대의 허를 찔러 동요시키고 불안을 조장하여 페르젠 속주에서 드랄 대공국을 철수시켜 보이겠습니다."

비웃고 싶으면 비웃으라는 듯이 히로는 황제 쪽으로 손을 뻗으면서 힘 있게 단언했다.

"그런 뒤, 페르젠 속주에서 돌아온 드랄 대공국의 군대를 단숨에 격파하여 교섭 자리에 앉히도록 하겠습니다."

히로는 안대를 한 번 쓰다듬고 대담하게 웃었다.

"그때까지 폐하는 외교관이라도 뽑으며 기다리시면 될 겁니다."

그것은 의견을 뛰어넘어 도발— 혹은 말의 칼날이 되어 황제를 찔렀다.

한동안 황제는 얼이 빠져 있었으나 이윽고 작게 목을 떨기 시작했다.

"크큭, 크하하하하하하! 짐 앞에서 말 한번 잘하는군!"

평상시 늘 감정이 평온한 황제가 떠들썩하게 웃는 모습은 히로에게도 놀라운 광경이었다. 황제가 다음 말을 할 때까지는 잠시 시간이 필요했다.

이윽고 웃음을 거둔 황제는 히로의 담력에 감동했는지 즐거워하는 시선을 보냈다.

"훗, 좋다…… 그렇게까지 말한다면 그대 마음대로 하라. 짐은 느긋하게 **바라보도록** 하겠다."

"그럼 출발하기 전에 몇 가지 승낙받고 싶은 것이……."

"필요 없다. 전부 그대에게 맡기겠다고 했을 텐데."

"괜찮습니까?"

히로가 확인하자 황제는 크게 고개를 끄덕이며 손을 뻗었다.

"히로 슈바르츠 제4황자여, 짐 앞에서 큰소리를 쳤으니 만족스러운 결과를 얻고 돌아오겠지. 그렇다면 향후 일에 관해서도 짐에게 재가를 바랄 필요는 없다."

"……알겠습니다. 그럼 시간도 아까우니 당장 출발하도록 하겠습니다."

히로는 가볍게 인사하고 즉각 발길을 돌려 알현실을 뒤로 했다.

앞으로 바빠진다. 서신을 몇 개 써야 했다.

하지만 방에서 느긋하게 쓰고 있을 여유 따위 없으니 마차 안에서 해야 할 것이다.

파발 준비는 도리쿠스에게 맡기도록 하자. 수신인이 누군지 들으면 의심을 품겠지만 그의 상사에게 보고하더라도 문제는 없었다. 나중에는 알려질 일이었다.

'그럼 서방을 통해 드랄 대공국 국경으로 가서 가더와 합류 하도록 할까.'

히로가 생각을 정리하고 황궁 밖으로 나오니 후긴 일행이 마차 앞에서 기다리고 있었다.

"히로 님! 이야기는 끝나셨나요?"

"응. 문제없이 끝났어."

히로는 달려온 후긴에게 미소를 짓고서 마차에 올라탔다.

좌석에 앉은 히로는 뒤따라 올라탄 무닌에게 말했다.

"조사해 봤어?"

히로는 황궁에 들어가기 전에 무닌에게 부탁했던 것을 물어 보았다.

"예이, 동쪽 구획에 금사자 기사단의 모습은 없었습니다. 인 기척이라고는 전혀 없어서 조용했습죠. 시종에게 물어보니 한 이틀 전부터 대제도에서 모습을 감췄다는 것 같습니다. 아쉽게도 행선지는 알아낼 수 없었습니다."

무닌이 죄송하다는 얼굴로 뒷머리를 긁으며 고개를 숙였다.

"아냐, 충분해. 고마워."

역시나라고 해야 할까…… 황제는 제1황군의 정예 『금사자 기사단』을 움직인 모양이었다.

황제가 무엇을 꾸미고 있는지 불안했지만 자신을 방해하지는 않을 것이다. 황제도 금사자 기사단이 피해를 보는 것은 최대한 억제하고 싶을 테고, 되도록 이곳에서 기사단을 움직이고 싶지는 않을 터. 왜냐하면 금사자 기사단은 『대제도』를 지키기 위해 존재하기 때문이다.

"도리쿠스 쪽은 어땠어?"

히로가 무닌의 오른쪽으로 시선을 주자 땀 맺힌 이마를 닦는 도리쿠스의 모습이 보였다.

"이쪽도 성과는 없었습니다. 슈트벨 제1황자는 근신 처분이 풀린 후, 자기 영토로 돌아간다며 근소한 부대를 이끌고 대제도에서 모습을 감췄다고 합니다. 거기에는 로잉 대장군의 모습도 있었다는 모양입니다."

"그렇군……"

근신이 풀린 슈트벨의 행방도 묘연하다면 같은 시기에 모습을 감춘 금사자 기사단과 합류했을지도 모른다— 하지만 그 가능성은 낮았다.

슈트벨에 대한 황제의 신용은 땅에 떨어졌다. 무엇보다 근신 처분을 받은 것 때문에 슈트벨은 황제에게 상당한 원한을 품고 있을 터였다. 그런 위험인물에게 일부러 금사자 기사단의 지휘를 맡기지는 않을 것이다.

"이 이상은 생각해도 소용없나……. 일단 페르젠 속주 일을 우선하자."

경계해서 나쁠 것은 없지만, 행선지도 모르는 현재로써는 손쓸 방도가 없었다.

"그러고 보니 히로 님, 아까 동방 귀족이 와서 이 편지를 전해달라고 했습니다."

후긴이 그렇게 말하며 내민 것은 희미하게 달콤한 향기가 감도는 봉투 한 장이었다.

발신인은 로자— 히로는 재빨리 봉투를 뜯어 종이 한 장을 꺼냈다.

시작은 장황하게 적힌 사랑의 말이었다. 나중에 읽겠다며 마음속으로 사죄하고 건너뛰자 편지의 진의에 도달했다.

내용은— 히로가 그란츠 대제국을 떠나 있는 동안 크로네 가문과 황제 사이의 골이 깊어졌고, 양쪽의 대립이 명확해지는 사건까지 일어났다고 적혀 있었다.

'흐음…… 직할령 즈이크가 마르크 가문에게 넘어간 건가.'

즈이크는 부르스트 자작이 죽으면서 황제의 직할령이 된 영지였다.

그것이 무파벌 중에서 가장 큰 귀족— 마르크 가문에게 양도되었다. 가만히 있을 수 없었던 크로네 가문은 황제에게 재고를 요구했으나 거절당했다. 그래도 포기할 수 없었는지 대화 자리를 마련하기 위해 재차 상주를 올렸지만 거부당했다고 한다.

'크게 움직이기 시작했네……. 황제는 새로운 귀족을 대두시킬 생각인가.'

히로는 편지를 품에 넣고 도리쿠스에게 눈을 돌렸다.

"지금부터 서신을 몇 장 쓸 테니 파발을 준비해 줘."

"알겠습니다. 당장 준비해 오겠습니다."

그렇게 말한 도리쿠스는 마차에서 내리기 직전에 뒤돌았다.

"시간도 아까운 상황이니 먼저 출발하시지요. 곧 따라가겠습니다."

"귀찮은 역할을 떠맡겨서 미안해."

"아닙니다. 이런 잡무는 익숙합니다."

도리쿠스는 한 번 웃고서 달려갔다. 그 등을 배웅하는 히로 곁에서는 후긴이 필기구를 꺼내 편지를 쓰기 편하도록 장소를 정돈하고 있었다.

*****

히로가 떠난 알현실— 황제는 조용히 눈을 감고 의자에 깊이 몸을 묻고 있었다.

사지는 힘없이 늘어졌고 손가락 하나 까딱하지 않았다. 마치 의식을 잃은 것 같았다.

그런 그에게 기리시 재상이 씁쓸한 표정으로 다가오자 황제는 즐겁게 입가를 비틀었다.

"히로 슈바르츠…… 흥미로워. 어째선지 짐의 『바람(風)』으로도 그 남자의 사고를 읽을 수 없더군. 아니, 어떤 방해— 벽이 있다고 하는 편이 좋을까…… 그것 때문에 깊숙한 곳에 잠든 본심을 건드릴 수가 없어."

"폐하…… 히로 전하에게 이 이상 깊이 관여하는 건 위험할 것 같습니다."

기리시 재상이 불안함을 숨기지 않고 말하자 황제는 의아해하며 눈썹을 모았다.

"그대가 그렇게까지 말한다면 뭔가 이유가 있을 테지."

"히로 전하를 조사해 보았습니다. 폐하의 허가 없이 행동한 점은 죄송하게 생각합니다만…… 제가 가진 모든 힘을 다하여 그의 신원을 조사했습니다."

"딱히 그 정도 일로 기분이 상하지는 않아. 그래서…… 뭔가 알아냈나?"

"아뇨, 그것이…… 부끄럽게도 아무것도 알아낼 수 없었습니다. 제2대 황제의 외모를 물려받으면서도 그런 소문이 하나도 남아 있지 않았습니다."

기리시 재상은 믿을 수 없다는 듯이 과장되게 고개를 흔들고서 심각하게 목소리를 떨었다.

"……이상하지 않습니까? 그란츠 대제국의 재상인 제가 전력을 다해도 그의 신원을 알아낼 수 없었단 말입니다. 그를 황가의 일원으로 맞이한 건 시기상조이지 않았을까요?"

"짐에게 필요했던 건『군신』의 후손이라는 부가 가치뿐. 그에 비하면 신원이나 실력 따위 큰 문제도 아니다."

"하지만 히로 전하는 예상했던 것 이상으로 유능했습니다. 잘못 조종한다면『군신』이 이쪽에 이빨을 드러낼지도 모릅니다."

"그때는 마음대로 처리하면 돼. 변경으로 좌천시켜도 좋고, 혹사시키고 버려도 좋지. 반항한다면 짐이 이 손으로 매장하면 그만이다. 뭘 걱정하나?"

"그건 그렇습니다만……."

기리시 재상은 석연치 않은 표정을 지었다.

황제는 질렸다는 듯이 한숨을 한 번 쉬고서 다시 입을 열었다.

"하고 싶은 말이 있다면 분명히 말하라. 짐이 그렇게까지 참을성이 있는 편이 아니라는 건 알고 있을 텐데?"

그 말을 듣고 기리시 재상은 결심했는지 황제를 똑바로 바라보았다.

"히로 전하에게 다시 목줄을 매야 합니다. 지켜야 할 자가 늘어나면 그만큼 부담이 커집니다. 역시 세리아 에스트레야 전하를 그에게서 떼어 놓는 건 실책이었습니다."

"그래서 느슨했던 목줄을 이번에 다시 조였다. 아우라 준장 이야기를 꺼냈을 때도 그랬지. 표정은 지극히 냉정함을 가장하고 있었지만 내면에서 배어나는 초조함는 숨겨지지 않았어. 짐에게 명백한 적의를 보내고 있었다."

황제는 보고서 한 장을 꺼내 허공에 팔랑팔랑 흔들었다.

"무엇보다 페르젠 속주에는 재밌는 일이 이것저것 기다리고 있지. 새로운 굴레를 씌울 수도 있겠어. 앞으로는 좋은 장기 말로 길들이면 돼."

그렇게 말한 황제는 코웃음을 쳤지만 기리시 재상의 표정은 밝아지지 않았다.

"전부 폐하의 계획임을 알면 히로 전하는 확실하게 적으로 돌아설 겁니다. 안 그래도 슈트벨 제1황자가 불온한 움직임을 보이고 있는데, 너무 위험하지 않습니까?"

"조금 전에도 말했지만 히로 슈바르츠에게는 새로운 굴레를 씌울 거다. 슈트벨도 문제없어. 짐의 『바람』은 모든 것을 꿰뚫어 보고 있으니까."

황제는 옥좌에서 일어나 기리시 재상에게 편지 한 장을 건넸다.

"셀레네에게 파발을 날려라. 히로 슈바르츠가 실패했을 때를 대비한 보험이 필요해."

"셀레네 제2황자 말씀입니까……?"

"그래. 금사자 기사단을 쓸까 싶기도 했지만 다시 불러들이기로 했다. 앞으로의 일을 생각한다면 역시 손실은 피하고 싶으니 말이지."

"알겠습니다. 그럼 폐하께서는 앞으로— 웃?!"

기리시 재상은 질문을 하려다가 갑작스러운 돌풍에 몸을 움츠렸다.

조심조심 눈을 뜨니 황제의 모습은 없고 주인이 사라진 옥좌만이 남아 있었다.

"……당신은 항상 그래. 뭐든 자기 생각대로 진행된다고 생각하지."

고민스럽게 탄식한 기리시 재상― 그의 뇌리에는 슈트벨의 존재가 있었다.

황제의 야망에 계속 이용당한 불쌍한 남자였다.

망가져 버린 그가 원하는 것은 지위, 명예, 권력, 어느 것도 아니었다.

그저 황제의 목숨을 빼앗는 것만을 바라며 계속해서 힘을 기르고 있었다.

그 대항마로 히로를 이용할 생각이겠지만, 새로운 분쟁 종자를 낳을지도 모른다고 기리시 재상은 걱정하고 있었다.

"당신의 『바람』이라고 전능하지는 않아. 사각지대라는 게 존재합니다."

기리시 재상은 황제에게 받은 편지로 시선을 떨어뜨렸다.

"『시신(始神)』 알티우스 폐하가 『군신』 슈바르츠 폐하와 등지지 않았던 건 두 사람의 힘이 팽팽했기 때문이고, 혼돈한 시대에 보기 드문 확실한 유대가 두 사람에게 있었기 때문이야."

그리고 왼손을 품에 넣어 빨간 부적― 정령 부적을 꺼내더니 편지와 겹치고서 움켜쥐었다.

그러자 손가락 틈에서 거세게 불이 뿜어져 나왔고, 손에 있던 황제의 편지가 불타 사라졌다.

"황제 폐하― 당신은 늙어 버렸습니다. 10년, 아니, 20년만

젊었다면 생각대로 일이 진행됐겠지요."

살이 타는 불쾌한 냄새가 가득 들어차는 가운데, 기리시 재상은 화상을 입어 문드러지신 손바닥을 바라보며 짙게 웃었다. 그때, 수상한 기척이 실린 발소리가 홀에 울렸다.

경계의 색을 담은 기리시 재상의 눈동자가 소리의 발생원으로 향했다.

시야 끝— 붉은 융단 위를 이동하는 남자의 발걸음은 가벼웠으나 어딘가 망설임이 보였다.

"⋯⋯도리쿠스— 아니, 내 《눈》이여. 뭔가 문제라도 있나?"

기리시 재상이 남자의 이름을 부르자 그는 눈앞에서 신하의 예를 취했다.

"향후 지시를 받으러 왔습니다."

도리쿠스는 평소 모습만 봐서는 상상도 안 될 만큼 냉담한 눈으로 기리시 재상을 바라보았다.

제2장 붙잡힌 염제와 군신의 진격

페르젠 속주— 예전에는 그란츠 대제국과 어깨를 나란히 할 정도의 대국이었다.

북쪽에는 앙피네해(海)가 있어서 풍부한 어패류가 잡혀 어업이 성했고, 서쪽의 연합 국가 여섯 나라와 동쪽의 그란츠 대제국을 잇는 동서 교역의 요소이기도 해서 멸망하기 전에는 교역으로 번성하던 나라였다.

그러나 그란츠 대제국과의 결전에서 패배한 이후, 치안이 급격히 악화하여 상인들은 페르젠을 피하게 되었으며, 거듭된 전쟁으로 비옥한 토지는 완전히 황폐해져 버렸다. 예전에는 다양한 언어가 어지러이 오가며 교역상으로 북적였던 왕도도 무참한 모습이 되었고, 페르젠 잔당군과 그란츠 대제국의 몇 차례에 걸친 공방으로 인해 폐허로 변한 상태였다.

그런 왕도에서 남서쪽으로 45셀(135킬로미터) 떨어진 지점에 페르젠 속주로 진격했던 드랄 대공국의 본진이 있었다.

현재는 식사 준비로 인해 본진 곳곳에서 흰 연기가 피어오르고 있었다.

경계심은 전무했고, 장비를 벗은 채 담소에 빠졌으며, 술병을 한 손에 든 병사들의 모습도 엿보였다.

"이렇게 유쾌한 날은 없을 거야!"

"내 말이! 안 마시곤 못 배기지."

그들이 한결같이 웃는 얼굴인 것은 승리의 여운이 남아 있기 때문일지도 모른다.

"어이, 너무 긴장을 늦췄어. 아직 술 마셔도 될 시간은 아니야."

고지식한 병사가 쓴소리를 하자 술을 마시고 있는 병사들이 얼굴을 마주 보았다.

"괜찮잖아, 안 그래?"

"맞아, 그란츠 대제국을 처부쉈다고! 이 정도 상은 허락돼야지."

그렇게 그들이 들떠 있는 이유는 그란츠 대제국의 세리아 에스트레야 제6황녀가 이끄는 군세를 격파했기 때문이었다. 게다가 정령검 5제 소지자인 그녀를 붙잡기까지 했으니 그들이 들뜨는 것도 어쩔 수 없는 일이었다.

"그래서 붙잡은 공주님은 어디로 간 거야?"

"폼헨 님의 천막에."

"제6황녀를 뺏기지 않도록 우리가 정신 바짝 차리고 경계하고 있는데, 폼헨 님은 즐거운 시간을 보내시는 중이라는 건가."

"소문대로 예쁜 여자였으니까. 참지 못하는 것도 이해가 돼."

상스러운 대화를 전개하는 병사들에게 고지식한 병사가 복잡한 얼굴로 다가갔다.

"아무래도 그렇게 간단한 일이 아닌 것 같아."

"응? 무슨 소리야?"

"병사가 여섯 명 정도 불타 죽은 모양이야."

"그건 또 기묘한 일이네."

"왜 그렇게 죽었대?"

"자세한 건 몰라. 신들의 분노를 사지 않으면 좋겠는데⋯⋯."

고지식한 병사가 두려움이 담긴 시선을 보내는 곳에는 한층 큰 천막이 있었다.

그 안에 있는 이는 드랄 대공국의 적자— 폽헨 폰 드랄.

그는 책상 위에 준비된 은잔을 들고 우아한 동작으로 입가에 가져갔다.

그 동작만 봐도 높은 소양을 갖추고 있음을 알 수 있었다. 무엇보다 드랄 대공국의 적자로 태어난 자답게 고귀한 분위기를 풍겼다.

그러나 탄탄히 단련된 몸이 교양보다도 훈련을 우선했음을 이야기했고, 야성미를 증폭시켜서 야만적인 공기를 자아냈다.

"흠, 역시 승리하고 마시는 술은 각별해."

은잔에 담긴 레드 와인을 거만하게 바라본 폽헨은 그 거리낌 없는 시선을 어떤 물체를 향해 돌렸다. 그곳은 보통 세간이나 침구 등이 배치되는 장소였다. 하지만 그 대신 기묘하게도 철제 우리가 놓여 있었다.

불가사의한 점은 그뿐만이 아니었다. 그 우리에는 대량의 정령 부적이 감겨 있었다.

"본국에서 가져온 정령 부적은 널 붙잡아 두기 위해 전부 써 버렸어."

폽헨은 짐짓 유감스럽다는 듯이 크게 탄식했다.

"이번 군사비까지 합치면 막대한 비용이 되지. 도시 두 개

분의 세수입 정도려나……. 하지만 곰곰이 생각해 보면 그만한 손실로 널 붙잡을 수 있었으니 결과적으로 손해는 아닐지도 모르겠어."

우리로 눈을 돌린 폽헨은 즐겁게 입가를 비틀었다.

"이봐, 듣고 있어? 넌 어느 쪽이라고 생각해?"

폽헨이 내려다보는 곳— 그 우리 안에는 쇠사슬로 묶인 한 소녀가 앉아 있었다.

그란츠 대제국의 세리아 에스트레야 엘리자베스 폰 그란츠 제6황녀.

초대 황제 알티우스 이후 첫 『염제』 소지자로서 이웃 나라들에 이름이 알려진 소녀였다.

또한 『군신』의 후손을 그 아래에 들여 약진이 두드러지는 소녀라며 소문이 끊이지 않았다.

"……그런 거, 어느 쪽이든 상관없어."

리즈는 쌀쌀맞게 말했지만 목소리에 박력은 없었고, 완전히 초췌해져 그 미모에는 그늘이 보였다. 이유를 보태자면 그녀의 군복은 요란하게 찢겨 있었고 그 틈으로 피가 배어난 붕대가 애처롭게 내비치고 있었다. 바깥 공기에 노출된 팔과 다리에도 무수한 상처가 점재해 있어서 초췌함의 원인은 분명했다.

그러나 정신은 또렷한지 증오스럽게 폽헨을 노려보고 있었다.

"그렇게 무서운 얼굴 하지 마. 아름다운 얼굴이 엉망이잖아."

폽헨은 그렇게 말하며 책상 밑에서 나무 상자를 꺼냈다. 그 안에는 작은 돌멩이부터 큰 돌까지 대량으로 담겨 있었다.

그중 하나, 주먹 크기의 돌을 움켜쥔 품헨은 리즈에게 기분 나쁜 웃음을 보냈다.

"정령검 5제는 특정 조건하에서 소지자를 수호하는 모양이야. 예를 들어 『염제』의 경우, 너에게 위해를 가하려 하는 자는 연옥의 불길에 휩싸여 버리지."

그녀의 아름다움에 눈이 먼 병사 몇 명이 그녀에게 손대고자 천막에 숨어들었지만 불타 죽는 비참한 말로를 맞이했다. 그것은 자업자득이니 동정의 여지도 없고, 성공했다면 품헨이 목을 쳤을 것이다.

"하지만— 그래, 하지만 말이지. 악의가 없다면 어떻게 될까?"

기묘한 말을 중얼거리는 품헨을 보고 리즈는 의문스럽다는 표정을 지었다.

그 순간, 품헨의 팔이 흐릿해지더니 둔탁하고 묵직한 소리가 천막에 울렸다.

"으윽?!"

리즈의 목이 튀듯이 뒤로 젖혀지며 그대로 쓰러져 버렸다.

"—?!"

리즈는 목소리를 이루지 못하는 비명을 지르면서 바닥 위를 이리저리 굴렀다.

그 모습을 냉혈한 눈으로 바라보며 품헨은 새로운 돌을 나무 상자에서 집어 들었다.

"연못에 돌을 던지는 것과 똑같아. 아무런 감정이 없으면 어떻게 될까, 살의가 없다면 어떨까!"

풉헨의 팔이 힘차게 아래로 휘둘렸다.

동시에 쇠망치로 지면을 때리는 듯한 둔탁한 소리가 울렸다.

"윽?!"

리즈의 등이 격통에 앞으로 꺾였다. 그러나 괴로워할 사이도 없이 다음 돌이 날아왔다.

"……히윽!"

비명을 지를 시간조차 주지 않았다.

리즈는 내장이 도려내지는 것 같은 충격을 받았고, 뼈가 부서지는 듯한 섬뜩한 소리가 천막에 메아리쳤다.

"너무 단순해서 바보 같은 공격이지만, 투석에는 무시무시한 살상 능력이 있지."

차례차례 돌이 비상하여 그녀의 가느다란 몸을 가차 없이 때렸다.

"작은 돌멩이더라도 잘못 맞으면 죽음에 이르니까."

몇 번이고 몇 번이고, 돌이 잡히는 대로 풉헨은 리즈에게 계속 던졌다.

"인간이란 신기한 생물이야. 신체가 고통을 견디지 못하겠다고 판단하면 의식을 잃어버려. 하지만 너처럼 어중간하게 강하다면 영원한 고통이 되는 거지."

담담히 설명하면서도 풉헨은 돌을 던지는 손을 멈추지 않았다.

오히려 점점 더 격렬하게, 거친 숨을 토하면서 기세를 더해 갔다.

"히윽—?!"

리즈의 이마에서 선혈이 튀더니 바닥을 드문드문 붉게 물들였다. 쇠사슬에 묶여 있어서야 얼굴을 막을 수조차 없다. 도와줄 이도 오지 않으니 일방적인 폭력의 비에 계속 노출될 수밖에 없었다.

"일부러 모욕을 줘서 굴복시킬 필요는 없지 않을까?"

격통에 허우적거리는 리즈의 몸에 정확하게, 무자비하게, 퓸헨이 던지는 돌이 명중했다.

"아픔을 줘서 말을 듣게 만들면, 누가 위인지 그 몸에 직접 가르쳐 주면, 아무리 정령검 5제 소지자더라도 따를 수밖에 없어."

이윽고 돌이 바닥나기 시작했을 무렵, 퓸헨은 손을 멈췄다.

"즉, 공포에 의한 세뇌야말로 정령검 5제를 손에 넣을 수단이라고 나는 생각한 거야."

퓸헨은 의자에서 일어나 우리로 다가갔다.

피투성이 리즈가 거친 호흡을 되풀이하며 등을 바닥에 대고 쓰러져 있었다.

그녀의 부어오르기 시작한 얼굴을 본 퓸헨은 혀로 입술을 핥았다.

"아직 부족하네. 찬찬히 학대해서 그 아름다운 얼굴을 돼지처럼 추하게 만들어 주지."

일부러 선언함으로써 그녀의 강한 정신력을 꺾을 생각이었으리라. 그러나 리즈는 멍하기는 해도 그 눈동자 깊은 곳에

확고한 의지를 담고서 픕헨을 바라보았다.

"그 반항적인 눈은 뭐지? 마음에 안 들어. 자기 처지를 모르는 건가?"

픕헨은 발끝으로 나무 상자를 가까이 끌어와 돌을 움켜쥐고 리즈를 향해 던졌다.

피할 수 없는 리즈는 이를 악물었지만 격통이 그녀를 덮치는 일은 없었다.

『염제』의 가호가 발동하여 날아온 돌이 불타 없어졌기 때문이다.

"살짝…… 감정을 실어 버린 모양이군. 아쉽지만 내일 또 해야겠어."

픕헨은 재미없다는 얼굴로 콧방귀를 뀌고서 다시 의자에 앉아 와인을 한 모금 마셨다.

"『염제』에는 확실히 의지가 존재하는 것 같아. 하지만 그 힘의 근원은 어디에 있을까."

은잔 가장자리를 손으로 덧그리며 그 시선은 리즈에게 향했다.

"초자연적인 현상을 일으키는 정령검 5제— 그러나 검 하나만으로는 아무런 의미도 이루지 못한다고 나는 생각해. 그렇다면 필연적으로 그 힘의 근원은 소유자라는 게 되고, 너의 정신력 혹은 신체적인 부분이 관계있다고 생각하는 게 자연스럽지 않을까?"

픕헨은 큭큭, 목을 울리고서 리즈의 반응을 엿보며 즐겁게 눈을 휘었다.

"넌 몰아붙이면 가호는 저절로 사라진다는 뜻이야. 지금은 아직 불가능하지만, 언젠가 가호가 약해진다면 만질 수도 있겠지."

푭헨은 피를 흘리며 아픔을 견디는 리즈의 모습을 안주 삼아 취해 갔다.

그래서 자꾸만 혀가 움직였다. 기분이 좋아 수다스러워졌다.

"그때가 몹시 기다려지는군. 손톱을 뽑고, 손가락을 짓뭉개고, 귀를 잘라 내고, 눈을 파내고, 코를 베서 그란츠 대제국에 보내 주겠어."

그리고 문득 떠오른 생각에 눈을 빛내며 의자에서 일어났다.

"아아, 그래. 『군신』의 후손이란 녀석에게는 너의 목을 보내도록 할까. 제6황녀라는 게 판별될 정도면 돼— 응?"

그렇게 말한 순간, 무반응을 가장하고 있던 리즈의 표정에 변화가 일어났다.

—작게 웃는 형태를 만든 것이다.

푭헨은 짜증을 억누르지 못하고 노기를 팽창시켰다.

와인이 흘러넘치는 것도 신경 쓰지 않고 우리로 달려가 증오를 내뿜었다.

"뭐가 웃겨?! 조금은 여자답게 눈물이라도 보여 봐!"

가호가 발동하든 말든 상관없었다. 철저히 공포를 심어 주고자 돌을 움켜쥐었다.

"뭐 하는 거지?"

그때, 품헨이 돌을 던지기도 전에 청량한 목소리가 끼어들었다.

깜짝 놀란 표정으로 돌아보니 천막 입구에 여성이 서 있었다.

"품헨 경, 다시 한 번 묻겠네. 뭐 하고 있냐고 물었어."

여성은 품헨에게 다가와 다소 치켜 올라간 눈으로 응시했다.

그러나 품헨은 주눅 든 모습도 없이 돌을 놓고서 어깨를 으쓱였다.

"스카아하 경…… 그렇게 무서운 얼굴 할 것 없어. 제6황녀와 조금 얘기를 하고 있었을 뿐이야."

품헨은 한 발자국 물러나 갑자기 나타난 여성을 새삼 바라보았다.

하란 스카아하 드 페르젠.

유려한 여성이었다. 나이는 열일곱이나 열여덟 정도일 것이다.

청록색 머리카락이 비단처럼 매끄러운 광택을 내고 있었다. 뒷머리는 묶어서 동그랗게 정리했다. 유리 세공품 같은 섬세한 이목구비, 도자기처럼 하얀 피부는 건드리면 깨져 버릴 듯이 아름다웠다. 선이 가는 몸을 중후한 갑옷으로 감싸서 청초함 속에 살벌한 일그러진 분위기를 드러내며 전쟁의 여신 같은 매력을 끌어냈다.

그리고 그 이름이 나타내는 것처럼 그녀는 페르젠 왕가의 생존자였다. 그란츠 대제국의 공표에 의하면 페르젠 왕가는 한 명도 남김없이 처단되었다고 했지만…….

'정말이지, 그란츠 대제국 녀석들도 마무리가 허술하군.'

죽은 페르젠 왕은 사실 그란츠 대제국의 눈을 피해 딱 한 사람 살리는 데 성공했다.

"얘기라…… 그뿐이라고는 생각할 수 없다만?"

페르젠 왕가의 유일한 생존자인 스카아하는 리즈의 모습을 확인하고 품헨에게 비판하는 시선을 보냈다.

"살짝 감정적이 돼서 말이지. 포로를 이렇게 취급해서 미안하군."

품헨은 웃음을 꾸며내며 성실함이 조금도 느껴지지 않는 사죄를 입에 담았다.

그때 바람이 휘몰아치더니 날카로운 통증이 품헨을 덮쳤다.

"윽— 앗뜨?!"

동시에 뺨에서 열이 나는 것을 느끼고 그곳을 손으로 만지니 미지근한 감촉이 느껴졌다.

"무, 무슨 짓인가?"

피에 젖은 손끝을 바라보고 품헨이 목소리를 떨었다.

"그녀는 소중한 인질이니 앞으로는 조심히 취급해 줬으면 좋겠어."

스카아하가 분노를 숨기지 않고 품헨을 노려보았다.

'기사도라는 건가— 그 결벽증을 고친다면 괜찮은 여자인데.'

품헨은 그렇게 마음속으로 중얼거리고 입꼬리를 비죽 올렸다.

그 비아냥을 알아차렸을 것이다.

푸른 창을 든 스카아하가 타박하듯 차가운 눈빛으로 푭헨을 응시했다.

"다음에 또 이런 일이 있으면 나도 감정적이 되어 귀공의 목을 칠지도 몰라."

"아, 알겠네. 앞으로는 조심하도록 하지."

역시 너무 도발한 모양이었다. 푭헨은 황급히 그 자리에 무릎 꿇고 머리를 숙였다.

분하지만 상하 관계는 확실했다.

기묘한 힘을 행사하는 스카아하에게 대적할 수 없다는 이유도 있으나, 페르젠 속주로 진군하면서 협력을 제의한 것은 드랄 대공국 측이었기 때문이다.

푭헨에게 이번 진군은 타산적인 의미도 있었다. 병들어 몸져누운 아버지의 대리로서, 드랄 대공국의 후계자로서의 지위를 견고히 하기 위해— 그 밖에도 여러 가지 있지만 가장 큰 이유는 공적을 원했기 때문이었다.

여기서 스카아하와 사이가 틀어져 버리면 모든 것이 물거품이 된다. 아무것도 얻지 못한 채 귀국한다면 기다리고 있는 것은 귀족 제후의 반발이다.

'그에 비한다면 너 같은 년에게 머리 숙여서 비위를 맞추는 것 따위 별거 아니지.'

얼굴을 숙인 푭헨은 참아야 할 때라고 증오를 짓씹으며 입술을 일그러뜨렸다.

"이해한다면 됐네."

스카아하는 들고 있던 푸른 창을 내리고 리즈를 향해 몸을 돌렸다.

그녀 또한 품헨에게 그다지 강하게 대할 수 있는 상황은 아니었다.

『군신소녀』 포박에 실패한 점도 그렇지만, 브루탈 제3황자가 이끄는 제2황군에는 아직 여력이 남아 있었다. 페르젠 잔당군을 이끄는 스카아하 입장에서 제2황군의 장벽이 되어 주는 드랄 대공국이 지금 물러나 버리면 낭패였다.

"그럼 그녀를 치료하겠어. 품헨 경은 군의를 불러와 줬으면 좋겠군."

서로의 이해가 일치하기에, 소중한 인질인 리즈에게 이런 짓을 했어도 스카아하는 품헨에게 신병 인도를 요구할 수 없었다.

"안타깝게도 우리 군에는 여자 군의관이 없어. 남자라도 상관없나?"

성격 불일치는 명백하지만 그래도 지금만큼은 의견을 귀담아들어야 했다.

앞으로도 원활히 협력하여 그란츠 대제국에 대항하기 위해서는 타협점도 필요했다.

"아니, 바깥에 내 부대가 대기하고 있어. 거기 있는 여성 군의를 불러와 줘."

"알겠네. 바로 불러오지."

품헨은 짧게 대답하고서 스카아하에게 등을 돌리고 천막을 나갔다.

그것을 곁눈질로 지켜본 스카아하는 우리로 다가가 애처롭게 웅크린 리즈를 향해 입을 열었다.

"미안하다."

스카아하가 머리를 숙였다. 정말로 미안해하는 마음이 느껴지는 사죄였다.

리즈는 갑자기 사과를 받아서 아픔도 잊고 멍해졌다.

무리도 아니라는 듯 쓰게 웃은 스카아하는 이어서 말했다.

"내 목적은 그대에게 고통을 주는 게 아니야. 물론 모욕하는 것도 아니야. 그렇다고 그대를 풀어줄 수는 없지만……."

자신의 무력한 처지에 분함을 드러내면서도 리즈에게 다정히 말하는 스카아하는 성모와 같은 자애로 가득 차 있었다.

"앞으로는 이런 일이 없도록 퓹헨 경에게 잘 일러두겠어."

"그, 그럼……."

리즈가 몸을 움직이자 그녀를 휘감고 있는 쇠사슬이 이상한 소리를 내며 함께 움직였다.

"……당신은 대체 뭘 바라는 거야?"

목소리를 내는 것만으로도 몸이 아픈지 고통에 얼굴을 찌푸리면서도 리즈가 말했다.

그래도 붉은 눈동자는 흔들림 없이 스카아하를 똑바로 바라보았다.

"사소한 바람이야. 천하를 바라는 것도 아니지. 정말로 보잘것없는 소원이야."

스카아하의 감정이 격동했다. 움켜쥔 푸른 창의 끝부분이 잘게 떨렸다.

"무엇보다 나는 그란츠 황가처럼 썩지는 않았어."

스카아하는 살의를 드러내며 조용히 말에 분노를 담았다.

*****

맑은 날이었다. 하늘에는 구름 한 점 없는데도 지면에는 기묘한 검은 그림자가 흩어져 있었다.

너무 멀리 떨어져 있어서 그 모습을 정확히 파악할 수는 없지만 괴물의 일종인 것은 틀림없었다. 지상에는 싹튼 잔디가 주변 일대에 펼쳐졌고, 온화한 바람을 받아 화초가 즐겁게 춤추었다. 그 지평선 끝을 바라보면— 서쪽의 연합 국가 여섯 나라의 자연 장벽인 트라반트 산맥이 웅대한 경치의 일부를 장식하고 있었다.

제국력 1023년 11월 12일— 서역 북서부 라우넨 교외.

말, 사람, 무기, 방어구, 모든 것을 검정 일색으로 물들인 군세가 막힘없이 정연하게 초원을 나아가고 있었다.

대열 중앙을 달리는 마차의 내부에서는 가더와 합류한 히로가 근황 보고와 앞으로의 방침을 이야기 중이었다.

"베르크 요새는 평온 그 자체야. 키오르크 공의 마음고생을 별도로 친다면 말이지."

가더가 한 번 쓰게 웃고서 편지 한 장을 내밀었다.

"이건 리히타인 공국의 카를 공작이 보낸 편지다."

편지를 받은 히로는 곧장 내용을 확인하고 미소를 지었다.

"이쪽이 요구한 대로 움직여 주는 모양이네."

"대제도를 출발하기 전에 서신을 보냈던 거지?"

"응. 리히타인 공국에는 슈타이센 공화국과의 국경에 병사를 모아서 견제하라고 전해 뒀어."

"만약 전쟁이 벌어지면 우리가 도와주러 갈 가능성은 낮다만?"

"도박에 가깝지만…… 괜찮을 거야. 슈타이센 공화국은 후계자 싸움 때문에 타국에 쳐들어갈 상황이 아니니까. 만약 전쟁이 벌어지더라도 『회천의 독수리』를 상대하게 돼. 그 사람이라면 우리가 도우러 갈 때까지 시간을 벌어 주겠지."

"그렇군……."

가데는 깊이 수긍하다가 문득 고개를 기울였다.

"그러고 보니 레벨링 왕국은 어땠지?"

"새로운 왕은 꽤 만만치 않은 인물이었어. 좋은 의미로 기대할 수 있을 거야. 나쁜 의미로는 방심할 수 없는 인물이지. 게다가 모든 마기를 갖췄으니 그녀에게 맞서는 자는 전무할 테고."

"호오. 마기인가…… 노예 해방군을 이끌 때 몇 번 들은 적이 있어."

"예전에 중앙 대륙에서 날뛰던 종마들의 마석을 근원으로 삼고 있는 무기야."

"그거 굉장할 것 같은데? 마황검 5살(殺)이 나를 버린 뒤로 전용 무기가 없어. 기회가 된다면 양도받고 싶군."

그건 기대할 수 없을걸. 히로는 어깨를 으쓱이고서 화제를 바꾸기로 했다.

"정보 교환도 끝났으니 페르젠 속주와 드랄 대공국에 관해 얘기하자."

"베르크 요새에서 입수할 수 있는 정보는 얼마 없었어. 키오르크 공도 협력해 줬지만, 너무 멀리 떨어진 곳인지라 붙잡혔다는 것 정도밖에 몰라."

"나도 비슷해. 리즈가 어디 있는지 특정할 수 있다면 구출 작전을 생각할 수도 있을 텐데 말이지. 아우라는 미테 성채라는 요새에서 농성하며 시간을 벌고 있는 것 같아."

"어느 쪽이든 서두르는 편이 좋겠군."

가더가 심각한 얼굴로 말했기에 히로는 동의를 나타내고자 수긍했다.

"그걸 위해서도 바키슈 대장군과 얘기할 필요가 있어."

"견제 역할에 실패한 대장군 말인가. 드랄 대공국의 페르젠 속주 진격을 허용한 무능력한 자야."

가더의 신랄한 말에 히로는 진지한 얼굴로 고개를 가로저었다.

"아직 그렇게 판단하기에는 일러. 우선은 얘기를 들어 봐야지."

히로는 창문으로 시선을 돌렸다. 유리로 가로막힌 건너편에 견고한 성벽이 보였다.

드랄 대공국을 엄중히 감독하는 국경 요지(要地)— 투테라리 성채였다.

여러 겹으로 구축된 성벽에는 성루가 설치되어 적의 습격을 저지하는 역할을 했다. 그 정면에 있는 엄중한 철제문은 안뜰로 연결되어 있고, 그곳에 대기 중인 기마대가 높은 성벽 앞에서 이러지도 저러지도 못하는 적군의 측면을 뚫는 구조였다.

그런 정면의 망루에 있는 병사가 『아군(鴉軍)』을 인지하고 확연한 동요를 보였다.

히로가 마차에서 내리자 망루가 더욱 시끄러워졌으며 깜짝 놀란 모습이 엿보였다.

이윽고 철제문이 천천히 끌어올려지더니 한 남성이 호위를 데리고 나왔다.

보통 몸집에 보통 키, 눈에 띄는 점 없이 평범한 분위기를 풍기는 남자였다.

"기다리시게 해서 죄송합니다!"

남자는 허둥지둥 히로에게 다가와 신하의 예를 취했다.

"글라이하이트 폐하께 투테라리 성채를 일임받은 바키 슈 폰 하스입니다. 히로 슈바르츠 제4황자님을 맞이하게 되어 대단히 기쁘게 생각합니다."

그의 인사를 받은 히로는 눈을 크게 떴다. 정확히 말하자면 그의 신체에서 배어나는 패기에 놀랐다. 행동거지는 그야말로 평범하지만 그 외모만 보고는 상상이 안 될 만큼 패기가 대단했다.

"편히 일어나세요. 그보다 페르젠 속주와 드랄 대공국의 자세한 사정을 듣고 싶습니다."

"예! 히로 전하께 받은 서신에 적혀 있던 것은 전부 조사해 두었습니다."

바키슈는 품에서 종이 한 장을 꺼냈다. 거기에는 히로의 사인이 적혀 있었다.

"여기서 이야기하기도 뭐하니 안으로 들어오시지요."

바키슈의 안내로 히로 일행이 문을 지나자 뒤따르는『아군』도 차례차례 입성했다. 그 광경을 보고 성채에 사는 민중들의 눈이 동그래졌다.

"뭐야, 뭐야? 불온한 무리가 왔군."

"심연의 갑옷을 보면 제2황군의『황흑기사단』인가 보네!"

"아냐, 틀렸어.『황흑기사단』이 모범으로 삼은 군세야."

한 시민이 무지한 시민에게 대답해 주었다.

이어서 그는 검은 군세가 내건 문장기를 가리켰다.

"『군신』의『신기(神旗)』를 내걸 수 있는 군세는『아군』밖에 없잖아?"

1000년 전『군신』의 밑에 모였던『흑천오장』, 그들이 이끌었던 것이 백전연마(白戰鍊磨)의『아군』이었다.

마족을 쫓아내고, 인족을 혼돈한 세상에서 구해 내어 세계에 평화를 가져온 군대였다.

그러나 제2대 황제가 된『군신』이 세상을 떠난 후, 그들의 힘을 두려워한 제3대 황제의 간사한 책략으로 인해 오명을 쓴

『아군』은 괴멸했다. 그 탓에 한때는 불명예스러운 취급을 받기도 했지만 제5대 황제에 의해 명예가 회복되었다. 그 뒤, 현재에 이르기까지 『아군』은 『군신』이 이끌었던 용맹무쌍한 군세로 전해 내려오고 있었다.

"그럼…… 이 군대를 이끌고 있는 건……."

"그래. 당연히 『군신』의 후손인 『독안룡(獨眼龍)』이지."

열기를 띤 시민의 말은 곧장 주변 시민들에게 빠르게 전달되었다.

그러다가 점점 단어 전달 게임 같은 것이 되어, 과장이 기대를 낳으며 환희의 목소리가 터져 나왔다.

병사들이 입고 있는 갑옷이 진동할 만큼 큰 환성이 투테라리 요새를 뒤덮었다.

그럼에도 『아군』은 일부러 뽐내지 않고 태연한 얼굴로 대열을 맞추어 히로가 탄 마차를 선두로 나아갔다.

그 종점은 주거 지구를 빠져나간 곳— 투테라리 요새의 전체 모습을 둘러볼 수 있는 높직한 언덕 위에 지어진 게히른 성이었다. 그곳에 입성할 수 있는 자는 히로와 가더 둘뿐이었기에 후긴과 무닌은 『아군』과 함께 안뜰에서 대기를 명받았다.

난공불락으로 유명한 투테라리 성채의 사령실은 게히른 성 2층에 있었다.

기밀성을 높이기 위해서인지 2층은 사령실 외의 다른 방이 존재하지 않았고, 유일한 출입구에는 대기소가 설치되어 병사들이 24시간 태세로 엄중히 경비 중이었다.

사령실에 들어간 히로는 상석을 차지했다. 가더는 오른쪽에 서서 칼자루에 손을 얹은 채 수상한 움직임을 보이지 않도록 바키슈와 그 부관을 노려보며 견제했다.

"하하…… 열심히 일하는 부하를 두셨군요."

바키슈는 뺨을 실룩이며 말한 후 부관에게 명하여 보고서 다발을 받았다.

"그럼 히로 슈바르츠 전하께 명받은 것을 보고하겠습니다."

바키슈가 이야기를 시작했다.

"먼저 페르젠 속주에서 고립된 아우라 준장은 세리아 에스 트레야 전하의 패퇴를 알게 된 후, 페르젠 속주 서남쪽에 있 는 미테 성채에서 농성 중이라고 합니다. 함락됐다는 정보는 현재 들어오지 않았으니 무사하긴 한 것 같습니다. 그러나 오 래 버티지는 못할 겁니다."

식량 등의 불안 요소도 있었다. 병사의 수도 한정되어 있다. 빨리 구출하지 않으면 미테 성채는 시체로 가득한 지옥으로 변할 것이다. 히로가 턱에 손을 대고 생각에 잠기자 바키슈가 이야기를 계속해도 되겠냐고 물어보았다. 히로는 고개를 끄덕 여 뒷말을 재촉했다.

"그래서 브루탈 제3황자가 구출하고자 술책을 부리고 있는 듯합니다만, 그 성과가 좋지 못해 드랄군에게 막혀서 생각대 로 움직이지 못하고 있는 모양입니다."

아우라를 잃은 브루탈 제3황자는 이렇다 할 책략 따위는 생각해 내지 못할 것이다. 아우라를 부하로 들이기 전까지 전쟁은 머릿수 싸움이라고 단언했던 남자다. 현재 상황을 타파할 힘은 가지고 있지 않았다. 말하자면 제2황군은 머리를 잃은 뱀과 같았다. 사냥감을 삼킬 입도 없고, 죽음에 이르게 할 독도 없었다.

"그리고 드랄 대공국 측에서 브루탈 제3황자에게 교섭 자리를 제의했다고 합니다. 자신들의 요구를 받아들인다면 세리아 에스트레야 전하의 신병을 인도하고, 아우라 준장의 무사를 보증하겠다고 말이지요."

바키슈의 표정을 보건대 도저히 간과할 수 없을 만한 억지를 강요했을 것이다. 그것이 어떤 결과로 이어졌을지는 쉽게 상상이 갔다.

"그 조건이란 페르젠 속주에서 그란츠 대제국이 철수하는 것. 정령 무기 스무 자루, 정령석 100개, 그란츠 금화 2000개, 그걸로도 부족해 서방 영토까지 요구했습니다."

"교섭은 결렬인가……."

히로는 탄식했다.

"예, 그 뒤로는 일진일퇴의 공방을 펼치며 상황은 전혀 바뀌지 않고 있습니다."

리즈&아우라와 국가를 천칭에 올린다면 누구든 그런 요구는 받아들일 수 없을 것이다.

그러나 다행이라고 해야 할지 미묘하긴 해도 아우라가 건재하다는 사실을 확인할 수 있었으니 그나마 괜찮은 결과였다. 남은 것은 리즈뿐— 그렇게 생각하던 히로는 문득 바키슈가 복잡한 얼굴을 하고 있음을 알아차렸다.

"그 밖에도 신경 쓰이는 점이 있나요?"

"예…… 세리아 에스트레야 전하에 관해섭니다. 브루탈 제3황자는 생사 확인을 위해 사자를 파견하고 싶다고 했지만 상대는 고집스럽게 거부했다고 합니다."

탈환될 것이 두려웠는지, 아니면 이미 죽었는지—.

최악의 상황을 예상하면 드랄 대공국이 리즈의 신병을 타국에 넘겼을 가능성도 있었다. 정령검 5제 소지자라고 하면 타국 입장에서도 몹시 탐나는 존재였다.

만약 서쪽의 연합 국가 여섯 나라에 넘겼다면 일이 성가셨다.

그래도 아직은 예상 범주를 벗어나지 않았고, 단정하기에는 정보가 부족했다.

"그 부분도 포함해서 정보 수집을 맡겨도 될까요?"

"예! 맡겨 주십시오."

히로는 경례하는 바키슈에게 드랄 대공국에 관해 물어보기로 했다.

"그리고 드랄 대공국의 내정을 듣고 싶습니다. 왜 이번에 페르젠 속주로 진군하게 되었는지…… 그걸 안다면 대처하기도 쉬워져요."

"이번에 페르젠 속주로 진군한 드랄군의 총수는 약 3만, 그것을 이끌고 있는 건 적자인 폽헨 폰 드랄입니다. 대공은 병으로 드러누워 있기에 이미 실권은 적자인 그가 쥐고 있습니다. 그러나 그것도 슈타이센 공화국과 휴전 협정을 맺기 전까지의 얘기이고, 최근에는 그 토대가 무너져 버렸습니다."

"무슨 일이 있었던 거죠?"

"히로 전하는 현재 슈타이센 공화국이 후계자 싸움으로 분열 상태라는 걸 알고 계십니까?"

"자세히는 모르지만 분명 두 대귀족이 다퉈서…… 아하."

히로는 거기까지 말하고 드랄 대공국에 무슨 일이 있었는지 깨달았다.

"즉, 그런 좋은 상황인데도 휴전 협정을 맺은 것을 드랄 대공국의 귀족 제후가 납득하지 못하고 있다는 건가?"

"역시 대단하시군요, 맞습니다. 게다가 품헨 경의 독단으로 이루어진 일이었기에 더더욱 불만이 컸던 모양입니다."

바키슈는 한 박자 쉬고서 다시금 보고서를 한 손에 들고 입을 열었다.

"그 횡포한 성격도 화가 되어 구심력 저하를 막지 못했고, 같은 시기에 품행 방정— 요컨대 조종하기 쉬운 차남을 후계자로 추대하는 파벌이 생겨났습니다."

드랄 대공국도 분열에 가까운 상태에 빠지고 있었다.

그런 상황인데도 왜 굳이 페르젠 속주로 진군을 결단했는가— 히로의 머릿속에서 저절로 답이 도출되었고, 파고들 틈을 발견하여 사나운 분위기를 거칠게 내뿜었다. 역시 공격할 것은 드랄 대공국, 재차 강하게 인식한 히로는 순식간에 전술을 구성해 갔다. 이 자리에 지도가 없는 것이 아쉽다는 생각조차 들었다.

"이제 히로 전하께서는 앞으로 어쩌실 겁니까?"

"지금부터 『아군』을 이끌고 드랄 대공국에 쳐들어갈 겁니다."

"……제가 보기엔 5천 정도밖에 안 되는 것 같았는데, 나중에 합류할 예정이라도 있는 겁니까?"

"아뇨, 오늘 데려온 병사가 전부예요."

"아무리 그래도 그건 막무가내라고 할까, 무모하다는 생각도 듭니다만……. 뭣하면 제 사병에서 몇 천쯤 빌려드릴 수도 있습니다. 다시금 재고하시는 게 어떻습니까?"

"아뇨, 그 마음만으로 충분해요. 제 사병만으로 괜찮습니다."

그렇게 대답한 히로는 바키슈의 부관에게 지도가 없는지 물었다.

"지도 말씀입니까?"

"예. 드랄 대공국의 지도요. 자세하지 않아도 괜찮아요."

"알겠습니다. 잠시 기다려 주십시오."

부관은 방 한쪽 구석에 놓인 허리 높이쯤 되는 항아리로 다가갔다. 그곳에는 둥글게 말린 지도가 여러 개 세워져 있었고, 그는 그중 양피지 한 장을 들고 돌아왔다.

"실례합니다. 책상에 펴도록 하겠습니다."

의문스러운 표정을 짓는 바키슈 앞에서 부관이 익숙한 모습으로 지도를 책상 위에 펼쳤다.

히로는 자리에서 일어나 근처에 있던 말을 몇 개 들고 지도로 걸어갔다.

"그럼 제 설명을 들어 주시겠어요?"

히로는 말 하나를 드랄 대공국 남부에 놓았다.

"드랄 대공국과 슈타이센 공화국이 휴전 협정을 맺었다고 는 해도 그 국경 부근에는 아직 불씨가 남아 있을 터, 그렇다 면 양국 모두 경계하여 많은 전력을 할애하고 있을 겁니다."

"확실히 히로 전하의 말씀대로입니다만……."

"드랄 대공국은 남부를 허술하게 둘 수 없겠죠. 그럼 어디 서 병사를 데려올까요? 생각해 보면 저절로 북부라는 걸 알 수 있습니다."

히로는 다시 말 하나를 드랄 대공국 북부에 놓았다.

"게다가 드랄 대공국 적자의 구심력이 저하되고 있다면 병 사는 백성으로부터 징병하고 있을 가능성이 있죠. 결국 드랄 대공국의 북부는 허술한 상태라고 해도 좋습니다. 5천 정도 의 병력만으로도 놀라운 전과를 올릴 수 있을 거예요."

히로는 똑같이 지도를 내려다보는 바키슈에게 종이 한 장 을 내밀었다.

"하지만 확실성을 높이기 위해 살짝 협력 받고 싶은 게 있 어요. 어렵지는 않아요. 단순한 일입니다. 그저 여기 적혀 있 는 걸 실행해 주셨으면 해요."

바키슈는 눈썹을 찌푸리며 의아해했지만, 종이를 펼치고 내 용을 확인하더니 눈을 크게 떴다.

"이, 이건…… 제정신이십니까?"

"예, 제정신입니다."

"제가 잘못 읽은 게 아니라면…… 마, 마을을 태운다고 적혀 있습니다만?"

"그 말 그대로입니다."

히로가 분명하게 말하자 바키슈의 얼굴이 새파래졌다. 그의 부관도 믿을 수 없다는 시선을 히로에게 보냈다. 그러나 가더는 미리 들었는지 경악하지 않았고 일절 변함없는 표정이었다.

"그보다 **마지막**까지 읽어 주세요."

"……알겠습니다."

히로의 힘 있는 눈동자에 압도된 바키슈는 뒷내용을 읽어 나갔다. 복잡한 얼굴로 종이 위를 바쁘게 훑어보다가, 이윽고 책상 위에 종이를 내려놓고서 깊은 한숨을 토했다.

"이런 일은…… 아무리 히로 전하의 명령이라고는 해도 간단히 받아들일 수는 없습니다. 실패해서 책임을 추궁 받게 된다면 제 목은 땅에 떨어질 겁니다."

"바키슈 대장군이 책임을 추궁 받을 일은 없어요. 이미 폐하께 허가를 받았으니까요. 무엇보다 실패해 봤자 아무 일도 없죠. 제가 독단으로 벌인 것이니 안심하고 거기 적혀 있는 일을 실행해 주세요."

이기기 위해서는 다양한 술책을 부려야 했다. 리즈와 아우라를 구하려면 이 방법밖에 없었다. 그 혼돈한 시대에 아무도 구하지 못했던 자신과는 다르다. 그때보다도 확실하게 성장했다. 이 자그마한 손으로 품에 안을 수 있는 사람들을 구할 정도의 힘은 갖추었다.

"······알겠습니다. 협력하도록 하겠습니다."

사령실이 정적에 휩싸이는 가운데, 바키슈가 마침내 긍정적인 대답을 내놓았다.

히로는 만족스럽게 웃고서 얼굴의 왼쪽 절반을 덮은 안대를 한 번 쓰다듬었다.

"아아, 그리고 바키슈 대장군. 그 밖에도 협력해 줬으면 하는 일이 있습니다."

히로는 그를 손짓하여 불렀다. 바키슈는 의아한 표정을 지으면서도 얌전히 다가왔다.

히로는 그의 귓가에 한두 마디 속삭이고서 바키슈의 어깨에 손을 얹었다.

"그럼 뒷일은 맡겨도 될까요?"

"예. 하오나 이 종이에 적힌 것을 오늘 안에 준비하는 건 어렵습니다. 가능하다면 내일까지 기다려 주셨으면 합니다."

"그렇게 할게요. 협력해 주셔서 감사합니다."

사실은 누구의 도움도 받지 않고 드랄 대공국을 쳐부수고 싶었지만 역시 하나부터 열까지 히로 일행이 다 준비하는 것은 어려웠다. 무엇보다 여기서 바키슈 대장군에게 빚을 달아 두는 것도 나쁘지 않았다. 공적의 일부를 양보할 뿐이다.

"그럼 시간도 아까우니 저희도 준비에 착수하겠습니다."

히로는 가더를 데리고 사령실을 나왔다.

바키슈의 협력은 얻어 낼 수 있었다.

이 뒤는 드랄 대공국에 쳐들어가 교묘하게 상대를 유도하여 교섭 자리에 앉히는 것을 염두에 둬야 했다.

*****

　날도 밝지 않은 시각― 준비를 마친『아군』은 투테라리 성채를 나섰다.

　제국력 1023년 11월 13일의 일이었다.

　투테라리 성채를 떠나고 두 시간 뒤에 국경을 넘어 드랄 대공국으로 진격을 개시했다.

　히로는 먼저 어둠을 틈타 인근 마을들을 포위하라고『아군』에게 지시를 내렸다.

　여자, 어린이, 노인 등 신원에 관계없이 마을 사람들을 붙잡은 후 명했다.

　"국경에 진을 친 바키슈 대장군의 병사에게 인도하라."

　히로의 지령은 조용히 실행되었다. 대열을 이룬 마을 사람들이 후방에 있는 바키슈에게 보내졌다. 그들은『아군』을 보고 겁을 먹어서 저항하지 않았다.

　강인한 병사들에게 대적할 수 없음을 깨달았다고 할 수도 있지만, 많은 이들이 품은 것은 당황이었다. 왜냐하면 저항할 시엔 적잖이 충돌이 일어났으나 그 외의 폭력은 가해지지 않았고, 침략자라고는 생각할 수 없을 만큼 성의 있는 태도로 대했기 때문이다.

　그래서 당황이 마음속의 태반을 차지하여 영문을 모르겠다고 물음표를 띄우며 후방으로 연행되었다. 이리하여 드랄 대공국의 백성들은 갑자기 침공해 온 그란츠 대제국으로부터 도망치지 못했고, 국성 부근의 마을 사람들은 전부 붙잡혀 갔다.

태양빛이 창공을 가르며 지상에 쏟아지는 시각, 히로 일행은 드랄 대공국 측의 국경을 수호하는 하나티갈 요새 근교에 있는 레스엔데 마을에 와 있었다.

"히로 님, 이 마을이 마지막인 거지요?"

후긴의 울적한 음성이 귀를 때렸다.

지붕 없는 마차에서 지도를 바라보고 있던 히로는 얼굴을 들었다.

주변을 둘러보니 위압적인 분위기로 가득했고, 검정 일색의 장비를 갖춘 병사들이 마을을 포위하여 마을 사람들을 한군데로 모으는 중이었다.

그들은 하나같이 불쌍할 만큼 절망에 빠져서 새파래진 얼굴로 눈물을 흘리며 목숨을 구걸하고 있었다.

그런 마을 사람들로부터 시선을 돌린 히로는 햇빛을 받아 갈색 피부를 눈부시게 빛내는 후긴을 바라보았다.

"응. 이 마을을 마지막으로 하자. 예정보다 대폭 늦어졌으니까."

히로는 그렇게 말하고 호위병에게 봉화를 올리라고 지시했다.

이제 곧이어 다른 마을을 포위하고 있는 부대가 히로의 지시대로 움직이기 시작할 것이다.

"국경 부근의 마을은 일곱 개— 그중 이 레스엔데 마을을 포함해도 넷밖에 포위를 못 했습니다."

후긴은 불만스럽게 말했지만 이렇게 짧은 시간 동안 마을 네 개를 포위할 수 있었으니 충분했다. 계획에 지장은 없었다.

"괜찮아, 성공할 거야. 그걸 위해 몇 가지 수를 써 둘 거니까."

책략이라는 것을 어렵게 생각할 필요는 없다. 계속 속이는 쪽이 이기는 것, 지극히 단순하고 명쾌했다. 의형이었던 초대 황제 알티우스는 그게 어려운 거라고 쓴소리를 했지만 히로는 누구나 할 수 있다고 웃어넘겼었다.

"그런가요?"

그래도 불안해 보이는 후긴의 마음에서 가시를 빼듯이 히로는 미소를 짓고서 입술에 검지를 댔다.

"물론이지. 후긴은 나를 못 믿는 거야?"

"그, 그렇지 않습니다!"

얼굴이 새빨개진 후긴은 허둥지둥 양손을 휘저었다.

"그, 그럼, 히로 님을 믿고 저는 정찰을 갔다 오겠습니다!"

쾌활한 말을 남긴 후긴이 쑥스러움을 감추고자 말 머리를 돌리고 모래 먼지를 일으키며 달려갔다. 멍하니 배웅하는 히로의 머리 위로 갑자기 커다란 그림자가 드리워졌다.

"준비 다 됐어."

목소리가 들린 쪽으로 얼굴을 돌리니 부관인 가더가 있었다. 평소처럼 미간에 주름을 잡고 험악한 표정을 짓고 있지만 오늘 그는 어딘가 강직함이 부족했다.

히로는 무슨 일 있었나 싶어서 살피려다가 곧 그 원인을 알아차렸다.

아마 후긴과 마찬가지로 예정이 대폭 늦어진 것을 신경 쓰고 있으리라.

가더가 『아군』을 훈련하고 있으니 책임을 느끼고 있을지도 모른다.

히로는 어쩔 수 없다는 듯이 탄식하고 마차 안에서 몸을 일으켰다.

"그럼 몇 명 도망치게 해 줘."

"알겠다."

히로의 명을 받은 가더는 부하에게 손으로 지시했다.

그러자 청년 몇 명이 밧줄에서 풀려났다. 그들의 표정에는 당황이 여실히 나타나 있었다.

무리도 아니었다. 붙잡혔다고 생각했는데 풀려나다니 영문을 알 수 없을 것이다.

"당신들은 드랄 대공국에 보고해 줘야겠어. 그것만을 위해 풀어 주도록 하지."

히로는 왼손으로 기수를 가리켰다. 그러자 커다란 깃발이 바람을 받아 펼쳐졌다.

깃발에 그려진 문장을 본 마을 사람들은 모두 숨을 삼켰다.

—백은빛 검을 움켜쥔 흑룡.

일찍이 쌍흑의 영웅왕으로 칭송받았던 제2대 황제의 문장기였다.

"그럼 여기서 뒤쪽을 주목해 줬으면 하는데."

히로의 말에 청년과 병사들이 뒤를 돌아보았다.

도처에서 검은 연기가 하늘 높이 올라가고 있었다. 그 발생원은 전부 마을이 있는 장소였다.

흡사 흑룡이 사냥감을 먹어 치우는 것처럼 연기가 하늘을 검게 덮어 갔다.

마을 사람들이 비명을 질렀다. 다음은 자신들의 마을인가 싶어서 울부짖었다.

원망의 목소리가 고막을 뒤흔드는 가운데, 히로는 무기질적인 눈으로 마을 사람들을 내려다보았다.

"드랄의 모든 백성에게 알려라. 그란츠 대제국이 쳐들어왔다고."

히로가 크게 팔을 벌리자 바람이 불었다.

『흑춘희』 자락이 후방으로 요란하게 펄럭이며 우아하면서도 거칠게 공기를 때렸다.

"그리고 떠올려라. 일찍이 『군신』이 이끌던 『아군』이 뭐라고 불렸던지를—."

히로가 안대를 쓰다듬고 장엄하게 고하자 마을 사람들의 몸이 떨렸다.

"『아군』이 지나는 길에는 마왕조차 초목이나 다름없으니—."

예전에 용맹무쌍했던 군세를 칭송하던 말이었다.

그 용맹함 때문에 위험시되어 제3대 황제의 손에 의해 어둠속에 매장되었다.

"이 말을 잊지 마라."

히로는 청년들에게 도망치라고 턱짓하고 마차 안에 드러누웠다.

"대단한 연기였어. 제4황자 따위 그만두고 극단에라도 들어가는 게 어때?"

가더의 빈정거림이 귀를 때렸다. 히로는 웃음을 흘리고서 하늘로 손을 뻗었다.

"이걸로 제1단계는 종료야. 다음 수를 쓸 때가 왔어. 마을 사람들을 바키슈 대장군에게 인도하면 곧장 진군을 시작하겠어."

"알겠다. 그리고 다른 마을을 포위하고 있는 부대를 불러들이마."

"응. 부탁할게. 그러고 보니 『질룡』은 데려왔어?"

『질룡』은 용의 계보인데 주로 샤이탄 제도에 생식하는 외래종이다.

300년쯤 전에 한 모험가가 샤이탄 제도에서 몇 마리 포획해 왔고, 그것이 도망쳐 중앙 대륙에서 번식했다. 무슨 운명인지 우연히 마을에서 날뛰던 것을 붙잡은 것이 넉 달 전, 히로는 말을 못 타지만 『질룡』은 탈 수 있었다.

"그래, 데려오라고 했으니까. 후방에 느긋하게 있을 테지만……."

그렇게 말한 가더는 무닌을 불렀다.

"대장, 무슨 일입니까?"

"『질룡』 관리를 너한테 맡겼을 텐데, 어디 있나?"

"아, 그것이…… 그게……."

무닌이 뒤통수를 긁으며 이리저리 시선을 옮기자 가더가 그의 어깨를 움켜잡았다.

"설마 놓친 건 아니겠지?"

"아, 아닙니다, 당치도 않습니다! 그저 후긴이 정찰에 데려 갔을 뿐입니다!"

죄송합니다, 하고 그 자리에 넙죽 엎드리는 무닌을 보며 가더는 멍해졌다.

"후긴은『질룡』을 탈 수 있는 건가?"

『질룡』은 용의 계보인 만큼 자존심이 셌다. 인간 따위 그 등에 태우려 하지 않았다. 그렇기에 후긴과 함께 정찰 갔다는 사실이 가더를 놀라게 했다.

"아뇨, 타지는 못하지만 묘하게 죽이 맞는 모양이라…… 사이좋게 정찰 나갔습니다."

"그런 생물을 데리고 정찰이라니 무슨 생각인 거야……."

가더는 이마를 짚고 고민스럽게 하늘을 올려다보았다가 히로의 웃음소리를 듣고 눈을 가늘게 좁혔다.

"하하! 너희 남매는 정말로 재밌어. 이런 상황인데도 기분을 누그러뜨려 준다니까."

"웃고 있을 때인가? 이번 건은 역시 묵과할 수 없어. 돌아오면 질책해야 해."

히로는 몸을 일으키고 살포시 웃으면서 고개를 가로저었다.

"괜히 바짝 긴장해 있는 것보다 훨씬 나아. 작전이란 건 여유 있는 편이 더 성공하기 쉬워."

"그건 그렇지만……."

"히로 전하, 마을 사람들을 모두 인도했습니다. 그리고 언제든 계획을 실행할 수 있습니다."

그때, 두 사람 사이에 끼어든 목소리에 히로가 시선을 돌리자 한 병사가 서 있었다.

"그럼 모든 부대에게 통달해. 지금부터 진군을 개시한다."

"예!"

병사는 경례를 하고 말에 올라타 방향을 돌려 깃발을 흔들었다.

"그럼 부대 지휘로 돌아가겠습니다."

무닌도 자신이 이끄는 부대로 말을 돌렸다.

분주하게 대열을 짜는 『아군』에게서 모래 먼지가 일기 시작했다. 주위에서는 부대장들의 커다란 목소리가 어지러이 오갔다. 그 정경을 만족스럽게 확인한 히로는 1셀(3킬로미터) 떨어진 하나티갈 요새로 시선을 돌렸다. 멀리서 봐도 술렁이는 것을 알 수 있었다. 각지에서 올라오는 검은 연기를 보고 마을이 불타고 있음을 깨달았을 것이다. 하지만 겁을 먹었는지 요새를 박차고 나오지는 않았다.

"전군 전진한다! 대열을 흐트러뜨리지 마라!"

가더의 굵은 목소리가 공기를 진동시키자 병사들에게 적당한 긴장감이 퍼져 갔다.

마차가 움직이기 시작하고, 히로는 작게 오른손을 들었다.

"가더, 때가 됐어. 하나티갈 요새에 틀어박힌 적에게 현실을 보여주도록 해."

"알겠다."

가더는 고개를 끄덕이고 기수에게 칼끝을 돌렸다.

"불을 붙여라! 우리 『아군』이 얼마나 무서운 존재인지 알려 주는 거다!"

그 후 얼마 지나지 않아 검은 연기가 레스엔데 마을을 빠르게 뒤덮기 시작했다.

순식간에 주변 일대가 먹물을 엎지른 것처럼 검게 물들어 갔다.

그 잔혹한 광경을 등지고 『아군』은 막힘없이 정연하게 진군을 개시했다.

히로 일행은 하나티갈 요새와 거리를 유지하며 남하해 그대로 지나갔다. 농성 중인 군대를 상대할 만큼 이쪽에 여유가 있지는 않았다. 무엇보다 사태는 시시각각 변해 갔다. 낭비할 시간 따위 없었다.

하나티갈 요새에서 89루(267m) 떨어졌을 때, 적군이 분주하게 움직이는 것이 확인됐다.

"움직였나……."

툭 중얼거린 히로 곁으로 전령이 달려왔다.

"하나티갈 요새 정문이 열렸습니다! 적이 밖으로 나오려는 모양입니다!"

"우리가 지나가는 걸 기다리고 있었거나, 아니면 눈앞의 적을 그냥 보내는 건 자존심이 허락하지 않았을지도 모르겠네."

히로는 하나티갈 요새에서 흙먼지가 이는 것을 확인했다.

이대로 배후를 공격당한다면 이쪽은 막대한 피해를 볼 것이다.

그것을 피하려면 『아군』을 회군시켜서 정면으로 맞설 수밖에 없지만……

"상대의 수는?"

"확인하지 못했습니다! 하지만 간첩의 보고에 의하면 하나티갈 요새에 주둔 중인 수는 4천이 못 된다고 하니 이쪽을 웃돌지 않는 것은 확실합니다!"

정면 돌파를 한다고 해도 병력 손해는 면할 수 없었다.

그렇다면 첫 번째 책략을 쓸 때가 왔다는 뜻이었다.

'아까워할 필요는 없어. 단숨에 승부를 거는 편이 좋아.'

히로는 얼굴의 왼쪽 절반을 덮은 안대를 쓰다듬은 후 전령에게 손을 뻗었다.

"기수에게 지시를 전해라. 대깃발을 오른쪽으로, 전군 전속으로 회군, 배후에서 오는 적군을 때려눕힌다."

전령이 고개를 끄덕이고 기수에게 향했다. 이어서 히로는 옆에서 함께 달리고 있는 가더에게 말했다.

"무닌은 괜찮을 것 같아?"

"오늘은 날씨가 좋아. 전망도 최고지. 못 보는 일은 없을 거다."

가더가 힐끔 본 시선 끝을 히로의 눈이 좇았다. 본대에서 떨어진 평원에 누군가 홀로 서 있었다. 그가 들고 있는 것은 흑룡 문장기— 그것은 오른쪽으로 기울어져 있었다.

"그럼 나는 제1진을 지휘하겠어. 전선은 내가 맡도록 하마."

"아냐, 이번에는 내가 전선으로 갈게."

"뭐?"

말의 배를 차려던 가더가 깜짝 놀란 표정으로 돌아보았다.

"앞으로의 일을 생각하면 그녀가 여러모로 공부했으면 싶거든."

미소를 지은 히로의 손끝은 오른쪽을 가리켰다.

가더의 시선이 돌아감과 동시에 천진난만한 목소리가 울렸다.

"히로 님! 지금 막 돌아왔습니다! 적군의 구성을 알아냈어요!"

말을 탄 후긴이었다. 그런 그녀의 옆에서는 『질룡』이 달리고 있었다.

히로는 마차에서 뛰어내려 그대로 지상을 박차고 도약해 가까이 다가온 『질룡』의 등에 타 고삐를 당겼다.

"지금부터 전선으로 갈 거야. 후긴도 따라와. 얘기는 도중에 들을게."

"어이! 나는 어쩌면 좋지?"

가더가 당황한 모습으로 언성을 높였다. 히로는 고개만 돌려 바라보았다.

"가더는 본대 지휘를 부탁해. 난 이대로 적을 해치우고 올게."

히로는 말을 끝내자마자 『질룡』의 머리를 쓰다듬으며 달리라고 재촉했다.

그 옆을 후긴이 필사적으로 따라붙었다.

"히로 님! 적은 3천을 살짝 넘고, 그중 2천이 보병으로 구성되어 있는 듯합니다.”

“그럼 제1진이 정돈되는 대로 돌격하겠어. 그 기세를 몰아 적의 중앙을 물어뜯는 거야.”

히로가 전선에 도착하니 제1진의 전열은 정면을 향하고 있었지만 중앙과 후열은 아직 대열이 흐트러져 있었다. 반전이 느리지는 않았다. 그러나 빠르지도 않았다.

“어중간하네. 하지만 중앙과 후열을 기다리면 늦어······.”

적은 이쪽의 배후를 치기 위해 전속력으로 달려오고 있었다. 그 기세를 뭉개려면 이쪽도 전력으로 부딪쳐서 상대의 허를 찌를 수밖에 없다. 무엇보다 이쪽으로 주의를 끌어 두고 싶은 이유도 있었다. 당장 움직일 수 있는 것은 1천에 살짝 못 미치는 수— 히로의 결단은 빨랐다.

“제1진에 고한다!”

히로는 크게 외쳤다.

“전열은 지금부터 적군을 향해 돌격을 개시한다!”

말굽이 지면을 차는 중저음과 중첩되는 갑옷의 잔향이 소란을 만들어 냈다.

그래도 히로의 목소리는 또렷하게 울렸다.

누구든 귀를 기울이게 되는 독특한 음질은 그들의 고막에 깊이 침투해 갔다.

“중앙과 후열은 준비되는 대로 차례차례 행동을 개시하라!”

한 사람, 또 한 사람, 병사들이 창으로 방패를 두드리며 히로의 마음에 응답했다.

그것은 이윽고 커다란 포효가 되어 전장 전체를 뒤흔드는 땅울림을 발생시켰다.

"승리를 원한다면 검을 들어라! 패배를 부정한다면 방패를 들어라!"

히로는 허리에 찬 『천제』를 조용히 뽑았다.

"개수일촉#1— 그란츠 열두 대신에게 승리를 바쳐라!"

평원에 목소리를 울린 히로는 힘차게 선두로 달려 나갔다.

검은 기마 1000기가 그 뒤를 따랐다.

배후를 칠 것이라 생각했던 적군은 확연하게 동요하는 모습을 보였다.

"좋아. 이대로 돌파하겠어."

이 뒤는 기백의 우열과 단순한 힘의 승부— 히로가 직접 이끈다는 사실에 『아군』의 사기는 더할 나위 없이 높았다. 그에 반해 드랄군은 어떤가. 마을이 불탄 것에 대한 분노는 있지만 그것을 공포로 느끼는 자도 많았다. 개개인의 기분이 흐트러진 상황에서는 틈이 생겨 버린다. 두려움 때문에 고삐에 힘이 들어가서 속도가 줄어드는 자도 나오기 시작했다.

그렇게 되면 대열 따위 없는 것이나 다름없었다.

"우측으로 돌입을 개시한다!"

히로는 즉각 틈을 꿰뚫어 보고 노도 같은 기세로 드랄군의 빈틈을 찔렀다.

#1 개수일촉(鎧袖一觸) 갑옷 소매로 한 번 건드린다는 뜻으로, 약한 상대편을 간단히 물리침을 이르는 말.

"무슨 수를 써서든 막— 윽?!"

"느려!"

공포로 얼굴을 일그러뜨린 적병의 목을 벤 히로는 주인 잃은 말을 폭주시켜서 다른 적의 기마와 충돌하게 했다. 자세가 무너진 적병을 발로 차 말 위에서 떨어뜨리니 후속 기마가 적병을 밟아 뭉개 버렸다.

"물리쳐라! 마을을 불태운 무도한 녀석들에게 질 순 없다!"

역량 차이는 분명한데도 위축되지 않고 맞서는 적병이 있었다.

"그 훌륭한 마음가짐에는 전력으로 응하도록 하지!"

용감무쌍하게 맞서는 자에게는 최대한의 경의를 표했다.

절묘한 기술로 그 목숨을 끊어 내고 창을 빼앗아 투척했다.

그것은 여러 적병의 목을 쉽사리 관통하며 주변 일대를 피로 적셨다.

"중앙을 열어라! 목표는 적의 지휘관뿐!"

"히로 전하를 따르라!"

히로의 구호에 호응하여 한 병사가 기운차게 소리쳤다.

그것이 기폭제가 되어 우렁찬 외침이 각 방면에서 일었다.

흡사 짐승의 포효 같은 소리 앞에서 적의 기세는 완전히 꺾였고, 이어서 대열을 정돈한 중앙과 후열이 합류하면서 탁류처럼 적세를 쓸어 갔다.

"후퇴! 중장보병대와 합류하여 대열을 재정비한다! 이대로는 전멸해!"

그 목소리가 들린 방향으로 시선을 돌리니 화려한 갑옷을 입은 중년 기사가 검을 높이 들고 있었다.

주위 병사와 달리 눈에 띄는 갑옷을 입고 있는 것은 그가 지휘관이기 때문이리라.

히로는 놓치지 않겠다며 고삐를 당겨『질룡』의 목을 돌렸다.

하지만 그 발은 적의 지휘관 곁으로 향하지 않았다.

왜냐하면 적의 지휘관이 말 위에서 떨어졌기 때문이다.

"베야엔 경?!"

"어디서 화살이 날아온 거야?!"

깜짝 놀라는 적병들의 목소리가 귀를 때렸다.

히로가 옆을 보니 후긴이 활을 한 손에 들고 의기양양한 얼굴을 하고 있었다.

"히로 님, 가끔은 부하에게 공적을 양보하셔야죠."

기뻐하며 말하는 후긴을 보고 히로는 어깨를 으쓱이고서 작게 웃었다.

"확실히 후긴 말이 맞아. 그건 그렇고 여전히 훌륭한 궁술이네."

히로는 그렇게 말한 뒤, 그녀의 어깨를 두드렸다.

"이름을 밝히도록 해. 오늘은 너의 날로 삼자."

"예!"

후긴은 자랑스럽게 가슴을 쭉 펴고서 활을 하늘 높이 들었다.

"적장을 죽였다! 히로 님의 수제자인 후긴이 화살로 꿰뚫었다!"

"저딴 계집에게! 베야엔 경의 원수를 갚지 않으면 드랄 귀족의 불명예다!"

복수에 불탄 적병이 후긴에게 일제히 쇄도했다. 후긴은 그 광경을 눈앞에 두고서도 당황하지 않고 오히려 대담하게 웃으며 활을 겨눴다.

"전장에서는 힘 있는 자만이 살아남는 거야! 너희 지휘관은 살 힘이 부족했어!"

"건방진 년이! 베야엔 경을 우연히 잡고서 우쭐해 대는 건가!"

"흥! 전장에서 여자든 남자든 상관없잖아! 아니면 진 것에 대한 변명으로 쓸 셈인가!"

"계집이 웃기— 윽?!"

적병은 분노한 표정을 지었으나 후긴의 화살에 이마를 꿰뚫리며 말 위에서 모습을 감췄다.

"우리는 『아군』! 우리는 『군신』의 아이다!"

후긴은 그렇게 외치고 무시무시한 궁술로 적병을 비웃듯이 도륙해 갔다.

"젠장! 후퇴! 후퇴! 후퇴!"

그 기술력 앞에서 적의 부관이 경악한 얼굴로 고삐를 당겼다.

"후퇴한다, 대열을 재정비한다!"

적의 부관이 필사적으로 크게 지시를 날리기 시작했다.

그러나 그 판단은 늦었다고 할 수밖에 없었다.

왜냐하면 별동대를 이끌고 온 무닌이 후방에서 적군에게 공격을 가하고 있었기 때문이다.

"마, 말도 안 돼. 어떻게 배후에?! 중장보병대는 어떻게 됐나?!"

적의 부관이 당황하여 외쳤으나—.

"제길, 제길! 전군! 무슨 수를 써서든 이곳에서 이타—?!"

후방에서 나타난 『아군』의 창에 의해 그 몸은 무참하게 꿰뚫리고 말았다.

잘못 본 것이 아니라면 저건 무닌이었다.

그는 멋지게 창을 놀리며 적병을 휩쓸다가 히로를 알아차리고 자랑스럽게 양손으로 창을 들었다.

"이걸로 협공의 완성이야."

무닌에게 미리 별동대를 맡겨서 레스엔데 마을의 흑연 속에 숨겨 두었다.

적이 요새를 박차고 나왔을 때를 대비한 것이었지만 훌륭하게 그 역할을 다해 주었다.

뒤처진 적의 중장보병은 무닌이 이끄는 부대가 괴멸에 가까운 상태로 만들었을 것이다.

"첫 전투는 이겼네."

"우우…… 오빠가 활약하다니, 내 활약이 희미해져 버려……."

"괜찮아. 후긴이 제일 큰 공을 세웠다는 건 분명해."

지휘관을 잡은 동생, 이쪽의 호흡에 맞춰 공격을 가한 오빠—우수한 남매라고 새삼 인식했다.

"정말로 제가 제일공(第一功)인가요?"

"물론이지. 그러니 불안한 얼굴 하지 마."

히로는 쓰게 웃으며 고개를 끄덕이고 주위를 둘러보았다.

"손해를 줄이기 위해서도 적을 너무 몰아붙이지 말도록 할까."

주위에서는 여전히 격렬한 전투가 펼쳐지고 있었다. 적병 중에는 등을 돌리고 도망치는 자도 있었다. 히로는 그들을 쫓아가려는 부대를 향해 외쳤다.

"추격할 필요는 없다! 도망치는 자는 내버려 두고, 맞서는 자에게 가차 없이 철퇴를 가하라!"

도망치는 적이 많으면 많을수록 『아군』의 존재를 드랄 대공국에 알릴 수 있었다. 허둥지둥 도망치는 패잔병을 목격하면 인근 마을 주민도 피난을 시작할 것이다.

그렇게 되면 히로의 목적— 드랄 대공국을 교섭 자리에 앉히기 쉬워진다.

그래도 멀다고 느꼈다. 리즈의 모습을 파악할 수 없을 만큼 거리가 멀었다.

'안 돼. 이런 모습을 병사들에게 보여 줄 수는 없어.'

모처럼 승리했는데 지휘관이 심각한 얼굴을 하고 있으면 사기에 영향을 끼친다. 지금만큼은 괜한 생각 말고 싸움에 집중해야 했다.

그런 생각을 하고 있으니—.

"히로 님? 왜 그러십니까? 굉장히 무서운 얼굴을 하고 계세요."

역시 얼굴에 드러났는지 후긴이 걱정하는 목소리를 냈다.

"아아, 미안. 괜찮아."

"그러십니까……?"

"살짝 생각할 게 있었을 뿐이야."

마음만 너무 앞선 자신을 반성했다. 애태워 봤자 소용없다고 그렇게나 자신을 타일렀는데……. 히로는 자조적으로 웃었다.

　그때―.

　"아직 전투가 계속되고 있는데, 너무 긴장이 풀린 거 아닌가?"

　불만스러운 얼굴로 가더가 나타났다. 그 갑옷에는 피가 잔뜩 튀었고, 얼굴은 아수라처럼 새빨갛게 물들었으며, 피 묻은 칼끝에서는 선혈이 뚝뚝 떨어졌다.

　"뭐, 이렇게 싱거운 상대에게 집중하라는 편이 무리일지도 모르지만 말이야."

　온몸으로 죽음의 냄새를 풍기면서도 그 표정은 부족하다고 말하고 싶은 것 같았다.

　"앞으로도 싸움은 계속 이어져. 여기서 쓸데없이 체력을 소모할 필요는 없어. 다가올 때를 대비해서 되도록 체력은 남겨 뒀으면 좋겠어."

　"체력을 잃었을 때는 후방에서 쉬도록 하마. 그때까지는 나한테 맡기고『독안룡』네가 체력을 온존해 둬."

　그렇게 말한 가더가 가리킨 배후에는 지붕 없는 마차가 있었다.

　히로는 고맙게 호의를 받아들이기로 하고『질룡』의 등에서 그쪽으로 훌쩍 뛰었다.

　"수고했어. 한동안 전투는 없을 테니까 쉬어."

　히로가『질룡』의 머리를 쓰다듬으며 치하하자『질룡』은 기쁘게 울었다.

"가더, 뒷일은 맡길게. 난 앞으로의 일을 생각하겠어."

"알겠다."

히로의 지시를 받은 가더는 말 머리를 돌려 아직 전투가 계속되는 곳으로 몸을 던졌다.

후긴에게 눈을 돌린 히로는 정찰 결과를 보고하라고 했다.

"부하의 보고로는 인근 귀족들이 도시와 마을에서 청년을 모아 요격 태세를 갖추고 있다고 합니다. 그래도 대다수가 드랄 대공국의 적자를 따라 페르젠 속주로 향한 모양이라 대단한 수는 모으지 못한 듯합니다."

"수는?"

"6천입니다. 숫자 자체는 훌륭하지만 대부분 농민이기에 말을 못 타는 자가 많아서 거의 보병으로 이루어진 진형을 사용할 것 같습니다."

농민이 섞여 있다고는 해도 6천은 6천─ 잘도 모았다고 히로는 감탄했다.

이번 싸움으로 이쪽의 사망자는 적겠지만 수백 명 규모의 부상자가 생겼을 터였다.

그렇다면 싸울 수 있는 수는 4천을 살짝 넘는 수준이 된다. 드랄 대공국의 차남이 얼마나 병사를 보낼지 모르는 상황이니 다음 싸움에서도 피해는 최소한으로 억제해 두고 싶었다.

'상대의 지휘관에 따라 전술은 바뀌겠지만 지형까지는 바꿀 수 없어.'

히로는 품에서 지도를 꺼내 마차 바닥에 펼치고 노려보았다.

드랄 대공국의 귀족으로 구성된 연합군. 그들이 택할 진로를 예측했다.

전장이 될 지형은 이곳과 마찬가지로 평원— 그러나 부대를 숨겨 둘 만한 전망 좋은 장소는 없었다. 이대로 순조롭게 『아군』이 전진을 계속한다고 했을 때, 양쪽 모두 문제가 일어나지 않는다면 귀족 연합과는 내일에라도 충돌할 것이다.

'평범하게 충돌한다면 힘과 힘의 대결. 그럼 수가 적은 이쪽이 불리해.'

상대는 희생을 치르더라도 히로 일행을 막아서 시간을 벌고 싶으리라.

페르젠 속주로 간 드랄 대공국의 적자가 돌아올 때까지, 혹은 그가 없는 동안 나라를 지키고 있는 차남이 원군으로 달려올 때까지……. 어느 쪽이든 후환을 없애기 위해서라도 드랄 대공국의 귀족 연합은 전투 한 번을 통해 철저히 격파해 두고 싶었다.

히로는 지도에서 얼굴을 떼고 주위 모습을 살폈다.

"끝났나……."

아군이 각지에서 승리의 함성을 지르고 있었다. 무수한 검과 창이 하늘 높이 들렸다.

칼부림 소리는 잦아들고, 적군은 꼴사나운 모습으로 꽁지 빠지게 도망치고 있었다.

"후긴, 가더를 불러와 줘."

"예!"

얼마 지나지 않아 가더가 히로를 찾아왔다.

"무슨 일이지? 나한테 용건이 있나?"

"인근 귀족과의 충돌은 피할 수 없을 것 같아."

"흠, 그 얘기라면 후긴에게 들었다. 농민을 포함한 6천의 군세라던데."

"되도록 이쪽의 피해는 최소한으로 억제하고 싶어."

"그렇다면 술책을 부려야지. 하지만 적지에서 조달할 수 있는 물건은 한정되어 있어. 시간이 없는 우리는 정공법으로 갈 수밖에 없다만, 어쩔 셈이지?"

"포위 전술을 준비할까 해. 은밀히 연계하고 싶으니 오늘 밤에라도 천기장(千騎長)부터 오백기장까지 불러 모아 작전을 알리겠어. 그리고 하나티갈 요새의 처우는 바키슈 대장군에게 맡길 테니까 전령을 보내 줘."

"알겠다."

가더가 전령을 부르는 모습을 힐끗 본 히로는 할 일 없이 서 있는 후긴에게 말을 걸었다.

"그리고 후긴, 나는 한동안 쉴 테니까 뒤는 부탁할게."

"맡겨 주세요! 히로 님의 수면을 방해하는 자는 한 명도 통과시키지 않겠습니다!"

"아니, 긴급한 용건일 때는 깨워 줘."

쓰게 웃으며 중얼거린 히로는 기력을 회복해 두기 위해 눈을 감았다.

제3장 염제와 빙제의 해후

　페르젠 속주 서남부에 위치한 구 듀레령은 황야와 평원이 조합된 특이한 토지다. 왜 이런 모습이 되었는가— 그것은 선선대 페르젠 국왕 대까지 거슬러 올라간다.

　당시 페르젠 국왕은 그란츠 대제국에 대항하기 위해 정령석을 원했고, 그로 인해 대규모 개척이 이 땅에서 이루어졌다.

　그러나 트라반트 산맥에서 불어오는 강한 한풍 때문에 땅에 심은 초목은 말라 버리고 정령이 다가오지 않는 황폐한 토지가 되었다.

　사람들은 쫓겨나듯 이 땅을 떠났고, 대신 찾아온 것은 괴물^{몬스터}이었다.

　그런 경위로 구 듀레령 서쪽에는 괴물^{몬스터}이 날뛰게 되었고, 트라반트 산맥을 거처 삼아 밤마다 산에서 내려와 인근 마을을 습격했다.

　이윽고 괴물^{몬스터}들의 행동 범위가 동쪽까지 미치자 사태의 심각성을 인식한 국가는 느지막이 나서서 미테 성채를 쌓았다. 그런 역사를 가진 미테 성채지만, 페르젠 국왕이 사라진 현재는 그란츠 대제국이 관리하고 있다.

　제국력 1023년 11월 14일.

　태양이 하늘 높이 떠오른 시각— 미테 성채에서는 격렬한 공방이 벌어지고 있었다.

페르젠 잔당군이 사방을 에워싸고 거센 공격을 되풀이했다.

미테 성채에서 화살비가 쏟아지는 가운데, 페르젠 잔당군은 머리 위로 방패를 들고 사다리를 사용해 성벽을 올라갔다.

그러나 미테 성채는 괴물^[몬스터]에 대항하기 위해 건축된 만큼 성벽이 높고 문은 두꺼워 견고했다.

그렇기에 어설픈 공격으로는 함락되지 않았다. 전력을 다하지 않으면 간단히 튕겨 나왔다.

하지만 그 설명만으로는 납득할 수 없는 부분이 있는 것도 사실이었다.

실제로 미테 성채가 견고한 성채로서 기능하고 있는 것은 한 천재적인 장수의 두뇌가 있기 때문이었다.

미테 성채의 정문 상부— 그 성가퀴#2에는 작은 탑이 지어져 있다.

평상시라면 망루로 활용되는 곳이지만 현재는 그란츠군의 사령부로 쓰이고 있었다.

"부상자가 너무 많아서 우리만으로는 대응할 수 없어. 어디 여유 있는 부대 없나?!"

"어디든 힘겨워! 붕대라면 천을 찢어서 대용으로 써 줘!"

그곳에서는 병사들이 분주하게 돌아다니고 있었다.

시간을 쓸데없이 낭비하지 않기 위해 노력하는 모습이 보였다.

그런 살벌한 분위기 속으로 시원시원하게 생긴 미청년이 달려 들어왔다.

....

#2 성가퀴 성 위에 낮게 쌓은 담. 여기에 몸을 숨기고 적을 감시하거나 공격하거나 한다.

"아우라 님! 서쪽 성벽에서 증원을 요청하는 깃발이 올라왔습니다!"

거친 목소리가 책상 앞에 선 소녀의 귀에 닿았다.

"슈피츠 경, 허둥대지 마."

납색 눈동자에서 쏘아진 날카로운 시선이 슈피츠에게 꽂혔다.

감정의 미묘한 변화가 느껴지지 않는 그 표정을 제삼자가 본다면 지독히 차가운 인상을 받을 것이다. 그러나 앞머리가 눈썹을 덮은 곳에서 가지런히 잘린 모습은 가련이라는 한마디로 정리되었다. 눈이 크고 몸집이 아담한 탓인지 작은 동물 같기도 해서 보호 본능을 자극했다.

어떤 남자는 이렇게 말했다. 열일곱 살에 이 체형은 기적, 그야말로 천사라고.

그녀의 이름은 트레아 르단디 아우라 폰 브나다라.

그 유례를 찾아보기 힘든 뛰어난 지모로 젊은 나이에 준장의 자리에 앉았으며 『군신』^{마르스}에서 따와 『군신소녀』^{아프로디테}라고 병사들에게 불렸다.

그녀는 그란츠 대제국의 유력 가문 중 하나인 브나다라 가문에서 가장 기대를 받는 소녀였다.

"서벽에 예비 부대를 투입. 동벽도 위험하니까 같이 증원해."

"즉각 시행하겠습니다!"

슈피츠가 달려갔다. 그 모습을 힐끗 확인한 아우라는 책상에 펼쳐진 지도를 내려다보았다.

미테 성채가 자세히 적힌 지도였다. 그 위에는 말 몇 개가 부대를 대신해 늘어서 있었다. 아우라는 정문 상부 성가퀴에 지어진 작은 탑에서 사방의 성벽을 보며 어디에 원군이 필요한지 판단하고 있었다.

"……아직 버틸 수 있을 터."

솔직히 말하자면 이 싸움이 어떻게 될지 그 끝이 보이지 않았다. 지금껏 겪었던 싸움처럼 되지는 않았다. 이리저리 구부러진 미로처럼 그 앞을 내다볼 수가 없었다.

그래도―.

"……약한 소리는 하지 않겠어."

측근과 병사들이 아우라를 의지하고 있었다. 상관으로서 「지킬 수 없습니다. 무리입니다」라고 말할 수 있을 리가 없다. 무엇보다 자신은 『군신』의 이름을 빌리고 있었다. 『군신소녀』라는 이름을 짊어지고 있는 이상, 그의 이름을 더럽히는 짓만큼은 절대로 할 수 없었다.

"……."

아우라는 긴장으로 떨리는 작은 손을 책상 위에 놓인 책으로 뻗었다.

그것은 제2대 황제의 생애가 적혀 있는 책, 『흑지서(黑之書)』라고 불리는 것이었다.

어릴 적 아버지에게 생일 선물로 받은 물건이었다. 그 이후로 줄곧 읽어 왔다. 몸에서 잠시도 떼지 않고 어딜 가든 들고 다녔다. 고민스러울 때, 괴로울 때, 울고 싶을 때도 줄곧 읽어 왔다. 자신만큼 제2대 황제를 잘 알고 있는 자는 이 세상에

없을 거라고 자부하고 있었다. 그렇기에 긴장을 풀기 위해서라도 조금만 그의 힘을 빌리고자 아우라는 눈을 감고 심호흡을 되풀이했다.

"—머리는 맑게, 사고는 유연하게."

제2대 황제 슈바르츠가 불안할 때 자주 입에 담았던 말이라고 한다.

『흑지서』에 의하면 누군가의 말을 자신의 말로 받아들인 것이라고 기록되어 있지만 그 인물은 수수께끼에 쌓여 있었다. 그의 교육을 담당했던 인물이라든가, 초대 황제가 그의 긴장을 풀어 주기 위해 순간적으로 중얼거린 말이라고도 했다. 요컨대 다양한 설이 있다는 뜻이었다.

흥미롭다고 아우라는 생각했으나 고찰하고 있을 만한 상황도 아니었다. 이내 사고를 중단하고 눈을 떴다. 그리고 손으로 시선을 옮기자 떨림은 멈춰 있었다. 긴장이 꽤 풀린 모양이었다. 아우라는 만족스럽게 손을 쥐었다 펴는 것을 반복한 후 자신의 가슴 부근을 몇 번 두드렸다.

"응, 괜찮아."

자신을 타이르며 고개를 끄덕인 뒤, 사방의 성벽을 둘러보고 지도상의 말을 움직였다.

"슈피츠 경."

"여기 있습니다!"

"남벽을 보강, 두 예비 부대를 투입해."

"예! 당장 전하고 오겠습니다!"

그런 낭패와 혼란이 소용돌이치는 사령부에 한 남자가 책상 밑에서 겁먹은 얼굴로 엎드려 있었다.

페르젠 속주 장관— 뵈제 폰 크로네.

그 직함이 나타내는 대로 페르젠 속주의 통치를 맡은 남자였다.

원래는 페르젠 왕가를 섬겼지만 5대 귀족 크로네 가문의 말석에 끼는 것을 조건으로 그란츠 대제국 편에 붙어서 페르젠 왕가를 내부부터 붕괴시킨 인물이었다. 그 공적을 인정받아 페르젠 속주 장관으로 취임했지만 페르젠 잔당군의 저항이 격렬해지자 자신의 직무도 잊고 왕도를 탈출해 아우라에게 몸을 의탁한 것이다.

뵈제는 주위 모습을 엿보며 책상 밑에서 기어 나와 일어섰다.

"브나다라 경. 원군은 언제 오는 건가? 그때까지 이 성채는 버틸 수 있는 건가?"

잇따른 질문에 아우라는 귀찮다는 듯이 눈썹을 찌푸렸다.

"가만히 있어."

"뭐?"

스무 살은 더 어린 소녀에게 구박을 받고 뵈제는 멍해졌다. 아우라는 그의 반응을 무시한 채 말 하나를 중앙에서 동벽으로 움직이고 슈피츠를 불렀다.

"다음은 동벽에 한 부대를 투입."

아우라는 모든 지식을 이 공성전에 쏟아붓고 있었다. 부족한 지식이 있으면 문헌을 읽고, 과거 전사(戰史)를 참고하여 메워 가는 작업 중이었다. 그런 와중에 쉴 시간 따위 있을 리 없었다. 최근 2, 3일간 아우라가 제대로 잠든 날은 없다고 할 수 있었다.

물론 그녀를 걱정한 측근들은 최소한 선잠이라도 자길 권했다.

그러나 그 조언이 받아들여지는 일은 없었다.

아우라는 신경을 곤두세우고 전신전령(全身全靈)을 다해 이 싸움에 임하고 있었기 때문이다.

"이걸로 한동안은 괜찮을 터."

"저, 정말로 괜찮은 건가?! 적의 공격은 심해질 뿐이지 않나! 히익?!"

아우성치던 뵈제는 적이 쏜 화살 소리에 놀라 몸을 움츠렸다.

"시끄러워. 여기보다 안뜰 쪽이 안전해. 나가 줘."

"그, 그래. 그러도록 하지."

뵈제가 그렇게 대답한 후 불안정한 발걸음으로 출구로 향했다.

그때— 오싹한 한기가 아우라의 등을 타고 올라왔다.

"뭐야……?"

아우라는 탑에 설치된 작은 구멍으로 다가가 지상을 내려다보았다.

적이 공격을 멈추고 미테 요새와 거리를 두기 시작하는 것이 보였다. 그리고 누구 할 것 없이 하늘로 시선을 던지고 있었다. 아우라도 다른 이들을 따라 하늘로 시선을 보냈다.

"말도 안 돼……."

상공에서 섬뜩한 검은 연기가 소용돌이치며 급속도로 퍼지고 있었다. 그것은 태양을 순식간에 집어삼켜 버렸다. 대체 무슨 일이 벌어지고 있는 걸까…… 가슴이 불안하게 술렁였으나 상대가 날씨여서야 어떻게 할 수도 없었다. 아우라는 멍하니 하늘을 올려다보다가 우렁찬 천둥소리를 듣고 정신을 차렸다.

"지금 할 수 있는 일을 해야 해."

불가사의한 현상에 현혹되어 있을 때가 아니었다. 일부러 적이 물러나 준 상황을 헛되이 만들 수는 없기에 아우라는 작전을 재검토하려고 했다.

그러나 그녀는 책상으로 향하려다가 실패했다.

"웃?!"

―책상이 요란하게 부서졌다.

먼지가 감도는 그곳에는 푸른 창 한 자루가 박혀 있었다.

아우라는 멍한 표정으로 창에 다가가 작게 고개를 기울이며 손을 뻗었다.

"아우라 님! 엎드리십시오!"

그와 동시에 절박한 목소리가 들렸지만, 그것을 뒤덮는 굉음이 귀청을 찢었다.

아니― 음(音)이라고 형용하기에는 너무 부드러운 표현이었다. 몸이 날아가 버릴 듯한 충격이 덮쳤다.

아우라는 무중력에 붙잡히는 감각을 느꼈다. 이어서 머릿속에 이명 같은 소리가 울렸다.

자신이 쓰러져 있음을 깨달은 것은 그때였다.

흐릿한 시야 속에서 얼음창이 병사들을 꿰뚫어 절명시키고 있었다. 그 밑에는 숨을 거뒀는지 꿈쩍도 안 하는 자도 있었다. 그들이 아우라와 다른 점이라면 복부에 커다란 구멍이 뚫려 엄청난 양의 피를 흘리고 있다는 것일까……

어딘가 남의 일처럼 생각하고 있던 아우라의 시야에 낯익은 얼굴이 날아들었다.

"아우라 님! 정신 차리십시오!"

슈피츠였다. 그 또한 다쳤는지 어깨에서 피가 흐르고 있었다.

필사적으로 무언가를 호소하고 있는 것 같지만 아우라의 귀에는 들리지 않았다.

자신이 무엇을 하고 있었는지, 어디 있었는지, 그조차도 애매해진 상태였기 때문이다.

이제 그만 의식을 놓아도 되지 않을까 생각하기 시작했을 때— 아우라의 시야에 어떤 물건이 날아들었다. 그것은 어릴 때부터 한시도 몸에서 떼지 않고 가지고 다니던 『흑지서』였다.

'이 바보. 무슨 생각을 하는 거야.'

아우라는 자신의 일부를 되찾으려는 것처럼 책을 향해 힘껏 팔을 뻗었다.

'내가 정신을 똑바로 차려야 해…….'

마침내 책 모서리에 손끝이 닿았을 때, 부옇던 시야가 맑아지는 감각을 느꼈다.

노호가, 단말마가, 다양한 감정이 뒤섞인 울부짖음이 선명하게 들려왔다.

"아우라 님! 정신 차리십시오!"

"……이제 괜찮아. 걱정을 끼쳤어."

슈피츠에게 그렇게 말한 아우라는 책을 소중히 품에 안으며 일어서려 했으나. 순간 자그마한 몸이 기우뚱거리며 다시 쓰러지려 했다.

하지만 아우라는 발에 힘을 주고 벽에 손을 짚으며 버텨 냈다.

"아우라 님, 머리를 세게 부딪쳤습니다. 움직이시면 안 됩니다."

슈피츠가 필사적으로 안정을 취하라고 호소했지만 아우라는 고개를 가로저었다.

"그보다도 서둘러 피해 상황을 확인해야 해. 그리고 적의 움직임을 조심해."

이런 상황에서 공격을 받는다면 미테 성채는 확실하게 함락되고 만다.

아우라는 욱신거리는 머리를 누르면서 슈피츠와 측근들에게 적확한 지시를 날렸다.

"피해가 경미한 예비 부대를 서쪽 성벽으로, 부상자는 벽 쪽으로 피난시킨 뒤 치료. 군의관 수가 부족하다면 경상자가 치료를 돕도록. 그리고 새로운 책상과 지도를 가져와 줘."

연이어 내려진 명령에 슈피츠를 포함한 측근들이 멍해졌다.

그러자 아우라가 손뼉을 쳐서 얼른 가라고 납빛 눈동자로 호소했고, 제정신으로 돌아온 그들은 뿔뿔이 흩어져 분주하게 움직이기 시작했다.

아우라는 탑 안을 둘러보다가 한 남자에게 시선을 멈추더니 검지로 가리켰다.

"……저기 있는 시끄러운 거, 정신 사나우니까 쫓아내."

아우라가 가리킨 곳에는 팔을 잃고 데굴데굴 구르는 뵈제가 있었다.

*****

평온한 하늘이었다. 양팔을 뻗으면 빨려 들어갈 것 같을 만큼 맑았다.

지상에서 사람들이 패권을 다투고 있다고는 생각할 수 없을 정도로 상쾌한 공기가 흐르고 있었다.

그래도 히로는 험악한 눈을 누그러뜨리는 일 없이 상공을 쳐다보았다.

"하늘에 원한이라도 있나?"

가더가 말을 걸었다.

히로는 검은 눈동자를 위에서 아래로 이동시켜 목소리의 주인을 바라보았다.

"아니, 강한 기운이 느껴지길래……."

북서쪽에서 그리운 기운이 느껴졌다. 히로는 가늘게 뜬 눈을 다시 한 번 북서쪽으로 보냈다.

그러나 아까처럼 등골이 떨리는 오싹함은 느껴지지 않았다.

"불안해지는 것도 이해하지만, 지금은 눈앞에 집중해 줬으면 좋겠군.”

“응, 그러네. 지금은 눈앞의 적에게 집중하도록 할게.”

히로는 쓰게 웃고 가더의 말에 수긍했다.

정면을 응시하니 온화한 분위기를 찢어발기는 위압적인 장비의 병사들이 시야를 가득 메웠다. 그런 자신의 사병이 정연하게 늘어선 곳 너머, 멀리 떨어진 장소에서 검은 그림자가 꿈틀거리고 있었다.

드랄 대공국의 귀족 연합이 『아군』의 진격을 막기 위해 인근에서 모은 병사를 이끌고 막아선 것이었다.

간첩의 보고에 의하면 수는 후긴의 보고보다도 많은 7천—포진은 민병을 중심에 두고 그 앞줄에 주력 정규병을 중앙에 배치하여 삐죽 튀어나온 형태를 취하고 있었다.

그리고 그 양 날개에는 기병을 전개시켰다.

용린진(龍鱗陣)이라고 불리는 것으로 중앙을 돌파하는 데 효과적인 진형이었다.

“뭐, 상대가 고를 수 있는 진형은 이것밖에 안 남았지.”

“징병된 민병에게 단기간에 복잡한 전술을 이해시키는 건 불가능하니까. 그래서 단순하면서도 다루기 쉬운 용린진을 택했을 거다.”

그에 반해 이쪽의 포진은 살짝 색달랐다.

말에서 내린 경장보병을 중앙에 배치해 약간 뒤로 물리고, 주력인 기병을 양 날개에 두어 용이 날개를 펼친 것처럼 적을 향해 뻗도록 했다. 이것은 적의 돌격을 기다리는 진형— 용익

진이었다. 그것을 제1진으로 두고, 그 후방에 배치된 기병부대 제2진은 제1진 뒤에 숨어 종진을 이루고 있었다. 이 두 진을 합쳐서 조철진(釣鐵陣)이라고 불렀다.

"가더의 훈련 성과가 시험대에 오를 때가 왔네."

"훗, 알고 지낸 지 얼마 되지 않았지만 네 성격은 파악하고 있어. 억지스러운 요구에도 응할 수 있도록 조철진 역시 확실하게 가르쳤다."

그렇다면— 하고, 히로는 한 차례 호흡한 뒤 오른팔을 옆으로 휘둘러 기수에게 신호를 보냈다.

"시작하자."

흑룡이 그려진 커다란 깃발이 바람을 타고 나부꼈다.

뿔피리가 울리니 말을 탄 병사들이 창으로 방패를 두드리기 시작했다.

병사들이 연주하는 요란한 소리는 공기를 울리며 진동시켰고 동시에 고양감을 부추겼다.

몸 깊숙한 곳까지 울리는 함성이 활력을 주었다.

"사기도 더할 나위 없네…… 그럼 상대를 교란하고 올게."

"그래. 이쪽 지휘는 맡겨 둬. 쓸데없는 걱정이겠지만 조심해라."

히로는 뒤를 돈 채 가더에게 손을 흔들고서 후긴에게 눈짓했다.

그러자 의도를 헤아린 후긴이 외쳤다.

"별동대 출진이다! 대열을 흐트러뜨리는 자는 엄벌을 내리겠어!"

그 후 히로가 『질룡』에게 명해 나아가기 시작하니 기마대가 차례차례 모래 먼지를 일으키며 따라왔다.

그리하여 별동대 5백은 본대에서 떨어져 나왔지만, 탁 트인 평원이었기에 간단히 적군에게 들켜 버렸다.

그러나 이쪽의 의도를 읽지 못했는지 경계하여 공격해 오지는 않았다.

"후긴, 이대로 크게 우회해서 적의 배후를 차지하러 갈까."

"예! 하지만…… 상대가 그렇게 쉽게 배후를 내주지는 않을 텐데요?"

"딱히 무리해서 배후를 차지할 필요는 없어. 이 별동대의 역할은 끝났으니까."

"응? 무슨 뜻인가요?"

그 의문에 답하기 전에 히로는 기수에게 신호를 보내 대깃발을 흔들게 했다.

가더가 이끄는 본대가 신호를 받고 모래 먼지를 일으키며 전진을 시작하는 것이 보였다.

"머리 한편에 별동대가 있다는 사실을 인지하도록 하는 거지."

그것만으로도 상대는 망설이게 된다. 이쪽도 별동대를 조직해야 할까, 아니면 『아군』 본대 격파를 우선할까. 그 한순간의 망설임이 전장에서는 치명적인 결과를 낳는다. 판단을 내리지 못하는 동안 한 걸음 뒤처지는 것이다.

"그럼 그 실수를 무엇으로 만회하는가. 평범한 자는 단순하게 생각해서 적의 본대를 격파하려 들어."

그렇게 히로가 말하자 드랄군이 전진— 그대로 『아군』 본대로 향하기 시작했다.

"한동안은 모습을 지켜보자. 상대의 움직임을 여기서 관찰하고 우리는 어떻게 움직이면 좋을지 판별하는 거야."

"저기…… 히로 님, 물어보고 싶은 게 있습니다만."

망설이는 기색을 보이면서 후긴이 말했다.

"이해 안 가는 부분이라도 있었어?"

"아, 아뇨. 그런 건 아닌데……."

우물거리는 말에 히로는 고개를 갸우뚱했다.

"사양하지 말고 뭐든 물어봐."

"어, 그게…… 우으…… 죄송합니다!"

기분 상하게 했다고 생각했는지 후긴이 허둥지둥 머리를 숙였다.

"아냐, 딱히 화나지 않았으니까…… 정말로 뭔데 그래?"

침착함을 잃은 그녀를 향해 미소를 지은 히로는 타이르며 말했다.

이리저리 시선을 옮기던 후긴은 고삐를 만지작거리면서 시선만 올려 히로를 보았다.

"……싫다면 대답해 주지 않으셔도 돼요."

대체 무슨 질문이길래 이럴까. 히로는 고개를 끄덕이고 그녀의 말을 기다렸다.

"어째서 드랄 대공국을 공격하신 건가요? 페르젠 속주로 가서 리즈 누님을 구출하는 편이 좋지 않았을까요…… 히로 님의 군략과 무력이 있다면 가능할 테고……."

과연, 이걸 묻고 싶었던 거구나 납득했다. 지극히 당연한 의문이었고, 숨길 필요도 없었기에 히로는 후긴에게 설명하기로 했다.

"첫째로 정치적인 뜻이 있어. 브루탈 제3황자와 협력하게 되면 서방 귀족이 공적을 가져가게 될 텐데 그런 상황은 원치 않았으니까."

히로는 후긴을 향해 손을 들고 검지를 세운 뒤, 이어서 중지도 세웠다.

"둘째는 리즈와 아우라의 실수를 만회하기 위해서야. 어중간한 공적으로는 황제를 납득시킬 수 없어. 척 봐도 알 수 있을 만큼 훌륭한 전략이 필요했지."

마지막으로…… 하고 중얼거린 히로는 약지를 세웠다.

"셋째로 향후 계획을 위해 드랄 대공국을 공격할 필요가 있었어. 확증은 없지만 나중에 도움이 될 거야."

"……아, 아하, 그렇군요."

후긴은 대답 후에 복잡한 얼굴을 하고서 입을 다물어 버렸다. 이해하고자 노력하는 구석이 보였다. 그렇다면 설명한 보람이 있었다. 히로는 그런 그녀에게서 시선을 돌려 전장을 바라보았다.

양군이 세차게 격돌하고 있었다. 칼부림 소리와 양군의 우렁찬 외침이 바람에 실려 히로에게까지 들렸다. 이어서 흙먼지가 격렬하게 일어났고 거기에 피가 섞이며 전장을 뒤덮기 시작했다.

"이걸로 드랄군의 의식은 정면에 집중되려나."

"잘 맞물렸네요. 하지만 도중에 눈치챈 부내가 도망가지 않을까요?"

"이쪽의 의도를 알아채는 자도 있을 테지만, 몇천이 모인 군대는 탁류 같은 기세를 지니게 되니까 갑자기 멈출 수는 없어."

그리고 슬슬 조철진이 진가를 발휘할 무렵이었다.

중앙이 허술한 진형은 적을 안쪽 깊숙이 유도한다. 즉, 적의 의식을 더더욱 정면으로 집중시켰다.

그럼 드랄군의 전선은 착각하게 되는 것이다.

우세하다고, 이대로 밀어붙이면 이길 수 있을 거라고 믿게 된다.

"유도됐다는 것도 모르고 사냥감은 중앙으로 쇄도하지."

하지만 기세가 붙은 드랄군을 기다리고 있는 것은 『아군』의 제2진, 종진으로 선 기마대였다. 그들은 드랄군이 필사적으로 뚫은 중앙에서 돌격을 개시했다.

이 공격으로 드랄군의 전선은 완전히 붕괴될 것이다.

전멸을 피하려면 물러날 수밖에 없지만 좌우는 이미 제1진의 양 날개가 벽이 되어 막고 있었다. 무엇보다 한 번 붙은 기세는 간단히 멈출 수 없다. 후방의 드랄 민병과 전방의 『아군』 기마대에 의해 드랄군의 주력인 보병부대는 옴짝달싹하지 못하고 괴멸되었다.

"후긴, 이대로 드랄군이 붕괴되는 모습을 보고 있을 셈이야?"

그때 히로가 옆에 있는 후긴에게 말했다.

그녀는 퍼뜩 놀란 표정을 짓더니, 히로가 머릿속에 그린 대로 진행되는 전황— 그것을 넋 잃고 바라보던 자신이 부끄러운지 얼굴을 붉혔다.

"죄송합니다! 한심한 모습을 보였습니다!"

별동대가 움직이지 않아도 『아군』의 승리가 흔들리는 일은 없을 것이다. 하지만 궁지에 몰린 드랄군의 저항이 격렬해질 가능성은 컸다. 상대는 나라를, 가족을 지키기 위해 필사적이었다. 무슨 일이 있더라도 여기서 『아군』을 막고 싶을 터였다.

"그럼 구령을 내리자. 상대를 좌절시키기 위해서도 별동대가 움직여야 할 때야."

모처럼 적의 배후를 칠 수 있는 상황이니 이쪽의 피해를 최소한으로 억제하기 위해서도 그냥 넘어갈 수는 없었다.

"별동대! 돌격이다! 배후에서 적을 돌파하는 거다!"

믿음직스러운 호령과 함께 후긴이 힘차게 말을 달렸다.

히로도 『질룡』에게 명해 후긴과 나란히 달렸다.

창을 든 별동대가 그런 두 사람의 뒤를 강인한 분위기를 휘감고서 따라갔다.

"후긴, 상대의 우익이 움직였어. 꽤 유능하고 용맹한 장수가 있는 모양이야."

이쪽이 포위하려는 것을 눈치챘는지 드랄군의 우익에서 약 400기가 떨어져 나왔다. 그 판단은 나쁘지 않다. 나쁘지는 않지만…… 이번만큼은 상대가 안 좋았다.

히로가 옆에 있는 후긴에게 눈길을 주자 조금 전 추태를 보인 탓인지 노기를 팽창시키고 있었다.

"날 방해하지 마!"

후긴의 기백이 부풀어 올랐다.

"드랄의 병사들아! 흑룡 문장을 그 눈에 새겨라! 우리에게는 『군신』의 가호가 함께 있다!"

소리친 후긴이 고삐를 놓고 말 위에서 일어났다.

그 자세로 화살통에서 화살 몇 개를 뽑은 그녀는 활시위를 당겨 잇따라 쏘았다.

일직선으로 공기를 가른 화살 여러 대가 적병의 미간을 꿰뚫어 절명시켜 갔다.

그 뛰어난 기술에 호응하여, 잘 단련된 별동대가 창끝을 번뜩이며 드랄병의 갑옷 틈을 솜씨 좋게 관통해 적을 낙마시켰다.

"흭— 아악?!"

운 좋게 죽음을 면한 자도 있었지만 뒤따라 온 말굽에 무참히 밟혀 버렸다.

그래도 별동대의 맹공은 멈추지 않았다. 피가 솟아오르고 시체 냄새가 대기를 오염시켰다.

피보라를 통과한 별동대는 세찬 기세로 드랄군의 배후를 쳤다.

포위 섬멸 전술의 완성— 그것은 즉, 살육의 시작이기도 했다.

지옥도가 그려져 갔다. 적에게 저항할 힘은 남아 있지 않았다.

허둥지둥 도망치는 적병이 창에 희생되고, 피를 빨아들인 도검이 붉게 변하며, 대지는 빨갛게 물들었다.

이 참극을 끝내려면 상대의 항복을 기다릴 수밖에 없었다. 그것을 앞당기기 위해서는 지휘관을 붙잡아야 했고, 히로 일행은 항복을 재촉하고자 적의 본진까지 달려갔다.

그리고 마침내 도착했을 때, 하얀 깃발이 대지에 세워졌다.

"후긴, 늦었네. 어디서 딴짓하다가 이제 왔어?"

입꼬리를 올리고 비아냥거리는 남자― 가더가 흰 깃발 아래 서 있었다.

그 뒤에서 득의양양하게 코를 문지르는 이는 무닌이었다.

"히로 님! 드랄 귀족들은 붙잡아 뒀습니다!"

그들 앞에는 밧줄로 포박된 드랄 귀족이 양 무릎을 꿇고 좌우 일렬로 늘어서 있었다.

"대, 대형뿐만 아니라…… 오빠까지……."

깜짝 놀란 얼굴로 가더를 바라본 후긴은 제일 큰 공을 빼앗겨 망연자실했다.

명예 회복을 위해 분투했지만 가더 쪽이 한 수 위였다는 뜻이었다.

처음에 빨리 움직였다면 입장은 반대였을지도 모르지만…… 이미 끝난 일을 가정해 봤자 별수 없었다. 히로는 그녀를 격려하며 위로했다.

"후긴, 아직 싸움은 남았으니까 전공을 세울 기회는 있어."

"……다음은 대형보다도 앞서 보이겠어요."

"그래. 분명 가더 따위 곧 뛰어넘을 거야."

히로가 그렇게 말하자 가더는 고개를 끄덕이며 동의했다.

"너는 배우는 게 빠르니 말이지. 금세 나 같은 건 뛰어넘을 거다."

"아무리 그래도 대형을 뛰어넘는 건 간단하지 않다고요!"

주위에서 띄워 주는 것을 견딜 수 없었는지 후긴이 면목 없어 하며 세차게 고개를 흔들었다.

"뭐, 남방으로 돌아가면 또 훈련시켜 주마. 각오해 둬."

"예! 잘 부탁드립니다!"

밝게 웃는 후긴의 얼굴을 본 가더는 눈부시다는 듯이 눈을 가늘게 좁혔다.

그리고서 히로에게 빈정거림이 담긴 시선을 보냈다.

"『독안룡』, 가끔은 나도 공적을 세우고 싶어서 말이야. 미안하지만 제일공은 내가 차지했다."

"그렇게 모두가 경쟁해 주면 나는 편해서 기쁘지."

히로는 태연하게 말하며 가더의 도발을 가볍게 흘렸다. 그리고 주위 모습을 살폈다.

드랄 대공국 귀족 연합의 본대에서 백기가 올라온 것을 보고 무기를 버리며 투항하는 병사가 늘어나고 있었다. 거기서 히로는 어떤 물건을 발견했다.

무참하게 진흙투성이가 된 문장기. 드랄군의 것이지만 드랄 대공국의 깃발은 아니었다.

본래 전장에 내거는 대깃발은 그란츠 대제국을 예로 들면 황가의 문장, 혹은 자기 가문의 문장이었다. 드랄 대공국의 경우, 그들이 내거는 것은 주인인 드랄 대공가의 문장이어야 하지만 진흙투성이가 된 대깃발의 문장은 낯설었다.

　즉, 드랄 대공가의 문장기가 아니었다.

　'왜 주인의 깃발을 내걸지 않았지?'

　히로는 위화감을 불식하기 위해 『질룡』에서 내려 붙잡은 귀족들에게 다가갔다.

　"처음 뵙겠습니다. 히로 슈바르츠 폰 그란츠입니다."

　자기소개를 간단히 마치고, 히로의 모습을 보고 깜짝 놀라 눈이 휘둥그레진 귀족들에게 질문을 던졌다.

　"여러분은 드랄 대공국의 귀족인 거지요?"

　귀족들의 안색을 살피면서 그들의 갑옷에 새겨진 문장을 확인해 봤지만 조금 전 본 문장은 없었다.

　"그렇군…… 네놈이 『군신』의 후손인가……."

　드랄 귀족 중 한 사람이 말했다.

　"예, 당신처럼 다들 놀라더군요."

　"지금은 승리의 여운에 잠겨 있도록 해라. 우리가 여기서 죽더라도 한트하벤 님께서 반드시 원수를 갚아 주실 거다."

　"드랄 대공국의 차남인가……."

　"그래. 네놈들에게 철퇴를 내리고자 2만의 군세를 이끌고 이쪽으로 오고 계시지."

　히로는 다른 의미를 포함해서 말했지만 드랄 귀족은 착각한 모양이었다.

"그럼 그에게 직접 물어보도록 할게."

그것을 지적해 줄 필요도 없었기에 히로는 여유로운 미소를 무너뜨리지 않고서 표표하게 말했다.

페르젠 속주로 진격한 적자에 관해 캐물을까 했지만 차남이 직접 이곳으로 와 준다면 귀족들에게 들을 것은 없었다.

"내가 심문할 필요가 없어졌네."

잘됐다, 하고 마지막으로 덧붙인 히로는 가더를 불렀다.

"이들을 포로로 삼겠어. 차남에 관한 정보를 알아내 줘. 난폭한 짓은 하지 말고 정중하게 다루고."

"정중하게…… 어려운 요구지만 알겠다. 그게 다인가?"

페르젠 속주― 즉, 리즈에 관한 정보는 됐냐고 묻는 것이리라.

"드랄 대공국 영내에서 일어난 일이라면 모를까, 멀리 떨어진 장소이니 그들이 알고 있는 정보는 미미할 거야. 이쪽의 마음만 조급해지고 득이 되진 않아. 그러니 한트하벤이라는 녀석에게 직접 물어보려고."

히로는 무닌에게 진을 치라고 지시한 뒤, 검게 흐려진 북서쪽 하늘을 올려다보며 눈을 날카롭게 좁혔다.

*****

흐린 하늘에서 조금씩 비가 내리기 시작한 저녁 무렵.

트라반트 산맥에서 불어오는 냉기 탓에 기온이 급격히 내려갔다.

화톳불을 준비하던 병사들은 원망스럽게 하늘을 노려보며 숯이 젖지 않도록 가죽을 씌웠다. 허둥대고 있는 것은 그들뿐만이 아니었다. 식사를 준비하던 병사들도 불이 꺼져서 바쁘게 돌아다녔다.

이곳은 미테 성채에서 3셀(9킬로미터) 떨어진 곳에 있는 페르젠 잔당군의 본진이었다.

그 중앙에 쳐진 천막에서 한 여성이 눈을 떴다.

하란 스카아하 드 페르젠.

몸 상태가 좋지 않은지 그 얼굴은 생기 없이 창백했다. 그녀는 멍하니 주변을 둘러보다가 출입구에 서 있는 남자의 기척을 알아차렸다.

"스카아하 님, 깨어나신 겁니까……."

안도의 한숨을 쉬는 이 남자는 라헤 드 페어트라— 페르젠 왕가가 건재했을 무렵, 친위대 대장이었던 남자다.

"이제 깨어나지 않으시는 건 아닐까 불안해하고 있었습니다……."

"그래…… 나는 정신을 잃어버렸던 건가."

스카아하는 무언가를 떠올렸는지 욱신거리는 머리를 누르며 침구에서 벗어났다.

"좀 더 안정을 취해 주십시오. 우선은 식사부터 하셔서 체력을 회복하시지요."

라헤가 황급히 다가왔지만 스카아하는 손을 들어 제지했다.

"바깥 공기를 마시고 싶어. 무엇보다 이 눈으로 결과를 확인하고 싶다."

불안정하게 비틀거리며 출구로 향하는 스카아하를 라헤가 부축하려고 했으나 그녀는 긍지가 허락하지 않는다는 것처럼 거절을 나타냈다.

그리고 밖으로 나온 그녀는 신선한 공기를 폐에 들이며 주위를 둘러보았다.

"……미테 성채는 함락시키지 못한 모양이군."

그녀가 멈춘 시선 끝에는 견고한 성채가 안개비 속에 숨어 우뚝 서 있었다.

"그 뒤로 공세를 펼쳤습니다만, 생각보다 상대의 지휘 계통이 흐트러지지 않아서 호기를 살릴 수 없었습니다. 스카아하 님께서 수명을 깎으며 만들어 낸 호기였는데 그것을 헛되이 만들어 정말로 죄송합니다!"

"아니, 상대의 지휘관을 칭찬해야겠지. 역시 『군신소녀』야. 소문과 다름없는 명군사— 아니, 그 이상이군."

자조적으로 말한 스카아하의 오른손에 푸른 창이 출현했다. 갑자기 나타났음에도 등 뒤에 선 라헤의 표정에 놀람은 없었다. 그에게는 익숙한 풍경이리라.

"스카아하 님, 그런 힘을 사용하는 건 이제 그만둬 주십시오."

라헤는 살짝 노기를 드러내며 스카아하와 거리를 좁혔다.

"의식을 잃을 정도의 부작용— 그것은 수명까지 단축시키는 힘입니다."

"알고는 있지만…… 그 남자를 보니 참을 수가 없었어."

"누구 말입니까?"

의아해하며 눈썹을 찌푸리는 라헤에게 스카아하는 슬픈 눈길을 보냈다.

"뵈제 폰 크로네."

간결하게 이름을 고하니 라헤가 어금니를 으드득 갈았다.

라헤의 몸에서 살기가 흘러넘쳤고, 세게 움켜쥔 주먹에서 피가 뚝뚝 떨어지며 진흙과 뒤섞였다. 눈이 충혈되어 거칠게 호흡하면서도 필사적으로 자제하려 한다는 것을 알 수 있었다.

"귀공조차 그렇게 반응해 버리지. 그렇다면 내가 분노를 억누를 수 있을 턱이 없잖은가?"

긴 속눈썹을 파르르 떤 스카아하는 흐린 하늘을 올려다보고 한 줄기 눈물을 흘렸다.

"그 남자가 아바마마를 배신하고, 어마마마와 동생들을 희롱하다 죽인 자라고 생각하자 머릿속이 새하얘져서— 정신을 차리고 보니 힘을 사용하고 있었어."

스카아하는 페르젠이 멸망하던 모습을 직접 보지는 못했다. 왜냐하면 그녀는 왕명을 받고 서쪽의 여섯 나라에서 유학 중이었기 때문이다. 국가의 위기에 몇 번이나 돌아가려 했지만 측근들의 만류로 실현되지 못했다. 왕의 명령이라고, 그러니 참고 견뎌 달라고 간청받았다.

하지만 페르젠이 멸망하자 우호 관계를 맺고 있던 여섯 나라는 스카아하를 데리고 있으면 위험하다고 느끼고 그녀를 쫓아냈다. 돌아온 그녀를 기다리고 있던 것은 가혹한 현실이었다.

아름다운 거리로 주변 나라들에 이름을 떨치던 왕도는 무참한 모습이 되어 있었다. 불타서 검게 변한 집들이 늘어섰고, 시체 냄새가 공기를 오염시키며, 백성들은 그란츠 병사들에게 노예처럼 학대받고 있었다.

패전국의 말로— 스카아하로서는 도저히 견딜 수 없는 광경이었다.

"거기서 귀공과 만나지 못했다면 나는 무모하게도 그란츠군과 혼자서 싸웠을 거야."

복수심에 사로잡혔던 스카아하는 왕도에 잠입해 있던 라헤의 만류로 무사할 수 있었다. 그 후 왕가 사람이 어떤 처사를 당했는지, 그 자세한 내용을 듣게 되었다.

왕비였던 어머니는 어린 동생들을 구하기 위해 그 몸을 뵈제 폰 크로네에게 바쳤고, 아버지는 백성의 무사를 조건으로 그 목을 내놓았다. 하지만 그 남자는 약속을 지키는 일 없이 어머니 앞에서 동생들의 목을 쳤으며, 잔인무도하게도 그 시신 앞에서 울부짖는 어머니를 희롱하다가 죽었다.

"동생들이 얼마나 아팠을까. 어머니가 얼마나 괴로워하셨을까. 원수를 갚아 달라는 소리가 밤마다 들려. 어머니와 동생들이 꿈에 나타나 그 남자를 죽여 달라고 호소해."

스카아하의 오열은 빗소리에 섞여 사라졌다.

하지만 분노는 사라지지 않았다. 눈물에 젖은 눈동자 안쪽에는 업화가 사납게 날뛰고 있었다.

"그 남자만큼은 결단코 용서할 수 없어."

어머니와 동생들의 원수를 갚기 위해 페르젠 잔당군을 이끌자고 결심했다.

페르젠 영토에서 그란츠 대제국을 몰아내겠다고, 죽은 아버지와 오빠에게 맹세했다.

"그래도 제6황녀를 붙잡았을 때는 잘 참으셨습니다. 저는 목을 치실 줄 알았습니다."

라헤의 말에 스카아하는 언짢아하며 눈썹을 모았다.

"나는 영예로운 페르젠 왕가의 인간이야. 그란츠 황가처럼 아녀자를 죽이는 취미는 없어."

그렇게 위엄을 담은 어조로 말한 스카아하눈 이어서 걱정되는 사항을 라헤에게 털어놓았다.

"하지만 이대로 제6황녀를 드랄 대공국에게 맡겨도 괜찮을까……. 귀공은 어떻게 생각하나?"

"가능하면 신병을 인도받고 싶지만, 저희 군대의 현 상황을 고려하면 드랄 대공국의 협조가 필요합니다. 지금은 참을 수밖에 없습니다."

"그 남자는 도무지 마음에 들지 않아. 내 개인적인 감정을 제쳐 놓더라도 그 남자와 협력 관계로 있는 건 위험하다는 생각이 들어. 우리를 이용해 뭔가 꾸미고 있을 가능성이 커."

"저희를 이용해서 말입니까……."

단박에 감이 잡히지 않는지 라헤는 턱에 손을 대고 끙 소리를 냈다.

"퓝헨 공이 저희에게 협력을 제안한 이유는 드랄 대공국에서 지반을 다지고자 공적을 얻으려는 것이 다가 아니라고, 스카아하 님은 그렇게 말씀하시고 싶은 겁니까?"

"그래. 처음에는 작은 위화감이었지만…… 지금 그 의심은 강해지고 있어."

스카아하는 천막의 그늘에서 손을 뻗어 기세가 약해진 비의 감촉을 확인하며 의문을 입에 담았다.

"왜 퓝헨 공은 우리에게 협력해야만 했을까?"

"슈타이센 공화국과 휴전 협정을 맺었기 때문이겠지요. 역시 협정을 즉각 파기하고 쳐들어갈 수는 없을 테고, 반발하는 귀족의 입을 다물게 하려면 페르젠에서 공적을 쌓는 게 손쉬울 테니까요."

"그렇다고 그란츠 대제국에 싸움을 거는 건 멍청한 짓이야."

"그건 확실히 그렇습니다만, 그런 걸 따질 상황이 아니었다고 생각하면 자연스럽지 않습니까?"

"귀족의 반발에 부딪혀 나약해진 남자가 국가를 멸망시킬 만한 수단을 쓸 것 같나?"

"그건, 확실히…… 그렇군요. 그럼 누군가가 퓝헨 공의 배후에 있다는 말이 됩니다만."

라헤는 납득했는지 깊이 고개를 끄덕이다가 퍼뜩 놀란 표정을 지었다.

"설마 여섯 나라가 뒤에서 조종하고 있는 겁니까?"

여섯 나라는 여섯 개 나라로 이루어진 연합 국가로 페르젠 속주의 서쪽, 크림이라고 불리는 토지에 위치해 있었다. 통일왕(統一王)을 정점으로 한 여섯 나라는 그 혈족이 다른 나라들을 다스리고 있는데, 차기 통일왕이 되기 위해 매일같이 정쟁이 펼쳐졌고 다양한 권모술수를 구사하여 자신의 권력을 높이고자 경쟁 중이었다.

"그럴지도 모르고 아닐지도 몰라. 확증은 없지만……."

모든 일이 여섯 나라에 유리하게 진행되고 있었다.

예를 들어 페르젠 잔당군이 승리한다면 여섯 나라는 스카아하를 추방했음에도 불구하고 원조의 손길을 내밀 것이다. 그것을 뿌리칠 힘이 남아 있냐고 묻는다면 미묘했고, 탈환한 국토를 여섯 나라가 재차 망칠 가능성은 컸다.

그란츠 대제국이 승리한다고 해도 여섯 나라의 전력을 결집한다면 피폐한 서방 귀족 따위 페르젠 속주에서 순식간에 몰아낼 수 있을 것이다. 그 결과 양국이 전쟁을 시작한다면 전쟁터는 페르젠 속주가 될 테고, 여섯 나라는 영지에 아무런 타격도 받지 않으면서 일이 잘 풀리면 그란츠 대제국의 서방을 무너뜨릴 수도 있었다.

"게다가 드랄 대공국이 협력을 제안한 시기가 너무 좋았어."

솔직히 말하자면 원래 그때 패배했을 것은 페르젠 잔당군 쪽이었다.

『군신소녀』의 기지(奇智)는 무시무시했다.

그때 그녀는 스스로를 미끼로 삼았었다. 페르젠 잔당군을 일망타진하기 위해 미테 성채에 틀어박혀 **고립**을 가장한 것이다.

그것에 낚인 스카아하는 지하에 잠복하여 게릴라전을 준비하던 아군을 한데 모았다. 속았음을 깨달았을 때는 이미 늦어서 세리아 에스트레야 제6황녀가 협공을 가해 오고 있었다.

"그래도 드랄 대공국이 세리아 에스트레야 제6황녀의 배후를 치면서 우리는 전멸을 면하고 어떻게든 승리할 수 있었어. 『군신소녀』는 놓치고 말았지만 구사일생한 건 분명해."

"그리고 저희는 드랄 대공국과 협력할 수밖에 없는 상황이 되었고, 세리아 에스트레야 제6황녀의 신병 인도조차 요구할 수 없는 처지가 된 거군요."

"맞아. 어쩌면 퓹헨 공은 여섯 나라와의 거래 재료로 제6황녀를 쓰려는 걸지도 몰라. 아니면 선물로 페르젠의 국토를 건넬 생각이거나."

예상 범주를 벗어나진 않겠지만, 머리 한편에 기억해 두는 편이 좋을 것이다.

"그것조차 그란츠 대제국의 책략일 가능성도 버릴 수 없지만 말이야."

복잡한 얼굴을 하는 스카아하를 보고 라헤가 미간을 문지르면서 탄식했다.

"페르젠에 평온을 가져오고 싶을 뿐인데 아무래도 간단한 일이 아닐 것 같군요."

스카아하는 말없이 수긍했다.

처음에는 단순한 일이라고 생각했다. 페르젠에서 그란츠 대제국을 내쫓기만 하면 될 줄 알았다. 하지만 그것이 이루어졌더라도 혼란은 수습되지 않고 새로운 싸움을 불러들이게 됐을지도 모른다.

"설령 그랬더라도 현재 상황과 크게 다르지 않을지도 모르지만."

정신을 차리고 보니 다양한 의도가 페르젠을 에워싸고 있었다. 그 어둠은 깊어서 새끼줄 하나를 복잡하게 휘감아 풀 수 없게 만들어 갔다.

"비는 그쳐도 마음의 근심은 걷히지 않는군."

스카아하가 상공을 올려다보니 구름 틈으로 한 줄기 광명이 비쳐 들고 있었다.

해결의 실마리가 보이지 않는 싸움 끝에는 무엇이 기다리고 있을까. 생각하면 할수록 아득히 추락하는 감각에 빠졌다.

"이럼 안 되지⋯⋯. 일단 뵈제 폰 크로네의 목을 우선하자."

사고가 혼탁해지기 직전에 『군신소녀』가 틀어박힌 미테 성채를 응시한 스카아하는 자신의 양 뺨을 때려 정신을 바로잡았다.

"한 발 한 발 착실히 나아갈 수밖에 없으니까."

"맞습니다. 나중 일은 일단 미뤄 두기로 하죠. 먼저 목적부터 달성해야 합니다."

"무슨 일이 벌어질지 알 수 없는 상황이야. 되도록 미테 성채는 빨리 함락하고 싶어."

그란츠 대제국, 드랄 대공국, 여섯 나라─ 다양한 국가가 페르젠 속주로 마수를 뻗치고 있었다. 그런 현재 상황 속에서 느긋하게 『군신소녀』만 상대하고 있을 수도 없었다.

"곧 총공격을 가하겠다. 그러니 그때까지 품헨 공의 주변을 조사해 줬으면 해. 이상한 움직임을 보여도 곧장 대처할 수 있도록 말이지."

"알겠습니다."

라헤가 고개를 숙였을 때, 오른편에서 떠들썩한 소리가 들렸다.

"무슨 일일까요? 싸움이라도 벌어진 걸까요?"

"이럴 때 무슨 생각인 거야…… 너무 소란을 피운다면 엄벌을 내려야겠어."

무슨 일인가 싶어 스카아하와 라헤는 매도와 조롱의 목소리가 들리는 방향으로 나란히 발걸음을 옮겼다.

묘한 분위기가 감돌고 있었다. 착잡한 공기가 거칠게 휘몰아쳤다.

병사들이 묵는 천막 사이를 나아가니 이윽고 식사를 위한 널찍한 공간이 나왔다. 그곳에 호위병을 거느린 품헨이 있었다.

그는 과장되게 손짓하며 페르젠 잔당병을 향해 뭐라고 소리 높여 떠들고 있었다.

"하하! 돌 던지고 싶은 사람 없나? 마침 비가 온 덕분에 진흙도 생겼고, 그걸 던져도 좋다! 이런 기회는 좀처럼 없어. 누구든 앞으로 나오도록!"

품헨의 등 뒤에는 낯익은 우리― 잘못 볼 리도 없었다.

"내가 던지겠어. 이 녀석들, 그란츠 황가 때문에 우리 가족이 죽었다고!"

"나도! 그란츠병이 내 아내를 죽였어. 똑같은 고통을 이 녀석에게 선사해 주겠어!"

집이 불탔다. 여동생이 끌려갔다. 부친이 억울하게 고문을 받았다. 병사들이 제각기 다양한 원한을 쏟아내며 제6황녀—리즈가 붙잡혀 있는 우리를 둘러싸기 시작했다.

그런 가운데 폽헨이 스카아하를 발견했는지 말을 달려 다가왔다.

"스카아하 공도 어떤가? 그대의 힘이라면 손가락 정도는 잘라 낼 수 있지 않나?"

"폽헨 공, 이곳엔 뭐하러 왔지?"

"그렇게 매정하게 굴 건 없지 않나! 우리 군대의 사기 향상을 위해 제6황녀를 끌고 다니고 있었는데 겸사겸사 이쪽의 사기도 올려 줄까 싶어서 말이야."

그는 말에서 내리더니 어린아이처럼 웃으며 땅에서 돌을 주웠다.

"아픔에 익숙해졌는지 별 반응을 안 보이더군. 이참에 스카아하 공의 힘으로 멋진 비명을 뽑아 주지 않겠나?"

폽헨이 돌을 움켜쥔 손을 내밀었지만 스카아하는 분노를 숨기지 않고 그 손을 쳐 냈다.

"포로를 구경거리로 만들다니 악취미다."

"뭘 화내는 거지? 실제로 귀공의 병사들의 사기는 올라갔잖은가."

"입 다물게. 귀공에게는 기사도 정신이란 게 없나?"

스카아하는 품헨의 옆을 시나쳐 분노한 형상으로 우리를 에워싼 병사들 곁으로 향했다.

"너희는 뭐 하고 있는 거냐! 포로를 학대하다니, 그러고도 긍지 높은 페르젠의 병사인가!"

스카아하의 일갈은 대기를 진동시킬 정도였기에 병사들은 황급히 우리에서 거리를 두기 시작했다. 그리고 우리에 있는 리즈의 모습을 살핀 스카아하는 아연실색했다.

"이게 무슨—?!"

가장 먼저 눈을 의심했다. 어디에 인간이 있는지 알 수 없을 만큼 우리 안은 크고 작은 다양한 돌과 병 파편으로 넘쳐났다. 그 중앙에 파묻혀 웅크리고 있는 것이 아마도 제6황녀 리즈이리라.

"어떻게 이리도 끔찍한 짓을⋯⋯."

뒤따라 온 라헤 역시 무심코 입을 막으며 눈을 크게 떴다.

리즈의 군복은 마치 넝마를 입힌 것처럼 넓은 면적으로 찢겨 있었고, 그 등에는 눈을 돌리고 싶을 만큼 애처로운 커다란 열상이 슬쩍 엿보였다. 그것은 한두 개가 아니었다. 아마도 온몸에 상처가 있을 것이다.

스카아하가 우리로 더 가까이 다가가서 보니 그녀의 상태는 지독했다.

등을 둥글게 만 상태인 리즈는 옆으로 웅크리고 있었는데 스카아하의 위치에서 보이는 리즈의 뺨은 식사를 배급받지 못했는지 몹시 야위어 있었다.

게다가 거칠게 호흡하며 어깨를 크게 들썩이는 모습을 보면 상처가 곪아서 열이 나고 있을 가능성이 있었다. 일반인이라면 죽었어도 이상하지 않을 상황이었다. 너무나도 잔혹한 처사에 스카아하는 말을 이을 수 없었다.

"스카아하 공, 어떤가. 굉장하지? 이 상태로도 아직 살아 있어. 정령검 5제 소지자는 괴물이로군!"

"어, 어째서 이런 상태가 될 때까지 내버려 둔 건가?"

"정령검의 가호를 소실시키려면 그녀의 강한 정신력을 망가뜨려야 해. 하지만 어중간한 공격으로는 그녀를 굴복시킬 수 없었거든. 가호가 발동하지 않을 정도의 고문을 계속 가했지."

품헨은 희희낙락대며 말하기 시작했다.

"게다가 놀랍게도 정령검의 가호는 아직 살아 있어. 이렇게 추한 모습이 됐으면서도 손끝 하나 못 대게 하다니, 정말이지 훌륭하다니까!"

하지만 그 저항도 곧 끝난다며 품헨은 천진난만하게 웃었다.

"정령검의 가호는 상상 이상으로 강력했지만 그건 때에 따라 그녀의 몸을 혹사하는 모양이야. 실제로 쓸모없어진 병사를 제물 삼아 실험해 봤는데, 가호의 위력은 예전보다 현격히 떨어져서 생명의 위기만 저지하는 정도까지 약해졌더군."

비열하게 웃는 품헨을 보고 스카아하는 혐오감을 넘어 공포를 느꼈다.

"나는…… 귀공이 무슨 소리를 하는지 모르겠군."

"그래? 알기 쉽게 설명한다고 한 건데……. 뭐, 예상컨대 앞으로 이틀 후엔 정령검이 그녀의 몸을 걱정하여 가호를 없앨 거야. 내가 즐긴 뒤에는 마음대로 해도 돼. 목을 자르는 것도 좋겠지."

"귀공은…… 귀공은 그 정도로 세리아 에스트레야 제6황녀를 미워했던 건가?"

"그래, 엄청난 원한이 있어. 귀공도 분명 똑같은 마음일 거야."

"뭐라고?"

"하! 알고 있을 텐데? 아무런 불편함도 없이 금지옥엽으로 자란 계집이 그저 정령검에게 선택받았다는 이유만으로 영웅이라고 떠받들려지고 있지. 고생도 모르고 출세한 주제에 평범한 사람의 기분 따위 이해하지도 못하지. 무엇보다 용서할 수 없는 건 제 세상인 양 전쟁터에 나와서 거만하게 고설(高說)을 지껄이는 거야. 그저 초대 황제가 썼다는 검을 휘두르기만 하면서 공적을 전부 가져간다고! 나는 세상 사람들의 원한을 구현해 줬을 뿐이야!"

"단순히 잘못된 앙심이잖아…… 귀공은 제정신인가?"

"제정신이고말고! 힛히히! 하하하하하! 질릴 때까지 갖고 놀아 주겠어!"

폼헨은 추잡한 정욕에 지배된 시선을 리즈에게 보내며 미친 듯이 웃었다.

"하지만 질렸을 때야말로 기다리던 순간이겠지! 분명 울부짖는 얼굴을 볼 수 있을 거야!"

푭헨은 정령검 5제 소지자를 괴물이라고 말했다.

'그럼 눈앞에 있는 귀공은 대체 뭐지?'

인간은 이토록 추해질 수 있는 것인가…… . 스카아하는 멍해졌다.

*****

천막의 네 귀퉁이에 어둠이 몰려들었다. 뼛속까지 시린 밤의 장막이 내려와 있었다.

이명처럼 들리는 바람이 불쾌한 울음소리를 냈다.

최근 잠들지 못하는 나날이 이어지고 있었다. 잠이 오지 않는 것이다.

수면 자체를 몸이 거부하고 있는 것이리라. 그 원인도 알고 있었다.

잠들어 버리면 자신이 아니게 되어 버릴 듯한 공포를 느끼고 있었다.

"……아니, 그 꿈을 꾸고 싶지 않은 것뿐일지도 몰라."

히로는 자조적으로 웃고 책상에 펼쳐진 지도를 바라보았다.

그리고 촛불을 의지하여 잉크와 펜을 꺼내 편지를 썼다.

다 적으니 펜을 놓는 소리가 조용한 어둠 속에 울렸다.

잉크가 마르는 동안 히로는 눈을 감고 명상을 시작했다.

심호흡을 되풀이하며 자신의 몸속 깊숙한 곳에서 솟아오르는 광기를 억제하다가, 희미한 기척을 느끼고 눈을 떴다.

─양초의 불이 꺼져 있었다.

천막 안은 어둠에 지배되어 밖에서 휘몰아치는 바람 소리만이 남았다.

그때─ 강한 바람이 불며 천막 출입구가 크게 흔들렸다.

그것은 작은 틈을 만들었고, 한 줄기 달빛이 그곳을 통해 들어왔다.

문득 어떤 물건이 눈에 들어왔다. 달빛이 비춘 책상을 바라본 히로는 안대를 천천히 쓸어내렸다.

알티우스에게 받은 카드가 어느새 책상 위에 나타나 있었다.

카드는 하얀 부분이 조금 남아 있을 뿐, 먹에 담근 것처럼 칠흑색이었다.

괴기스러운 분위기가 감돌았다. 알티우스의 말로는 정령 부적의 일종이라고 했지만 사용법은 여전히 모르는 채였다. 다양한 문헌을 조사했으나 무엇 하나 참고가 될 만한 것은 없었다.

그날, 『천제』의 힘을 되찾았을 때─ 알티우스가 꿈에 나타나 이것에는 정령이 깃들어 있다고 했다. 이렇게 멋대로 나타나는 것을 보면 틀림없이 어떤 의지가 존재하리라.

"길한 물건이 아니란 건 확실하지만, 그런 걸 알티우스가 나한테 주진 않을 테고."

대처할 방법을 알 수 없는 현재로써는 어떻게 할 수도 없다. 하지만 검게 물들어 가는 것이 무엇에 대한 반응인지는 어렴풋이 느끼고 있었다.

이것이 검정 일색이 됐을 때, 어떤 결과를 낳을 것인가— 그것은 모른다.

"정말이지 성가신 물건을 건네줬다니까."

의형의 모습을 떠올린 히로는 자조적인 웃음을 흘리고서 카드를 품에 넣었다.

그리고 그저 먼 곳을 보듯 어둠만을 지그시 응시했다.

*****

검은 비가 내리고 있었다.

멈추지 않는 천둥과 함께 고함 같은 것이 세계를 뒤흔들었다.

주변에는 엄청난 수의 시체가 굴러다니고 있었고, 부러진 도검이 무수히 대지에 박혀 있었다.

눈앞에는 아름다웠을 터인 장엄한 성이 서 있었다.

아름다웠을 것이라 추측을 하는 데에는 이유가 있다.

현재 성문은 요란하게 파괴되어 있었으며 성벽은 군데군데 무너진 모습이었다. 상징이었을 터인 성은 활활 타는 불길에 휩싸여 모골이 송연해지는 굉음을 연주 중이었다.

리즈는 그런 곳에 있었다. 주변을 둘러보는 모습에는 당황이 여실히 나타나 있었다.

"앗…… 여긴 뭐지?"

리즈는 푬헨이라고 이름을 밝힌 잔학한 남자에게 붙잡혀 있었을 터였다.

자신의 몸을 내려다본 리즈는 깜짝 놀라 눈이 동그래졌다.

멀쩡했다. 그 남자가 만든 상처 자국이 하나도 남아 있지 않았다.

"……꿈이지?"

그런 것치고는 생생한 꿈이었다.

발바닥으로 전해지는 기분 나쁜 진흙의 감촉도, 피부를 어루만지고 가는 쌀쌀한 바람도, 코를 찌르는 피비린내도, 눈앞의 불길에서 전달되는 열기도, 전부 현실처럼 여겨졌다.

이해 따위 할 수 있을 리도 없었고, 어떻게 하면 좋을지도 알 수 없었다.

꿈이라고 생각하는 자신과 현실이라고 생각하는 자신이 마음속에서 다투며 머릿속을 혼란에 빠뜨렸다.

게다가 주위 정경이 혼란에 박차를 가했다. 집중력을 흐트러뜨려 사고가 정리되지 않았다. 그때— 허리에 차고 있던 검이 진동했다.

리즈가 깜짝 놀란 표정으로 시선을 아래로 내리니 정령검 5제, 『염제』가 눈에 들어왔다.

마치 정신 차리라고 호소하는 것처럼 붉은빛을 내고 있었다.

그 직후— 빛은 한 줄기 선이 되어 리즈를 이끌듯이 성으로 뻗어 갔다.

"이쪽으로 가라는 뜻이야?"

『염제』를 향해 물어보았지만 반응이 돌아오지는 않았다.

"알겠어. 가면 되는 거지?"

리즈는 포기하고 어깨를 으쓱인 뒤, 붉은빛 길을 따라가기로 했다.

신기하게도 불안은 전혀 없었다. 꿈이라고 생각하고 있는 탓이거나, 아니면 이 끝에 무엇이 기다리고 있는가를 마음 한편으로 예감하고 있었을지도 모른다.

불타 내려앉은 정문을 지나가자 하얀 성의 입구가 보였다.

안뜰로 여겨지는 장소에는 피 연못이 생겨 있었다.

초목은 피로 빨갛게 물들었고, 성을 뒤덮은 불길이 나무로 옮겨 붙었으며, 파열음이 요란하게 울렸다. 흡사 지옥도 같다고 리즈는 생각했다.

원망스럽게 천상으로 손을 뻗고 있는 것은 죽은 자들뿐, 숨을 쉬고 있는 자는 한 명도 없었다. 신경 쓰이는 점은 몇 가지 있었지만 그중 제일은 이 무시무시한 광경을 만든 자의 모습이 없다는 것이었다.

—즉, 이 세계에는 산 자가 없었다.

모든 것에 평등한 죽음이 찾아와 있었다. 가차 없는 공격에 노출되어 살해당한 모습이었다.

무너진 잔해를 피하면서 리즈가 성안으로 발을 들여도 바뀌는 것은 없었다.

이윽고 알현실로 보이는 장소에 도달했을 때—.

"아……."

리즈는 숨을 삼켰다.

이 세계의 유일한 생존자가 있었으므로— 심지어 그 소년의 얼굴은 낯이 익었다.

윤기 있는 흑발, 흑요석처럼 아름다운 검은 눈동자, 벌레 하나 못 죽일 듯한 온화한 얼굴을 잘못 볼 리 없었다. 어딜 어떻게 봐도 판박이였다. 그 복장도, 무슨 생각을 하고 있는지 알 수 없는 표정을 짓고 있는 점도—.

"……히로?"

저도 모르는 사이에 발걸음이 빨라졌다. 정말로 히로인지 아닌지 확인하고 싶었다.

"왜, 어째서 히로가 여기에?"

하지만 소년의 곁으로 달려가던 리즈의 발은 머지않아 속도를 잃고 말았다.

"히, 히로?"

소년이 휘감은 기이한 분위기를 깨달았기 때문이다.

"……."

말을 꺼낼 수가 없었다. 숨 쉬는 것조차 잊어버렸다.

눈을 크게 뜬 리즈는 두려움이 담긴 시선을 소년의 손에 집중했다.

—목이었다.

소년의 손에는 누구의 것인지도 알 수 없는, 고통에 얼굴을 일그러뜨린 목이 있었다.

 이윽고 리즈는 퍼뜩 알아차렸다. 기묘하고 오싹한 소리가 들린다는 것을—.

 그 발생원을 찾던 리즈의 시선이 소년의 발밑에 이끌렸다.

 대량의 선혈이 주변 일대에 퍼져 있었다.

 목에서 흐른 핏방울이 그곳으로 떨어지며 조용한 물소리를 만들어 내고 있었다.

 원래대로라면 그런 사소한 소리가 들릴 리 없었다.

 화로에 넣은 숯이 튀듯 주변이 시끄러운 불협화음을 내고 있었기 때문이다.

 그러나 세계와 동떨어져 있는 것처럼 소년이 만들어 내는 소리만큼은 묘하게 귓가에 맴돌았다.

 동시에 소년의 살짝 벌어진 입술에서 웃음소리가 흘러나왔다.

 『하하! ……하! ……하하.』

 웃고 있는데, 그 목소리는 울고 있는 것처럼 무척 슬펐다.

 위로해 주고 싶다는 생각이 들 만큼 소년은 비통한 목소리를 계속 흘렸다.

 꼭 안아 주고 싶다는 생각이 들 만큼 소년은 추운 듯이 계속해서 몸을 떨었다.

 그리고—.

 "앗?!"

 불시에 소년의 눈이 이쪽으로 향하자 리즈는 심장이 움켜잡히는 감각에 빠졌다.

『왔나…….』

소년에게서 극한(極寒)의 목소리가 나왔다. 이어서 내장을 짓뭉갤 정도의 중압이 엄습했다.

『셀 수 없이 많은 성을 함락해도, 셀 수 없이 많은 사람을 죽여도…….』

소년은 울고 있었다. 눈물 흘리며 괴로움을 토해 내고 있었다.

『내 마음이 충족되는 일은 없어.』

소년의 눈동자에는 빛이 없었다. 마음이 완전히 파괴되어 있었다.

『이런 걸로 충족될 리가 없다는 건 알고 있었어.』

눈물을 흘리는 검은 눈동자 안쪽에는 그저 어둠이 펼쳐져 있을 뿐이었다.

『그럼— 이제 나는 어떻게 하면 좋지?』

건드리기만 해도 사라져 버릴 것 같을 만큼 소년이 궁지에 몰려 있음을 알 수 있었다.

소년에게 어떤 무서운 일이 있었는지 리즈는 상상이 가지 않았다.

그래도, 적어도 따뜻한 말을 해 주고 싶었다.

"있지…… 나, 강해질 테니까. 널 지탱할 수 있을 만큼 강해질 테니까."

이제 울지 않아도 돼— 그렇게 말하려던 때였다.

커다란 진동이 덮쳤다.

서 있을 수 없을 정도의 충격이 리즈의 몸으로 전달되었다.

─세계가 무너지기 시작했다.

붕괴된 천장에서 떨어진 잔해가 흰 연기를 일으켰다. 불똥이 날아오르며 시야를 뒤덮으려 했다. 그런 가운데 리즈는 황급히 소년에게 손을 뻗었다.

"괜찮아! 내가 널 지켜 줄 테니까! 어서 이 손을─ 윽?!"

그러나 무정하게도 리즈의 손은 허공을 갈랐다. 잔해가 만들어 낸 격렬한 진동 때문에 자세가 무너져 버린 것이다. 지면에 빼앗겼던 시선을 다시 소년에게 돌렸지만 눈앞은 이미 불바다가 되어 세차게 타오르고 있었다.

"기다려!"

리즈는 크게 소리쳤다. 소년의 기척이 멀어져 갔기 때문이다.

"히로!"

무심코 이름을 불러 버렸지만 정말로 그라는 자신은 없었다.

"기다리라니까!"

쫓아가려고 해도 발이 뿌리박힌 것처럼 지면에서 움직이지 않았다.

힘껏 손을 뻗어 보았으나 등을 돌린 소년에게는 닿지 않았다.

"정말, 왜 이런 때 움직이지 않는 거야?!"

리즈는 짜증을 토하며 자신의 발을 원망스럽게 노려보았다.

"히로!"

그래도 포기하지 않고 계속해서 이름을 불러 보았지만 소년은 한 번도 돌아보지 않고 불바다 속으로 사라졌다. 분한 마음에 자기 다리를 때리던 리즈는 얼굴을 들고 모색했다.

어떻게 하면 소년을 도와줄 수 있을까.

필사적으로 생각하는데—.

"뭐야, 포기한 건가?"

갑자기 생소한 목소리가 등 뒤에서 들렸다.

죽음이 넘쳐 나는 세계에서 어딘가 오만과도 닮은 음성은 무척 인상적이었다.

리즈는 조심조심 뒤로 돌았다.

"짐은 거기서 포기하지 않았어."

오만불손, 유아독존, 태연자약, 어떤 말로도 형용하기 힘든 청년이 서 있었다. 구 제국식 군복을 금은으로 장식한 모습은 악취미라는 말밖에 안 나왔다.

하지만 신기하게도 잘 어울렸기에 짜증이 나기도 했다.

"……누구?"

"레온 벨트 알티우스 폰 그란츠."

히죽 웃은 청년은 자신의 존재를 강조하듯 양팔을 펼치며 화려하게 이름을 밝혔다.

"삼천 세계에 이름을 떨치는 그란츠 대제국의 초대 황제다."

웃기는 대사인데도— 어딘가 심금을 울렸다.

그 음성.

그 몸짓.

그 동작.

어느 것에서나 왕의 풍격이 감돌았다.

절대적 왕인 사자(獅子)가 눈앞에 서 있었다.

"아이야, 멍청한 얼굴 마라. 시간은 그리 별로 남아 있지 않아."

"어…… 그, 그치만, 초대 황제?"

"아이야, 잘 들어라. 조금 전 소년에 관한 것인데— 웃?!"

"맞아! 히로가 있었어! 슬픈 얼굴을 하고 있었어!"

어느새 발을 움직일 수 있게 된 리즈는 알티우스에게 달려가 그 양어깨를 힘껏 붙잡고 흔들었다.

아니— 알티우스는 미동도 하지 않고 그 단정한 얼굴에 쓴웃음을 드러냈을 뿐이었다.

"하하! 재미있는 아이군."

"웃고 있을 때가 아니야! 얼른 그 애를 도와줘야 해!"

"음, 그건 짐도 잘 알고 있다. 그러니 진정해라."

알티우스는 허둥대는 리즈의 머리에 손을 얹고 다정하게 타이르며 말했다.

"알겠나, 한 번만 말하겠다."

"뭘?"

"―그 녀석을 구해 다오."

짧은 말.

하지만 그 말에는 만감이 담겨 있었다.

어째선지 가슴이 찢어질 듯한 후회가 리즈의 마음에 밀려들었다.

"분하지만 짐은 할 수 없었다."

"······하지만, 어떻게 구해야 해?"

"알게 될 거다. 너라면 분명 언젠가 도달할 거야. 그 녀석의 등을 따라잡을 거다."

알티우스는 리즈의 머리를 한 번 쓰다듬고 한 걸음 뒤로 물러나 미소를 지었다.

"그런 고로 작별이다."

이 이상의 말은 필요 없다는 것처럼 알티우스는 장난기 어린 웃음을 보내왔다.

"자, 잠깐만! 하고 싶은 말만 하고서 사라지려는 거야?!"

리즈의 외침에 알티우스는 진지한 눈으로 바라보았다.

"염치없는 청이지만 잘 부탁한다."

표정은 분명 웃고 있는데 무척 슬픈 얼굴을 하고 있었다.

리즈는 어째선지 그가 한탄하고 있음을 알 수 있었다. 지금 자신은 아무것도 할 수 없다며 울고 있었다.

"소중한 의제(義弟)거든."

그랬다. 히로와 닮아 있었다.

감정을 죽이고 평상심을 유지하려는 부분이 똑같았다.

하지만 그렇게 느긋한 생각을 하고 있을 만큼 이 세계는 리즈에게 시간을 주지 않았다. 리즈는 방대한 힘이 허리 부근에 모이는 것을 감지하고 시선을 아래로 내렸다.

"『염제』?"

그 순간— 붉은 칼날에서 커다란 불길이 분출되었다. 폭풍(爆風)이 주변을 삼키며 퍼져 갔다.

붕괴하는 세계에서 『염제』가 리즈를 내쫓으려 한다는 것을 알 수 있었다.

그러나 아직 못다 한 일이 남아 있었다. 아직 이 세계에서 떠날 수는 없었다.

"잠깐, 당신도 어떻게 좀— 어?"

정신을 차리고 보니 조금 전까지 있던 청년의 모습은 온데 간데없었고, 그가 있던 곳은 건물 잔해로 가득했다.

이놈이고 저놈이고 제멋대로라고 생각하며 리즈는 『염제』를 노려보았다.

"기다려! 그 애를 돕고 싶어! 그러니까 기다려 줘!"

하지만 무정하게도 그 목소리는 받아들여지지 않았고, 『염제』에서 한층 더 큰 빛이 뿜어져 나왔다.

"웃?!"

견딜 수 없는 눈부심에 리즈는 팔을 교차하여 눈을 가렸다.

하지만 눈을 태우는 섬광은 더욱 격심해질 뿐이었고, 가려 봤자 소용없다는 듯이 눈꺼풀을 통과해 안구를 자극했다.

그러다 갑자기— 너무나도 갑자기, 빛이 사그라지는 것을 느꼈다.

리즈는 조심조심 눈을 떴다.

—어둠이 펼쳐져 있었다.

정말로 눈을 떴는지 의심이 들 만큼 심연 같은 검정이 세계를 물들이고 있었다.

그렇게나 시끄러웠는데, 지금은 벌레의 울음소리만이 남아 있었다.

"……역시 꿈이었던 거야?"

쉽사리 믿을 수 없는 체험이지만, 소년의 그 비통한 얼굴은 또렷이 기억에 남았고, 중얼거렸던 말이 여전히 가슴을 옥죄었다. 애초에 지금 여기 있는 것조차 현실인지 애매했다. 리즈는 확인을 위해 몸을 일으키고자 바닥에 손을 짚었으나—.

"아얏?!"

손끝에 격통이 퍼졌다. 눈꼬리에 눈물을 매달며 이를 악물고 아픔을 견뎠다.

꿈에서 되돌아온 느낌이 들었다. 조금 움직이기만 해도 온몸에서 통증이 일었다.

"으윽!"

리즈는 자신의 손으로 시선을 보냈다. 일렁이는 희미한 빛을 의지해 손끝을 바라보았다.

붕대가 감겨 있었다. 손끝에 피가 배어 있는 것을 확인하고 꿈에서 깼음을 실감했다.

폽헨에게 뽑힌 손톱이 현실로 돌아왔음을 깨닫도록 해 주었다.

"으으……!"

온몸을 덮치는 엄청난 고통에 리즈는 한동안 신음했지만—.

"깨어난 것 같군."

목소리가 들리자 숨을 멈추며 어깨를 움찔했다.

또 고문에 가까운 취급을 받는 걸까 생각하니 정신이 아득해졌다.

하지만 굴복할 수는 없었다. 질까 보냐 하고 결심하고서 얼굴을 들었다.

"……어라?"

리즈는 어안이 벙벙해졌다.

눈앞에 있던 인물이 퓸헨이 아니었기 때문이다.

"퓸헨 경과 착각하게 만든 모양이야."

램프의 불빛이 어둠 속을 이동하여 한 여성을 비추었다.

그래서 희미하게 손이 보였던 거구나, 하고 리즈는 남의 일처럼 생각하고 말았다.

"그러니 그렇게 무서운 얼굴 하지 말아 줬으면 좋겠어."

그녀의 이름은 분명 하란 스카아하 드 페르젠.

페르젠 왕가의 생존자였다.

여전히 늠름한 얼굴이었지만 피곤한지 표정이 어두웠다.

"나한테 볼일이라도?"

리즈는 눈동자에 경계의 색을 담으면서도 약한 모습을 보일 수 없다며 의연한 태도를 가장했다.

그에 반해 스카아하가 지은 것은 쓴웃음이었다.

"오늘 밤은 싸늘하니까. 모포라도 줄까 싶었던 거야."

그녀가 우리 안으로 손을 넣더니 따뜻해 보이는 모포를 내밀었다.

"무슨 생각이야?"

리즈는 스카아하의 진의를 살피고자 그녀의 얼굴을 주시했다. 그러나 아무리 바라봐도 그녀는 엷은 쓴웃음을 지을 뿐이었다. 무엇보다 거기에 다른 뜻은 없는 것 같았다.

정말로 리즈를 걱정해서 한 행동인 모양이었다. 리즈는 믿을 수 없어서 눈을 크게 떴다.

"어째서……?"

저번에 만났을 때라면 아무 생각도 없었을 것이다. 건네 오는 호의를 순수하게 받아들였을 것이 틀림없다.

"어째서 그렇게나 내게 잘해 주는 거야?"

하지만 스카아하에 관해 알고 있는 지금은 그 성의에 의심이 솟아났다.

그란츠 대제국이 페르젠 국왕에게 했던 잔혹한 처사들, 스카아하의 가족에게 했던 잔학한 행위를 들었기 때문이다.

"딱히 후한 대접은 아니라고 생각해. 그란츠 황가라고는 하지만 다른 포로와 똑같이 대우하려 하고 있어."

그렇게 말한 스카아하는 작게 고개를 기울이더니 눈썹을 찌푸리고 리즈를 보았다.

"납득할 수 없다는 얼굴이군."

"……당신에 관해서는 퓹헨이라는 남자에게 여러 가지로 들었어."

"과연…… 그렇다면 의심의 눈길을 받아도 어쩔 수 없나."

"그래. 그란츠 대제국을 향한 당신의 원한은 상당할 테니까."

"……답답하군. 요컨대 하고 싶은 말이 뭐지?"

탄식한 스카아하는 우리에서 멀어지더니 의자를 들고 돌아왔다.

의자에 앉은 그녀는 청록색 눈동자로 리즈를 바라보며 뒷말을 재촉했다.

"그란츠 황가의 인간인 내가 밉지 않아?"

서로의 속마음을 떠보며 살필 필요는 없었다. 리즈는 단도직입적으로 말했다.

"솔직히 말하자면…… 적잖이 밉기는 해. 하지만 그 기분 그대로 귀공에게 감정을 쏟는다면 나는 나 자신을 용서할 수 없게 될 거야."

고상한 정신을 가지고 있을 것이다. 그 말에 거짓은 없어 보였다.

적어도 리즈는 그녀가 진지한 태도로 자신을 대해 주고 있음을 알 수 있었다.

"그리고 귀공을 고문해 봤자 내 속이 후련해지지는 않겠지. 내 목적은 귀공이 아니라 다른 사람들이니까."

"그 사람들의 이름은?"

"그걸 들어서 어쩔 셈이지? 녀석들을 처벌이라도 해 줄 건가?"

"내가 할 수 있는 일이라면 가능한 한 협력하겠어."

붙잡힌 신세여서야 설득력 따위 전혀 없겠지만, 해방된다면 이번에 들은 이야기를 토대로 정보를 모아서 페르젠 속주를 가능한 한 지원할 생각이었다. 물론 군율을 지키지 않은 병사들과 그 지휘관들도 처벌할 것이다.

"귀공은 상냥하군. 그란츠 황가에서 태어났으면서 순수한 마음을 가지고 있어."

스카아하는 동경의 눈길을 보냈지만 이내 고개를 가로저어 거부를 나타냈다.

"하지만 그래도 힘이 부족해. 더 지위를 올려야 해. 극악무도한 무리를 처벌하려면 정점에 서서 전체를 바꿀 수밖에 없으니까."

"즉…… 그 정도로 힘 있는 상대라는 거야?"

그란츠 대제국의 정점에 서야 처단할 수 있는 자라면 그녀의 최종 목표는 저절로 알게 된다.

"아니면 지금의 지위를 버리고 그란츠 대제국에 반기를 들 각오가 있나?"

"그건……."

리즈는 대답이 궁해지고 말았다. 뭐라고 대답하면 좋을지 알 수 없었다.

"상냥함만으로 해결할 수 있는 일도 있겠지. 하지만 폭력으로만 해결할 수 있는 일도 있어. 그 용기가 없다면 간단히 도와주겠다고 말해선 안 돼."

스카아하의 말이 무겁게 내리눌렀다. 그녀의 복수 대상이 리즈의 상상대로라면 정말로 반기를 드는 것 말고는 길이 없었다. 그러나 그것은 지금까지 쌓아 온 것을 무너뜨리는 일이었다. 친한 자들까지 끌어들이는 험한 길이 될 것이다.

지금 리즈에게는 힘도 부족했고, 히로와 다른 사람들을 희생시킬 용기도 없었다. 그런 나약한 자신이 군율을 어긴 무리를 벌할 수 있을 리 없다.

잘난 듯이 말해 놓고서 아무것도 할 수 없었다. 리즈는 어금니를 악물고 얼굴을 숙였다.

"그란츠 대제국, 세리아 에스트레야 엘리자베스 폰 그란츠 제6황녀."

수면에 조용히 돌멩이를 던지는 것처럼 이름을 불린 리즈는 숙이고 있던 얼굴을 들었다.

스카아하가 한쪽 무릎을 땅에 꿇고 리즈를 향해 머리를 숙이고 있었다.

"귀공의 신경을 건드리는 언동을 사죄하네. 동시에 그대의 순수하고 고상한 마음은 그대로 됐으면 해."

스카아하는 미소를 지었다.

"귀공 같은 소녀가 나 같은 자를 도와주며 스스로 더러워질 필요도 없어."

초원에 핀 한 송이 꽃처럼 곱고 매력적인 웃음이었다.

"무엇보다 나는 내 손으로 복수를 이루고 싶거든."

그것도 한순간이었기에 리즈는 자신의 눈을 의심하고 말았다.

리즈가 깜짝 놀라는 사이에도 스카아하는 진지한 표정을 짓고 계속해서 말했다.

"가령 귀공이 황제였더라도 나는 거절했을 거야."

그리고서 입을 닫은 그녀는 근처 책상으로 걸어가더니 그

위에 놓여 있던 나무 그릇을 한 손에 들고 돌아왔다.

"내 쪽에서 할 말은 이제 없어. 귀공도 그 이상은 말하지 않아도 돼."

쇠창살 틈으로 팔을 뻗어 리즈에게 나무 그릇을 내밀었다.

"조금 식어 버렸지만 먹도록 해. 배고플 테지."

"……."

욕은커녕 일방적인 사죄를 받았다. 심지어 이야기를 끝내 버렸으니 리즈는 말을 이을 수 없었다.

"아아, 독은 들어 있지 않으니까— 라고 말해도 신용할 수 없나."

스카아하는 나무 그릇에 담긴 수프로 시선을 보내고서 깜빡했다는 얼굴로 어깨를 떨구었다.

"은제 식기가 없기에 목제에 담아 버렸지만, 이래서야 무서워서 먹을 수 없겠군."

리즈가 말이 없는 이유를 착각한 스카아하는 머리를 긁적이고 당황한 표정을 지었다.

"아니야. 먹을게."

하지만 리즈는 그렇게 말한 후 반쯤 낚아채듯이 그릇을 들었다.

"~~~~~?!"

급히 먹은 탓인지 입안에 생긴 상처를 수프가 자극해 버렸다.

"하하! 재밌는 아가씨야. 천천히 먹도록 해. 아무도 안 뺏어 가니까."

스카아하는 다시 의자에 앉아 수프를 먹는 리즈의 모습을 흐뭇하게 바라보았다.

"내게는 귀공과 동갑인 여동생이 있었어. 그 아이도 말괄량이에 다정했지."

옛날을 그리워하며 스카아하는 살포시 미소를 지었다.

리즈는 아무 말도 할 수 없었다. 이미 그 동생은 죽었으니까— 가장 잔혹한 방법으로 그녀 곁에 돌아왔을 터였다.

그 증오가 얼마나 클까. 자신이었다면 견딜 수 있었을까. 리즈는 괴로운 생각에 잠기고 말았지만 대답을 내지 못한 채 시간만이 흘러갔다.

"……잘 먹었습니다."

"더 먹을 텐가?"

"아니, 충분해. 고마워."

리즈가 나무 그릇을 돌려주자 두 사람 사이의 대화가 끊기고 침묵이 내려앉았다.

정적이 천막을 지배했다.

하지만 스카아하는 떠나지 않고 어딘가 울적한 시선을 리즈에게 보냈다.

"……귀공에게 한 가지 확인해 두고 싶은 게 있어."

"뭔데?"

"아까 어떤 꿈을 꿨는지 들려줬으면 좋겠군."

스카아하의 질문을 받은 리즈는 순간적으로 얼버무려야 한다고 판단했다.

무슨 이유에서 그런 질문을 했는지는 모르겠지만 정령검 5제에 관해서는 최대한 말하지 않는 편이 좋았다.

무엇보다 초대 황제 알티우스 이후 처음이라는 희귀함 때문에 『염제』는 많은 인간들이 관심을 가지고 있었고, 품헨처럼 연구심을 자극받는지 노리는 자가 많았다.

"……글쎄, 기억 안 나."

"그런가. 말하고 싶지 않다면 그것도 상관없겠지."

대답을 얼버무려도 스카아하는 특별히 기분 상한 모습도 없이 담담히 이야기를 진행했다.

"너무 깊이 들어가면 돌아올 수 없게 돼. 그것만큼은 조심하는 편이 좋아."

"왜 당신이…… 그런 걸 알고 있어?"

"숨기면 얘기가 복잡해질 테니 솔직히 말하지. 나는 귀공과 마찬가지로 정령검 5제 소지자야."

간단히 자백한 스카아하는 오른손을 허공에 휘저었다. 그러자 신기하게도 그녀의 손을 중심으로 작은 입자가 소용돌이쳤고, 한층 큰 빛을 내며 푸른 창이 나타났다.

아름다운 창이었다. 자루는 파랗게 물들었고 창끝은 보석들을 박아 넣은 것처럼 광채를 냈다.

"역시…… 어렴풋이 느끼고는 있었지만 『빙제^{게볼그}』였구나."

리즈는 살짝 놀라며 푸른 창을 바라보았다.

지금까지의 역사를 돌아봐도 정령검 5제가 타국의 인간을 선택한 적은 없었다.

아니— 확인되지 않았을 뿐 사실은 있었을지도 모르나, 적어도 문헌에 이름을 올린 것은 그란츠 황가 사람뿐이었다.

"내가 선택된 이유는 모르지만…… 지금은 그런 것보다도 그대의 꿈이 더 중요해."

화제를 바꾼 스카이하는 도중에 무언가를 떠올렸는지 작게 끙 소리를 내며 턱에 손을 대고 『염제』와 리즈를 번갈아 바라보았다.

"그전에 귀공은 정령검 5제에 의지가 있다는 걸 알고 있겠지?"

리즈는 대답해야 할까 망설인 끝에 단념하고 탄식했다.

정령검 5제에게 선택받은 자끼리라면 숨겨 봤자 의미는 없을 것이다.

"그래…… 내 『염제』는 개구쟁이 아가씨야."

정령검 5제는 초대 황제 알티우스가 정령왕에게 힘을 받아 제작한 보검 다섯 자루를 가리켰다. 정령검 5제에는 그 이름대로 정령의 의지가 깃들어 있다고 전해졌다.

"하지만 무슨 생각을 하는지 알 수 있는 정도라서, 아직 대화까지는 못 해."

정령검 5제는 소지자를 주인이라고 인정하지 않는 한 모습을 나타내지 않았고, 억지로 발현시키려고 하면 저주를 받았다. 그러나 인정받으면 지대한 힘을 받을 수 있었다.

그래서— 정령왕의 『선물』이라고도 불렸다.

"그렇군. 내 『빙제』는 괴팍해서 말이지. 금세 토라져서 다루기 어려워."

하지만 어떻게 힘을 끌어내는가. 주인의 바람이 강하면 강할수록 정령검은 아낌없는 힘을 준다고 전해진다. 극상의『염원』이라면 효과는 더욱 현저해진다고 한다. 요컨대 정령의 힘을 끌어내는 것은 얼마나『마음』이 공명하는가에 달렸는데, 일방적으로 바라기만 해서는 안 되고 정령검을 이해하여 신뢰 관계를 쌓아야 했다.

"정령검 5제는 무시무시한 힘을 주기도 하지만 그건 곧 방대한 힘을 버텨야 한다는 뜻이기도 해. 원래부터 인간의 몸에 담기에는 과분한 힘이야. 한 번 사용하는 데 현저하게 체력을 소모할 때도 있어…… 여기까지는 이해됐나?"

복잡한 얼굴로 끙 소리를 낸 리즈를 보고 스카아하가 확인해 왔다.

"응, 괜찮아. 어떻게든 이해하고 있으니까."

"그럼 이야기를 되돌리지. 단도직입적으로 말하자면 너무 깊이 들어가지 않는 편이 좋아."

"당신은 나보다 더 앞선『영역』에 가 있는 거야?"

"아마도…… 그래서 귀공에게 충고해 두고 싶어.『영역』에 깊이 들어가면 들어갈수록 정령검 5제는 예전 소지자의 기억을 보여 줄 때가 있거든. 그건 정령검 5제를 이해한다는 점에서 필요한 일이지만, 마음을 빼앗겨 폐인이 될 위험성도 내포하고 있어."

"당신도 본 적이 있어?"

"있지. 역시 힘을 자유자재로 구사하려면 예전 소지자의 기억을 보는 편이 빠르니까.『빙제』의 경우는 몇 명의 기억이 섞여 있었어. 장면이 건너뛰기도 해서 부담은 그렇게 심하지 않지만, 귀공의 경우는 **한 명**뿐이잖아?"

"……초대 황제 알티우스?"

"맞아. 그래서 귀공을 걱정하는 거야. 기억을 보는 것은 이해하는 것. 자신의 일부로 받아들이게 돼. 하물며 그게 초대 황제 알티우스 공이라면 일반인은 이해할 수 없는 지식도 가지고 있겠지. 그걸 귀공이 봐 버린다면 폐인이 될 가능성도 있어."

"하지만 원래 모든 정령검 5제는 초대 황제 알티우스가 가지고 있었어. 그렇다면 당신도 그의 기억을 볼 수 있는 거 아니야?"

"무리야. 솔직히 말하자면 현 단계에서 내가 들어갈 수 있는『영역』에 그의 기억은 없었어."

초대 황제만을 주인으로 삼았던『염제』와 지금은 잃어버린『천제』를 제외한 정령검 5제는 긴 역사 속에서 주인을 전전했기에, 과거 소지자— 요컨대 먼 과거가 될수록 심층『영역』에 들어가야만 그 기억을 볼 수 있는 것 같았다.

"『염제』의 이전 소지자는 초대 황제 알티우스 공이니까. 입구에서부터 마왕이 막아서고 있는 것과 같아. 그렇기에 다른 정령검 5제보다도 힘을 끌어내기 어렵다고 나는 생각하고 있어."

스카아하의 말을 믿는다면, 꿈속에 있었던 히로와 판박이인 소년은 제2대 황제 슈바르츠라는 것이 되었다. 그리고 리즈가 봤던 광경은 알티우스의 시점이라는 말이 되지만……
대체 두 사람 사이에 무슨 일이 있었던 걸까. 사이가 틀어진
것 같지도 않는데…….

"충고는 했어. **앞으로는** 조심해."

스카아하가 중얼거린 말. 그 단어에 리즈가 반응을 보였다.

"저기, 어째서 내가 꿈을 꿨다고 생각했어?"

"내가 이곳에 발을 들였을 때『염제』가 폭주를 일으키려 했
으니까."

"……거짓말."

"정말이야.『빙제』를 사용해 억지로 깨웠지만 말이지."

그런 일이 있었던 건가……. 리즈는 깜짝 놀라 눈을 동그랗
게 떴다가 바깥의 인기척을 느끼고 경계심을 드러내며 몸을
긴장시켰다. 스카아하도 알아차렸는지『빙제』를 움켜쥐었다.

"누구냐?"

약간 살기를 담아 밖을 향해 말하니 자갈을 밟는 것 같은
소리가 울렸다.

"라헤입니다. 스카아하 님, 품헨 공이 부르십니다."

"……알겠다. 곧 가지."

천막 안에 감돌던 경계의 색이 순식간에 흩어졌지만, 증오
스러운 남자의 이름을 들은 리즈는 천막 입구를 노려보고 있
었다. 스카아하가 그것을 눈치채고 미소를 보냈다.

"안심해. 이제 절대로 귀공이 그런 일을 당하게 두지 않겠어."

기사의 명예를 걸고. 그렇게 말한 스카아하는 모포를 리즈

에게 던졌다.

"그러니 지금은 푹 쉬어서 체력을 회복시켜 두도록 해."

그럼 이만 실례하지. 스카아하는 뜨다시피 천막을 나갔다.

리즈는 그녀가 준 모포로 몸을 감싸고 눈을 감았다.

'히로…….'

분명 걱정하고 있을 것이다. 항상 폐를 끼치기만 해서 미안했다.

그러니 다음에 만날 때는 반드시 웃는 얼굴로, 상처의 아픔 따위 떨치고서 그를 끌어안자.

그 꿈처럼 괴로운 표정을 짓지 않았으면 좋겠다. 슬픔에 지배되지 않기를 원했다.

강해져야 했다. 앞으로는 히로가 고민하지 않도록 철저히 자신을 단련해 보이겠다. 일찍이 초대 황제 알티우스가 제2대 황제 슈바르츠와 비견되는 힘을 가지고 싸웠던 것처럼, 자신도 히로와 어깨를 견주며 싸우겠다고 리즈는 새롭게 결의했다.

'서버러스는 목욕시켜 줘야겠지.'

물을 싫어하는 그 흰 늑대는 리즈가 없는 지금, 씻고 있지 않을 것이다.

트리스는 서버러스의 투정을 곧잘 받아 주니까 그가 목욕시키는 것은 무리였다.

'둘 다 무사하면 좋겠는데…….'

먼저 전장에서 이탈시켰으니 괜찮을 터였다.

책임감 강한 트리스에게 서버러스를 부탁하고, 다시 돌아오지 않도록 부상자가 많은 부대의 지휘를 맡겼다. 무사히 브루탈 제3황자와 합류하도록 엄명까지 내렸다.

'그리고 페르젠 속주도 개선해야지.'

하고 싶은 일이 잔뜩 생겼다. 붙잡히지 않았다면 분명 몰랐을 것이다. 그란츠 대제국이 지닌 어둠의 일면을 알게 하려고 정령왕은 자신을 드랄 대공국의 포로로 만든 걸지도 모른다.

'상대가 아바마마여도……잘못은 바로잡아야 해.'

스카아하에게 질문을 받았을 때는 대답하지 못했지만 이미 마음은 정해져 있었다.

오늘은 조금 제대로 잘 수 있을 것 같다고 생각하며 리즈는 잠 속으로 가라앉아 갔다.

제4장 군신의 분노

제국력 1023년 11월 17일.

드랄 대공국의 차남— 한트하벤이 이끄는 2만의 군세는 히로가 본진을 대기시킨 장소에서 3셀(9킬로미터) 떨어진 곳에 있는 피네 성채에 들어갔다.

눈으로 직접 확인했으면서 공격해 오지 않는 것을 보면 이쪽의 모습을 살피고 있거나, 아니면 신중해졌을 뿐이던가, 어느 쪽이든 생각할 시간이 생긴 것은 분명했다. 히로는 앞으로 어떻게 해야 할지 혼자서 사령부 의자에 앉아 묵고하고 있었다.

"실례합니다."

어라? 히로는 고개를 갸우뚱하며 한쪽 눈을 떴다.

익숙하지만 정중하게 느껴지는 그 목소리에 깜짝 놀란 것이다.

사령부 출입구로 시선을 보내자 상상한 대로 가더가 서 있었다.

그러나 그가 히로에게 공손한 태도를 보일 때는 한정되어 있었다. 주변에 병사들이 있을 때, 혹은 고관이나 황족 등이 동석하고 있을 때였다.

그런 그의 양옆에는 후긴과 무닌 남매가 있었다.

그리고 가더가 성실한 태도를 취하는 원인이 그 뒤에 있었다.

낯선 인물이지만, 복장부터가 그란츠군의 제복이 아니었다.

그 용모가 타국 인간임을 알게 했다.

반응하지 않은 탓인지 가더가 재차 고개를 숙이고 낮은 목소리로 고했다.

"히로 슈바르츠 전하, 드랄 대공국에서 사자가 오셨습니다."

과연⋯⋯ 이렇게 나왔나 하고 히로는 살짝 놀라며 입실을 허가했다.

"실례합니다. 저는 드랄 대공국에서 장군을 맡고 있는 에그제 폰 마르티나라고 합니다. 한트하벤 님의 신하로서 말석에 자리하고 있습니다."

천막에 들어오자마자 땅에 한쪽 무릎을 꿇은 남자는 공손하게 머리를 숙였다.

"그란츠 대제국의 제4황자이신 히로 슈바르츠 폰 그란츠 전하의 존안을 뵙게 되어 영광입니다. 그 무운은 이 변경까지 널리 알려져 있지요."

"얼굴을 들어 주세요. 지금은 적대 관계이니 입장은 대등합니다."

그런데, 하고 히로는 이어서 말했다.

"에그제 장군은 제게 무슨 볼일이 있어 오셨습니까?"

히로가 간결하게 고하자 에그제가 엄숙하게 고개를 끄덕이며 일어섰다.

"단도직입적으로 말씀드리자면, 요전번에 드랄 대공국의 귀족 몇 명을 붙잡으셨을 겁니다."

"예, 확실히 포로에 그런 분이 몇 명 계셨지요."

"몸값을 지불하겠으니 부디 그들을 돌려주십사 부탁을 드리러 왔습니다."

에그제가 접힌 종이 한 장을 히로에게 슥 건넸다.

의아한 얼굴로 그것을 펼친 히로는 한쪽 눈썹을 치켜세웠다. 몸값치고는 상당한 액수가 적혀 있었다. 아무리 자국 귀족들을 되찾기 위해서라고는 해도 한 사람당 이 정도 금액을 제시하는 이유가 무엇일까…….

"내일까지 준비하겠습니다. 그때까지 저희 쪽에서 공격하는 일은 없을 겁니다."

무엇보다 홀로 적진에 뛰어들다니 꽤 대담한 인물인 모양이었다.

"히로 슈바르츠 전하, 어떻게 하시겠습니까?"

게다가 상당히 신용 받고 있다는 것도 알 수 있었다. 종이에는 금액 외에도 사자를 조금이라도 다치게 한다면 곧장 공격하겠다는 취지가 적혀 있었다.

그럼 무슨 생각인 걸까. 고액의 몸값을 내면서까지 귀족들을 되찾고 싶은 이유…….

에그제 장군의 표정을 살피던 히로는 문득 알아차렸다.

장군의 가슴 부근에 있는 문장은 지난번 싸움에서 진흙투성이가 되었던 대깃발의 문장과 똑같았다.

그리고 차남을 섬기고 있다고 했으니—.

"에그제 장군, 그건 한트하벤 공의 문장입니까?"

히로가 가슴 부근을 가리키자 에그제는 화제가 바뀐 것에 언짢아하며 미간에 주름을 새겼다.

그러나 무시하는 것은 득책이 아니라고 생각했는지 순순히 고개를 끄덕여 주었다.

"맞습니다. 제 주인이신 한드하벤 님의 문장입니다만, 무슨 문제라도?"

"아뇨, 몇 번 본 적이 있어서요."

뇌리에 번뜩이는 것이 있었다. 붙잡힌 귀족들— 그들이 내걸었던 대깃발의 문장이 에그제의 가슴에 있는 것과 똑같다는 점을 볼 때, 차남을 지지하는 파벌에 속한 인간이리라.

그렇다는 것은— 인질이 그란츠 대제국에 연행되면 그들의 파벌은 약해지게 된다. 한트하벤을 지지하는 일파에게는 간과할 수 없는 일이었다.

그렇기에 여기서 큰돈을 건네 귀족들의 신병을 되찾고자 하는 것이었다.

"유감스럽게도 그들을 돌려드릴 수는 없습니다."

히로가 그렇게 대답하자 에그제는 확연하게 당황했고, 얼굴이 시뻘게져서 히로에게 다가왔다.

"이유가 뭡니까? 이 정도 금액으로는 납득할 수 없다는 겁니까?"

"이 이상 히로 전하께 접근한다면 쫓아내겠다."

히로에게 따지려던 에그제는 가더와 무닌에게 붙들렸다.

요행이었다. 죽이지 않고 살려 두길 잘했다고 생각하면서 히로는 안대를 쓰다듬으며 짙게 웃었다.

"이런 중요한 이야기는 역시 지휘관끼리 정해야 하지 않겠습니까."

"즉, 한트하벤 님을 이 자리에 데려오라는 겁니까? 그런 일이 가능할 리가 없잖습니까. 위해를 가할 우려가 있으니까요. 그렇기에 제가 대리로 온 겁니다."

히로는 언성을 높이는 에그제를 향해 손을 들어 입을 다물게 했다.

"그런 말은 한마디도 하지 않았습니다. 제가 직접 그쪽으로 가겠어요."

에그제는 입을 쩍 벌리고 얼빠진 얼굴을 보였다.

이내 조용해진 에그제는 이쪽의 생각을 읽고자 히로를 똑바로 응시했다. 그러나 아무것도 알아낼 수 없었는지 포기하며 깊이 탄식했다.

"한 가지 묻고 싶습니다…… 제정신이십니까?"

히로는 웃음을 참는 것처럼 입가를 손으로 가리고 고개를 크게 끄덕였다.

"예, 지극히 진지하게 말한 겁니다만…… 안 되는 이유라도 있습니까?"

고개를 숙인 에그제는 고민하는가 싶더니 곤혹스러워하며 히로 쪽으로 얼굴을 돌렸다.

"이런 중대한 안건은 제 독단으로 정할 수 없습니다. 죄송하지만 한트하벤 님께 보고하기 위해 일단 피네 성채로 돌아가고 싶습니다."

"상관없지만, 대답은 오늘 저녁까지 주시겠습니까?"

"알겠습니다. 그럼 서둘러야 하니 이만 실례하겠습니다."

고개를 숙인 에그제가 황급히 천막 밖으로 나갔다.

그러자 곧바로 가더가 서리낌 없는 시선을 보내왔다.

"자살이라도 꿈꾸나? 적의 소굴에 혼자 뛰어들겠다고?"

"그런데…… 뭐가 이상해?"

"확실히 히로 님은 강하고 멋지시지만 아무리 그래도 이번에는 너무 무모한 것 같습니다……."

"맞습니다. 적어도 호위 정도는 데려가시는 게 어떻습니까?"

후긴과 무닌도 고언을 올렸다. 히로는 반론하지 않고 어깨를 으쓱여 보였다.

가더는 피로를 풀듯이 손으로 미간을 문질렀다.

"제6황녀가 붙잡혀서 마음이 조급한 건 알겠는데, 아무리 그래도 이번만큼은 『독안룡』 너라도 너무 위험해. 상대는 2만이나 있어. 전부 베어 죽일 수도 없을 거 아니야."

자신의 한계에 도전한다는 농담을 할 수 있을 만한 분위기는 아니었다.

세 명 모두 히로에게 진지한 눈길을 보내고 있었다. 그들이 정말로 자신의 안전을 걱정하고 있음을 알 수 있었다. 그렇다면 이쪽도 진지하게 마음을 전해야 했다.

히로는 탄식하고서 자신의 본심을 털어놓았다.

"솔직히 말하자면 조급한 부분도 있어. 내가 듣기에도 터무니없는 소리라고 생각해. 하지만 이 이상은 시간을 끌 수 없어. 왜냐고 물어도 직감이라고 말할 수밖에 없지만…… 그래서 질문은 피해 줬으면 해."

"하지만 상대는 반드시 이빨을 드러낼 거야. 제6황녀와 똑같이 붙잡히면 어쩔 거지?"

"얼굴을 마주하고 교섭 자리에 앉아 줄지도 몰라. 만약 붙잡으려 한다면 한트하벤과 에그제의 목을 가지고 돌아올게."

"그렇게까지 우긴다면 설득은 소용없나."

"미안. 이래 봬도 나는 완고하거든."

히로가 그렇게 말하자 가더는 근처 의자에 앉더니 팔짱을 끼고 조용히 눈을 감았다.

납득할 수 없는지 불만스러운 표정을 짓고 있으나 설득은 포기한 모양이었다.

미안하다는 생각은 들지만 이것만큼은 양보할 수 없다……

그렇게 결의를 다지는 히로에게 후긴이 걱정스러워하는 얼굴로 다가왔다.

"정말로 조심하세요. 일단 무슨 일이 생기면 곧장 움직일 수 있도록 해 둘 테니까요."

"그때는 부탁해."

하지만 히로는 반드시 이 교섭을 성공시킬 자신이 있었다.

드랄 대공국은 웬 떡이냐고 생각하고 있을 터였다.

그 잘못을 바로잡으러 가야 했다.

'유감스럽지만 모든 계략의 대상이 되어 줘야겠어.'

히로는 사납게 눈을 좁히고서 입술을 초승달 형태로 벌렸다.

그 얼굴은 책략을 꾸미는 군략가이기도 했고, 사냥감을 노리는 포식자이기도 했다.

그렇다— 그야말로 뱀이었다.

두 시간 후, 히로에게 사자가— 에그제가 아닌 드랄 대공국의 고관이 찾아왔다.

"히로 슈바르츠 전하, 마중 나왔습니다."

"호오……요컨대 교섭 자리를 마련해 줬다고 생각하면 될까?"

"정중히 피네 성채로 모셔 오라는 엄명을 받았습니다. 안전은 맡겨 주십시오."

적이 붙여 준 호위와 함께 가면서 안심하라니, 터무니없는 말이었다.

히로가 복잡한 얼굴을 하고 있자 가더가 귓가로 입을 가까이 가져왔다.

"조심히 다녀와. 무슨 일이 생겼을 때를 대비해 이쪽은 싸울 준비를 해 두마."

"응. 뒷일은 맡길게."

"히로 슈바르츠 전하. 출발해도 되겠습니까?"

"그래, 출발할까."

고관이 이끄는 대로 히로는 그들이 준비한 마차에 올라탔다.

가더의 배웅을 받으며 출발했을 무렵에는 기복 없는 지평선 너머로 석양이 가라앉으려 하고 있었다. 그런 약간의 노을빛에 의지하여 마차는 가로를 계속 달렸다.

이윽고 드랄군의 야영지가 보였다.

피네 성채에 다 들어가지 못한 병사들은 밖에서 야영을 구축하고 있는 모양이었는데, 지금은 식사 시간인지 목제 식기를 들고 잡담하거나 훈련에 힘쓰고 있는 열성적인 모습, 무구를 손질하는 모습이 보였다. 그런 온화한 분위기도 피네 성채가 가까워질수록 점차 살벌한 경치로 바뀌기 시작했다.

"이건 또 열렬한 환영이네. 교섭이 결렬되면 돌려보내 주지 않으려나 봐."

마차가 달리는 길을 사이에 두고 병사들이 대열을 이루고 있었다. 그 손에서는 서슬 퍼런 무기가 무딘 빛을 내고 있었고, 네놈을 돌려보내지 않겠다고 말하는 것처럼 중장비로 무장한 모습이었다.

이윽고 피네 성채의 정문에 도달한 히로는 문 앞에서 내리게 되었다.

성채 망루에 있는 병사들이 술렁였다.

정말로 올 줄은 몰랐을 것이다. 모두가 눈을 부릅뜨고 히로를 주시했다.

'활을 든 몇 명이 성가퀴에 숨어 있어. 도망쳤을 때에 대비한 보험인가.'

고개만 돌려 뒤를 보니 횡렬을 이룬 중장보병이 창을 들고 있었다.

조금이라도 소리를 낸다면 당장 전투가 시작될 것 같을 만큼 공기가 팽팽했다.

그런 긴장감이 감도는 가운데, 문이 열리고 한 사람이 수행원을 데리고 나타났다.

에그제를 뒤에 거느린 남자— 상당한 비만 체형이었다. 팔다리가 짧고, 복부는 오거 수준으로 불룩했다. 통통한 얼굴에서 느껴지는 인상은 좋게 말하면 착해 보였고, 나쁘게 말하면 미덥지 못했다. 아마도 그가 한트하벤— 드랄 대공국의 차남이리라.

"저, 정말로 오다니, 노, 놀랐습니다."

"그란츠 대제국의 히로 슈바르츠 폰 그란츠입니다."

명랑하게 웃어 보인 히로는 「잘 부탁합니다」 하고 손을 내밀었다.

"저, 저야말로! 드랄 대공국의 한트하벤 폰 드랄입니다!"

악수를 나눈 순간— 히로는 한트하벤의 손이 잘게 떨리고 있음을 알아차렸지만 모르는 척 미소를 지었다.

"그럼 갑작스럽지만 교섭을 하고 싶습니다."

"앗, 예. 여기서 얘기하기도 뭐하니 성채 안으로 들어오시지요."

발길을 돌린 한트하벤의 뒤를 따라가려 했으나 그 사이에 끼어드는 자가 있었다.

"죄송합니다만 인질로 잡히면 곤란하기에."

에그제가 허리에 찬 칼자루를 움켜쥐며 말했다.

당연한 일이었으므로 히로는 그저 고개만 끄덕이고서 그들의 뒤를 따라갔다.

그리고 정문을 지난 직후— 풍압이 등 뒤에서 덮쳐 왔다.

뒷머리가 흐트러지며 『흑춘희』 자락이 요란하게 펄럭였다.

"……무슨 생각이십니까?"

히로는 뒤돌아 문이 닫힌 것을 확인했다.

그리고 다시 주위 풍경을 바라보니 성벽 그늘에 숨어 있던 병사들이 장창을 들고 히로를 에워싸기 시작했다. 머리 위를 올려다보자 성가퀴에서 병사 수백 명이 상체를 앞으로 내밀고 화살을 겨누고 있는 것이 보였다.

"히, 히로 슈바르츠 전하, 여기서 교섭을 하세나!"

"딱히 상관없습니다. 먼저 그쪽의 요구를 듣도록 할까요."

"저항하지 않는다면! 거칠게 다루는 일은 없을 걸세. 그대는 내 부하를 되찾기 위한 인질이 돼 줘야겠어."

"그래서?"

"엇?"

히로의 대답이 예상 밖이었는지 한트하벤의 눈이 동그래졌다.

"그, 그래서라니?"

"그 정도 일로 날 인질로 삼을 거냐고 묻는 거야."

"……어, 에그제 장군! 어쩌면 좋은가?"

한트하벤은 고민한 끝에 옆에 있는 에그제에게 도움을 구했다.

히로는 어이가 없어서 깊이 탄식한 후, 한트하벤을 검지로 가리켰다.

"한트하벤 공, 나는 당신과 교섭하고 있어."

"하, 하지만……."

판에 박은 듯 전형적인 심약한 청년이었다. 타인의 안색을 늘 살피며 혼자서는 아무것도 판단하지 못했다. 그를 지지하는 파벌이 생겨날 만했다.

조종하기 쉬운 수준이 아니라 아예 뒤에서 나라를 좌지우지할 수도 있을 것이다.

그렇다면 지금은 누가 한트하벤에게 지시를 보내고 있을까…… 그가 제일 먼저 의견을 구한 상대이자, 나라 안에서도 그런대로 지위가 있는 자…….

이 자리에서 찾자면 한 명밖에 없었다.

한트하벤 옆에서 이마를 짚고 고개를 가로젓는 에그제 장군이었다.

"날 붙잡으려 하는 거야 당신들 자유지만, 그 전에 이걸 읽어 봤으면 좋겠어."

히로는 품을 뒤적여 편지 한 장을 꺼냈다.

솜씨 좋게 수평으로 던지자 그것은 에그제의 발밑까지 날아갔다.

"……."

에그제는 무슨 속셈이냐고 말하는 것처럼 히로를 바라보았다.

"우선은 그 편지를 읽어 줘."

입을 삐뚜름하게 만들고서 편지로 의아한 시선을 떨어뜨린 에그제는 귀찮다는 듯이 편지를 주워 한트하벤에게 건넸다.

"한트하벤 님께서 먼저 읽어 주십시오."

"그래도 되나?"

"예."

허가를 받은 한트하벤이 조용히 편지를 읽기 시작했고―.

"이게 무슨……!"

그는 눈을 크게 뜨고서 깜짝 놀란 표정으로 히로를 바라보았다.

"왜 그러십니까?"

"에, 에그제 장군, 이걸 보게!"

"……홋, 이건 뭐야?"

한트하벤에게 편지를 받고 재빨리 눈동자를 움직인 에그제가 코웃음 쳤다.

"그럼 교섭을 시작할까. 서로 타협할 수 있으면 좋겠네."

그제야 히로는 본성을 드러내며 맹수처럼 사납게 웃고 한 손을 들었다.

그러자 아무것도 없는 공간에서『천제』가 눈부신 빛을 내뿜으며 나타났다.

주위 공기가 파열음을 연주했고 폭풍이 휘몰아쳤다.

허공에 수많은 균열이 생기며『흑춘희』자락이 즐겁게 춤추기 시작했다.

"내 요구는 그 종이에 적혀 있는 거야. 나쁜 조건은 아니라고 생각하는데?"

갑자기 소년이 돌변하자 주위 병사들은 얼이 빠졌다.

아니― 모두가 여우에게 홀린 것처럼 멍하니 히로를 바라보고 있었다.

"에그제 장군! 이건 뭔가?!"

성채 내부에서 휘몰아치는 바람에 한트하벤은 겁을 먹었다.

에그제 역시 상황을 이해하지 못했는지, 병사들이 지시를 바라고 있지만 그 목소리가 들리지 않았다. 소란스러워진 적병들 사이로 동요가 파문처럼 퍼져 갔다.

히로의 머리 위에서 활을 겨누고 있던 병사들은 성가퀴에서 떨어지는 것이 무서워 벽 너머로 사라져 버렸다.

"힉! 히이, 저 남자는 뭐야?!"

환상적인 광경, 그리고 압도적인 패기를 눈앞에 두고 한트하벤의 이마에서 대량의 땀이 솟아났다. 그 옆에 있던 에그제는 정신을 차리고 히로를 노려보며 떨리는 손으로 칼자루를 잡았다.

"수는 이쪽이 많다! 당황하지 마라! 밖에는 1만 이상의 병사가 대기하고 있다. 고작 한 명을 상대로 무서워할 필요는 없어!"

에그제는 그렇게 외치며 병사들을 독려했다. 한트하벤은 그 자리에서 웅크리고 있었다.

히로는 겁먹은 그에게 다가가 그 머리 위로 말을 내뱉었다.

"한트하벤 공, 당신 입으로 듣고 싶어. 이 교섭을 인정할 건지 거절할 건지."

"아, 알겠습니다! 인정합니다! 인정할 테니 묘한 술수를 멈춰 주십시오!"

절망이었다. 무슨 짓을 해도 소용없다는 생각이 들게 했다. 그 정도의 박력이 히로에게서 뿜어져 나오고 있었다.

"교섭은 성립된 건가?"

허리를 구부린 히로는 한트하벤의 머리에 손을 얹었다.

"예…… 하지만 한 가지 확인해 둬야 할 점이 있습니다."

"뭔데?"

"국경 부근의 마을을 불태운 것에 대한 사죄와 배상을 받아야 백성과 병사들을 납득시킬 수 있습니다."

한트하벤은 목이 날아가더라도 이것만큼은 양보할 수 없다며 떨리는 목소리로 알렸다.

그것은 당연한 요구였다. 히로는 납득하고서 한트하벤의 겨드랑이 밑으로 손을 넣어 그 뚱뚱한 몸을 가볍게 들어 올려 일으켰다.

"유감스럽게도 마을을 불태운 기억은 없어."

"……엇, 그, 그건, 예?"

이해하지 못하고 이리저리 시선을 옮기던 한트하벤은 에그제에게 도움을 구하는 눈길을 보냈다.

"그럴 리가 없다. 마을 사람과 병사들의 증언이 모여들고 있어! 네놈이 무자비하게 마을들을 불태웠다고 말이야!"

화가 머리끝까지 난 에그제는 당장에라도 저주하여 죽일 것 같은 눈으로 히로를 바라보았다.

하지만 태연한 얼굴로 마주 본 히로는 어이없다는 듯이 한 손을 흔들었다.

"정말로 마을이 불타는 모습을 봤어?"

"뭐, 뭐라고? 실제로 보고서에는 마을에서 검은 연기—읏?!"

도중에 말을 끊고 눈을 크게 뜨는 것을 볼 때 깨달은 모양이었다.

"맞아, 모두 검은 연기밖에 못 봤을 거야."

"으, 엉?"

한트하벤은 영문을 모르겠는지 히로와 에그제 장군을 번갈아 보면서 곤혹을 나타냈다. 그래서 히로는 친절히 설명해 주기로 했다.

"한트하벤 공, 단순한 일이야. 눈속임이었어."

"엥?"

"마을이 아니라 다른 걸 태웠을 뿐이야. 지금쯤 붙잡혔던 마을 사람들은 해방되어 평범한 생활로 돌아가 있겠지."

무고한 백성을 상처 입히는 것은 신조에 어긋난다. 그렇기에 처음부터 마을을 불태울 생각은 없었다.

그래서 철저히 주변에 사람이 없도록 배제하여 흡사 마을을 불태운 것처럼 연출했다. 그 후에는 마을에서 도망친 자가 인근 마을에 소식을 알리며 『아군』의 무도함이 전해졌고, 패잔병이 도시로 도망치면서 공포가 전염되어 갔다.

"여기까지 온 뒤에는 거짓말이란 걸 들켜도 상관없지. 한트하벤 공을 끌어내는 게 목적이었으니까."

"……전부 우리를 이 상황으로 유인하기 위한 위장이었나."

처음부터 계획되었던 일임을 알고 에그제는 분노로 몸을 떨었다.

히로는 그 감정을 자극하는 것처럼 미소를 지으며 입술에 검지를 댔다.

"맞아. 전부 당신들을 교섭 자리에 앉히기 위해서야."

"웃기는 짓을!"

에그제는 살기를 내뿜으면서 칼끝을 번뜩였다.

그리고 우렁찬 기합 소리를 내며 일직선으로 히로에게 달려들었다.

그러나 너무나도 느렸다.

터무니없이 둔한 움직임이었다.

"억, 커억?!"

히로는 에그제의 손에 있는 검을 쳐서 떨어뜨리고 그를 엎어눌렀다.

"그럼 어떻게 할까?"

저항하는 에그제를 누르며 히로는 주변 모습을 살폈다.

병사들이 어쩔 줄 모르는 모습으로 한결같이 한트하벤에게 판단을 바라는 시선을 던지고 있었다. 그러나 허둥대는 그가 정상적인 판단을 내릴 수 있을 리 없었다.

그렇게 생각했는데—.

"기, 기다려 주십시오. 히로 전하, 에그제 장군의 행패를 용서해 주셨으면 합니다."

한트하벤은 무릎이 후들거리고 울먹이는 목소리를 내면서

도 히로에게 머리를 숙였다. 그 모습에 히로뿐만 아니라 에그제도 깜짝 놀라 눈이 휘둥그레졌다.

"……한트하벤 님."

"그, 그는 저의 충신입니다. 그자의 목숨을 빼앗겠다면−."

한트하벤이 한 손을 들어 히로를 가리켰다.

"교, 교섭은 결렬되는 겁니다……."

궁병의 화살촉이 일제히 히로를 겨누었다.

"그렇다고 하는데…… 에그제 장군, 당신은 어쩔 거지?"

"으윽……."

『천제』의 칼끝이 목에 들이대져 있던 에그제는 분한 듯이 얼굴을 찌푸렸다.

"한트하벤 님께서 결정하셨다면…… 나는 주인의 결정에 따를 뿐이다."

히로는 힘을 빼고 에그제에게서 떨어진 뒤, 허리에 양손을 얹고서 등을 뒤로 젖혔다.

"유혈 사태가 되지 않아서 다행이야. 역시 교섭이란 건 평화롭게 해결해야지."

그렇게 말하며 한트하벤에게 동의를 구하자 그는 침을 꼴깍 삼키고서 말없이 고개를 끄덕였다.

"그리고 당신 형에게 붙잡힌 제6황녀에 관해 듣고 싶은데. 뭔가 알고 있는 게 있다면 가르쳐 주겠어?"

"자, 자세한 건 모릅니다. 제6황녀를 붙잡았다며 기뻐하는 편지는 딱 한 번 왔지만, 그 이후의 편지에는 그녀에 관해 적혀 있지 않았습니다."

"······정말로?"

"옛날부터 퓹헨 님은 새로운 장난감을 손에 넣으면 독점하는 경향이 있었다."

겁 많은 주군 대신 욱신거리는 목을 누르며 에그제가 대답했다.

"동생인 한트하벤 님께는 특히 엄격했지. 손끝 하나 못 대게 했어. 즉, 그만큼 그녀에게 푹 빠져 있을 가능성이 있다는 거다."

"흐응······ 그래서?"

"그는 질릴 때까지 계속 가지고 놀아. 망가질 때까지 쭉 말이야. 제6황녀를 구출할 거라면 서둘러야 할 거다. 퓹헨 님은 인간으로서 지녀야 할 중요한 것이 결여되어 있어."

"······그렇구나."

되도록 평정을 가장했지만 히로 안에서는 초조함과 긴장이 소용돌이치고 있었다.

"그는 아직 페르젠 속주에 있는 거야?"

"아, 아뇨, 형님은 히로 슈바르츠 전하를 협공하고자 이쪽으로 돌아오고 있다고 편지에 적혀 있었습니다."

그렇다면 리즈가 드랄 대공국에 끌려올 가능성이 있었다.

그럼 퓹헨이라는 자를 기다렸다가 탈환해야 했다.

"그가 이끄는 군대의 수는?"

"사, 3만이 넘었지만, 브루탈 제3황자와 싸우면서 그 수가 줄어 현재는 2만 정도일 겁니다."

"한트하벤 공, 당신은 차기 대공이 되고 싶은 거지?"

"예, 예에……그렇게 바라고는 있습니다."

"그럼 협력해 줬으면 하는 게 있어."

거부는 인정하지 않겠다. 그 웃는 얼굴은 그렇게 말하고 있었다.

*****

한편 그 무렵, 미테 성채의 공방전은 더욱 격렬해져 끝이 가까워져 있었다.

궁병이 쏜 대량의 화살이 부채꼴로 퍼졌다. 그것은 성벽을 넘어 건너편으로 사라졌지만 그란츠군의 지휘 계통이 확실하게 잡혀 있는 탓인지 예상보다 성과는 좋지 못했다.

그렇다고 강행하여 성벽에 사다리를 걸쳐도 피해가 늘기만 할 뿐, 성가퀴를 넘어가더라도 곧장 요격되어 사다리가 쓰러졌다.

"너무 쉽게 본 내 실책이야. 자신의 힘을 과신하여 자만했던 걸지도 몰라."

맨 처음이 순조로웠던 탓에 공성전을 전혀 의식하지 않았다.

녹초가 된 적이 도망친 성채 따위, 사흘이면 함락시킬 수 있을 것이라 예상했었다.

아니— 상대가 『군신소녀』가 아니었다면 진즉에 함락했을 터였다.

그리고 지금쯤 브루탈 제3황자와 결전을 치르고 그란츠군을 이 땅에서 쫓아냈을지도 모른다. 거기까지 생각한 스카아하는 어깨를 떨구고 고개를 좌우로 흔들었다.

　"마음 약해져선 안 돼. 날 믿고 많은 병사들이 도망치지 않고 싸우고 있으니까."

　그래도 병사들이 분투해 준 덕분에 마침내 함락 직전까지 왔다.

　"다른 방식으로 만났다면 『군신소녀』와 서로 전술을 애기할 수도 있었을 테지."

　"스카아하 님, 오늘 중으로 함락하는 건 무리일 것 같습니다."

　라헤가 분한지 입을 꾹 다물고서 미테 성채를 노려보았다.

　"함락될 것 같으면서 안 되는군…… 이토록 격렬하게 공격해도 무리인가."

　어떤 마법을 쓰면 이렇게나 버틸 수 있는 것일까. 상대의 수는 부상자를 포함해도 5천이 못 된다. 지금까지의 피해를 헤아린다면 싸울 수 있는 병사는 2천 정도밖에 없었다. 그것도 전부 다친 상태였다.

　"이제 곧 해가 질 거야. 야습을 가해도 좋겠지만…… 소용없을 가능성이 큰가."

　상대는 매일 밤 경계를 늦추지 않으며 화톳불을 대량으로 피워 성벽에 늘어놓고, 병사가 순찰을 돌았다. 어떤 훈련을 받으면 잠도 안 자고서 계속 싸울 수 있는 것일까. 스카아하는 도무지 짐작도 가지 않았다. 그렇게 엄중한 곳에 야습을 가한다면 공격 측의 불리는 명백했고, 쓸데없이 병사를 잃을 뿐만 아니라 브루탈 제3황자와 싸울 여력 따위 남지 않을 것이다.

"하지만 느긋하게 시간 들일 수 있는 상황도 아니야."

스카아하는 애가 탔다. 여유롭게 함락하고 있을 만한 시간은 남아 있지 않았다.

"브루탈 제3황자가 여기까지 오는 데 얼마나 걸리지?"

오늘 이른 아침, 브루탈 제3황자가 움직이기 시작했다는 간첩의 보고를 받았다.

"별동대가 얼마나 잘 저지하느냐에 달렸습니다만 늦으면 나흘, 빠르면 이틀일 겁니다. 브루탈 제3황자는 구출을 서두르기 위해 1만5천까지 수를 줄였다고 합니다."

옆에 있던 중신 라헤의 안색은 좋지 못했다. 확연한 초조함을 담고 있었다.

"이쪽은 부상자를 포함해 1만3천이 못 돼. 아니지, 별동대를 빼면 1만 이하가 되는군. 마침내 수적으로도 뒤떨어지기 시작했나……."

궁지에 몰았다고 생각했는데 궁지에 몰린 것은 반대로 페르젠 잔당군이었다.

아직 병력이 3만을 유지 중이었을 때, 『군신소녀』 포박을 고집하지 말고 브루탈 제3황자와 결전을 벌였다면 결과는 달라졌을지도 모른다.

"아니, 그렇게 하지 못하도록 『군신소녀』는 미끼가 되어 우리를 유인했던 거였지."

분하지만 상대의 단수가 훨씬 높다는 뜻이었다.

어디까지 읽고 있었는지는 모르겠지만 갈채를 보내고 싶을 만큼 훌륭한 전략이었다.

"그래도 드랄 대공국이 도망치지 않았다면 미테 성채를 함락했을 겁니다."

"어쩔 수 없지. 그들에게도 지켜야 할 나라가 있으니 붙잡을 수는 없어."

『군신』의 후손이 드랄 대공국으로 진격— 파죽지세로 수도까지 오고 있음. 시급히 귀환 바람. 그 소식을 받은 것이 나흘 전이었다.

본국의 귀환 요청을 받은 푑헨은 당황했다.

상대는 『군신』의 후손 『독안룡』이니 어쩔 수 없었다.

돌아갈 나라를 잃을 수는 없다며 푑헨은 곧장 귀국을 결단했다.

그러면서 브루탈 제3황자의 발을 잡아 둘 벽이 사라지게 된 것이다.

별동대를 편성하여 교란을 지시하기는 했지만 얼마나 시간을 벌 수 있을지는 불명이었다.

"아무튼 내일, 혹은 모레까지 미테 성채를 함락해야 해……."

한시라도 빨리 이 성채를 함락하지 않으면 협공을 받아 전멸하는 것은 자신들이 된다.

원수를 갚지도 못하고 페르젠 병사를 쓸데없이 죽이는 일

만큼은 피하고 싶었다.

스카아하는 자신의 손에 있는 푸른 창으로 시선을 떨어뜨렸다.

그때처럼 힘을 쓴다면 이 성채를 함락시킬 수 있을 것이다.

그렇게 생각했지만—.

"그만두십시오."

라헤가 말렸다.

"그때처럼 의식을 잃으신다면 저희는 지휘관을 잃게 됩니다. 그래서야 상대에게 시간을 주는 꼴입니다. 무엇보다 그때는 온종일 혼수상태셨습니다."

"하지만 내가 힘을 쓴다면 미테 성채를 함락시킬 수 있어. 그럼 브루탈 제3황자와의 대결에 대비할 수도 있겠지."

"이번에 사용하신다면 이틀이고 사흘이고 계속 주무시게 될지도 모릅니다. 그렇게 되면 뒤에 있을 브루탈 제3황자와의 싸움에도 지장이 생깁니다. 그만둬 주십시오."

"그럼 어쩌자는 건가? 밀어붙이지 않는다면 끌어낼 수밖에……."

거기까지 말했을 때, 어떤 책략이 스카아하의 뇌리를 스쳤다.

그러나 그것은 페르젠 왕가 사람으로서 쓰고 싶지 않은 방법이기도 했다.

"스카아하 님? 왜 그러십니까?"

갑자기 입을 다물어 버린 스카아하를 걱정한 라헤가 말을 걸어왔다.

그에 반응하지 않고 어떻게 할지 망설이던 스카아하는 결의를 다진 눈을 라헤에게 보냈다.

"나는 결심했다."

"힘을 쓰는 건 반대입니다."

"그게 아니야. 우선 오늘 전투는 끝이다. 전군을 물려."

"예? 갑자기 무슨 말씀이십니까?"

스카아하는 의심스러워하는 라헤에게 설명하기 시작했다.

"쓰고 싶지 않은 수단이지만, 상대의 사기를 낮추고 좌절시킬 방법이 한 가지 생각났어."

"……그게 무엇입니까?"

"나중에 가르쳐 주겠네. 아무튼 전군에게 물러나라고 지시해. 그리고 병사들을 쉬게 해 줘. 약간이지만 술도 허락하지. 내일부터는 오늘 이상으로 일해야 할 테니까."

"알겠습니다. 나중에 반드시 설명해 주셔야 합니다."

그렇게 못을 박은 라헤는 몇 번이고 돌아보며 전군에게 지시를 전하러 갔다.

스카아하는 그런 그의 등을 향해 머리를 숙였다.

"미안하네. 이것도 전부 이기기 위해서는 필요한 일이야."

스카아하는 말고삐를 당겨 그 등에 올라타고서 어떤 장소로 향했다.

그곳은 페르젠 잔당군의 본진이자 스카아하가 묵고 있는 천막 옆이었다.

말에서 내린 스카아하는 보초에게 아무 말도 건네지 않고 지나가려 했지만—.

"스카아하 님, 무슨 일이십니까?"

평소라면 경례만 할 텐데 스카아하가 생각에 잠긴 얼굴을 하고 있기 때문인지 보초가 말을 걸어왔다. 스카아하는 떳떳지 못한 마음에 무심코 시선을 밑으로 내렸다.

"포로의 모습을 보러 왔다. 그보다 문제는 없나?"

"예! 아무런 문제도 없습니다!"

"그거 다행이군. 그럼 지나가겠다."

스카아하는 엄중히 경비 중인 천막 입구로 들어갔다.

말없이 걸음을 옮기니 이윽고 목적지에 도착했다.

그곳은 중앙에 우리가 놓인 기묘한 방이었다.

"몸 상태는 어떻지?"

스카아하는 우리로 다가가 안에서 쉬고 있는 붉은 머리 소녀에게 말을 던졌다.

"당신 덕분에 꽤 회복됐어."

붕대가 감긴 모습은 여전히 애처로웠다.

그러나 치료를 받은 덕분에 혈색이 좋아진 것이 눈에 보였다.

"그래서, 무슨 용건이야?"

순수하게 웃는 얼굴이 눈부시게 느껴졌다. 그란츠 황가에서 태어난 자답게 매력적인 소녀였다.

그렇다, 그녀는 세리아 에스트레야 제6황녀였다.

왜 여기에 있는가— 철수를 결정한 품헨에게서 신병을 인도받았기 때문이다.

물론 그는 그녀를 넘겨주는 것에 저항을 나타냈지만 스카아하가 실력으로 입을 다물게 했다.

"정말로 무슨 일이길래 그래? 얼굴이 굉장히 무서워."

"미안하게 생각해. 사과해서 용서받을 수 있는 일이 아니라는 것도 알아."

"응?"

이상하다는 얼굴로 고개를 갸웃하는 리즈에게 스카아하는 진심에서 우러나온 사죄를 담아 머리를 숙였다.

"미안하다."

왜인지 입이 떨어지지 않았다. 머릿속에서 사라져 버린 것처럼, 지금부터 그대를 죽이겠다는 말을 꺼낼 수가 없었다.

"아아…… 그런 건가."

리즈는 스카아하의 태도를 보고 무언가 깨달은 모양이었다.

그리고…… 아무것도 묻지 않고, 놀랍게도 그녀는 웃었다.

"그 남자한테서 날 구해 줘서 고마워."

완전히 털어 내지는 못했을 것이다. 이 세상에 미련이 잔뜩 있을 터였다.

그녀에게도 이루고 싶은 일이 있었을 터였다.

겉으로 드러내지 않고 애써 평정을 가장하고는 있지만, 죽음의 공포가 가슴속을 차지하고 있을 것이 틀림없다. 그런데, 그런데도, 그녀는 씩씩하게 미소를 지었다.

"이 길을 택했을 때부터 각오는 했어. 그러니 사양 말고 끝내 줘."

거짓말이다. 그럴 리가 없다. 원망이라도 한마디 해 줬다면 이쪽도 마음이 편했을 텐데, 어째서 그녀는 감사를 입에 담는 것일까.

"아! 빤히 쳐다보고 있으면 불편하겠다."

그녀는 귀엽게 손을 휘휘 흔들고서 마지막으로 한 번 웃음을 흘린 뒤, 눈을 감고 무표정이 되었다. 황족으로서 꼴사나운 모습을 보일 수 없다는 것처럼, 결코 허둥대지 않고 마지막까지 품위를 지키고자 했다. 그런 리즈의 마음을 느낀 스카아하는 문득 자신이 몹시 왜소하다는 생각이 들어 도망치듯 그녀로부터 시선을 돌렸다.

"─『빙제』, 그녀에게 영원한 잠을 선사하라."

스카아하가 푸른 창─『빙제』를 들자 강렬한 냉기가 천막 내부에 퍼졌다.

얼어붙을 것 같은 추위에 천막 안쪽은 새하얗게 물들어 갔다.

리즈가 갇힌 우리가 서서히 얼음에 덮이기 시작했다.

그녀의 발이 얼기 시작했을 때─『염제』의 가호가 발동했다.

그러나 리즈의 몸을 걱정했는지 불길의 기세는 약해 얼음을 녹일 정도의 화력은 없었다.

눈 깜짝할 사이에 리즈는 얼음 속에 갇혔고, 불길은 이내 소실되어 버렸다.

"스카아하 님!"

등 뒤에서 누군가가 이름을 불렀다. 돌아보지 않아도 알 수 있었다. 라헤가 입구에 서 있을 것이다.

"자포자기하신 건 아니겠지요?"

"……그래."

"열세가 되었다고 해서 그녀를 죽이자고 생각하신 건 아니겠지요?"

"……그래."

"그렇다면 왜 이런 일을 벌이셨는지 분명하게 설명해 주셔야겠습니다."

그 음성에서는 노기가 묻어났다. 라헤의 얼굴을 볼 수가 없었다.

이래서야 퓸헨을 비판할 수도 없었다.

최종적으로 그녀를 죽이게 되었으니 퓸헨과 다를 바가 없었다.

"얼음 속에 갇힌 제6황녀를 미테 성채 앞에 세워서 틀어박혀 있는 그란츠군을 뒤흔들자고 생각한 거야."

"……확실히 그들은 그녀의 시신을 탈환하고자 기를 쓸지도 모르겠군요."

"설령 그렇게 되지 않더라도 분노, 슬픔, 어느 쪽이든 그란츠군은 냉정함을 잃게 돼. 그렇게 되면 싸움을 유리하게 이끌 수 있겠지."

라헤와 얼굴을 마주하지 않은 채, 스카아하는 천막 구석에 있는 무기 거치대로 다가갔다.

검 한 자루를 손에 든 그녀는 도움닫기하여 얼음 속에 갇힌 리즈를 향해 푹 찔렀다.

"스카아하 님! 뭐 하시는 겁니까?! 아무리 죽었다고는 해도 시체를 능욕하다니요!"

제지하는 목소리가 날아왔다. 그래도 개의치 않고 스카아하는 창과 검을 얼음 속에 갇힌 리즈에게 잇달아 찔러 넣었다. 그러나 모든 날은 리즈에게 닿기 직전에 멈췄다.

"아무리 그래도 역시 시신을 능욕할 수는 없어. 하지만 이런 모습이 된 제6황녀를 본다면 상대는 초조함에 사로잡히겠지. 어떤 취급을 당했을지 멋대로 상상하여 분노에 몸을 떨 거야."

가족의 주검을 본 스카아하가 그랬다.

생각하고 싶지 않은데도 멋대로 머릿속에 떠올리고 말았다.

"어떠한 매도도 중상도 달게 받겠어. 나 자신도 비겁한 짓을 하고 있다고 생각하니까."

가령 앞으로 펼쳐진 것이 수라의 길이더라도 친족의 원수를 갚을 때까지는 멈출 생각이 없었다.

그 끝이 지옥이더라도 『빙제』와 함께 나아갈 각오는 되어 있었다.

"나라는 멸망했고, 백성은 학대받으며, 병사는 모멸당하고, 가족은 희롱당했어."

그에 비하면 자존심이 상처 입는 것은 대단한 문제도 아니었다.

"그들이 받았던 굴욕을 설욕할 수 있다면 내 긍지가 꺾여도 상관없어."

마지막으로 『빙제』를 땅에 내리꽂고서 스카아하는 얼음벽에 이마를 갖다 부딪쳤다.

"용서는 바라지 않아. 죽음은 무섭지 않아. 두려운 건 복수의 큰불이 꺼지는 거야."

스카아하는 오열하며 신에게 기도를 올리듯이 무릎을 굽혔다.

"가족이 내게 유일하게 남겨 준 거니까……."

패배하면 모든 것을 잃는다. 그러나 이긴다면 반영구적인 행복을 맛볼 수 있었다.

둘 중 하나, 앞과 뒤, 그저 그 차이일 뿐이다—.

*****

제국력 1023년 11월 20일.

페르젠 속주로 진격해 있던 드랄군은 피네 성채 근교까지 돌아와 있었다.

여기까지 고작 이틀 만에 온 강행군이었다.

나라를 잃을 수는 없다는 기력이 만들어 낸 기적의 행군이라고도 할 수 있었다.

하지만 대가는 컸다. 대오는 흐트러졌고, 대열은 분단되었고, 군대는 분열된 상태였다.

드랄군 3만 중 본대와 떨어지지 않고 따라온 것은 겨우 5천이었다.

사령관 품헨을 태운 마차가 그 선두를 달리고 있었다.

"역시 어딘가에서 한 번 휴식하는 편이 좋지 않을까요?"

동승자가 충고했다. 소파에 드러누워 있던 픕헨은 재미없다는 듯이 콧날을 찡그리고서 동승자를 노려보았다.

"귀공이 신경 쓸 필요는 없어. 어차피 상대는 겨우 5천이잖아?"

"드랄 귀족분들이 철저히 방위하고 있다면 수는 더욱 줄어들었을 겁니다."

"근데 뭘 걱정해."

좌석 밑에 놓여 있던 바구니를 끌어낸 픕헨은 거기서 사과 하나를 집어 들고 호쾌하게 깨물었다.

"귀공도 먹을 텐가?"

픕헨이 동승자에게 사과를 내밀었지만 그는 고개를 가로저어 거부를 나타냈다.

"애초에 귀공이 여기 동승하고 있는 것 자체가 위험하다고 나는 생각하네만?"

"그래서 곧 떠날 겁니다. 그에게 이 이상 다가가면 위험해서 말이죠."

그 말에 픕헨은 콧방귀를 뀌더니 먹다 만 사과를 바닥에 버렸고, 문득 어떤 생각이 떠올라 입을 열었다.

"아아…… 확실히 귀공은 뭐랬더라, 『흑사향』의 《눈》이라고 했던가?"

"그런 착각은 달갑지 않군요. 저희는 『밀경』입니다."

"맞아, 맞아. 그거야 그거. 상당한 실력자가 모여 있다고 하던데."

풉헨은 와인까지 꺼내더니 잔도 준비하지 않고서 그대로 입으로 가져갔다.

이게 가장 맛있게 마시는 법이라며 풉헨은 낮게 웃었다.

"더는 어울려 드릴 수가 없군요. 저는 이만 실례하겠습니다."

『밀경』이라고 밝힌 남자는 그대로 소리도 없이 문을 열어젖히고 나갔다.

바깥에서 호위의 떠들썩한 목소리가 들렸다. 이제 막 날이 밝은 이른 아침이니 저런 남자는 굉장히 눈에 띌 것이다. 요란한 밀정 집단도 다 있다며 풉헨은 코웃음 쳤다.

"그건 그렇고 썩을 그란츠 대제국. 간단히 이쪽을 내버렸군!"

홧김에 와인병을 바닥에 내동댕이쳤다. 요란하게 튄 유리가 팔을 스쳐서 살짝 베였다. 어깨를 들썩이며 거칠게 숨을 토하고 있으니 허둥대는 보고가 밖에서 날아왔다.

"풉헨 님, 피네 성채를 에워싼 그란츠군을 확인했습니다."

"수는?"

"약 3천 정도입니다."

"본대 속도를 늦춰서 떨어진 부대와 합류하며 피네 성채로 간다. 우선은 선발대를 편성하여 그란츠군을 공격해."

"알겠습니다. 각 부대장에게 통달하겠습니다."

아침의 한기는 졸음이 날아가 버릴 만큼 싸늘했나.

「춥다. 추위」하며 풉헨은 모포를 뒤집어썼다.

"정말이지, 한트하벤 녀석. 고작 3천 정도의 적한테 쩔쩔매기는."

도움을 요청하길래 당연히 엄청난 병력이 침공해 온 줄 알았다.

"뭐가 『군신』의 후손이야? 식함 따위에 놀아나고. 부끄럽지도 않나."

이럴 줄 알았으면 5천 정도의 병사만 이끌고 페르젠 속주에 남아 있었으면 좋았을 거라는 생각조차 들었다. 그렇다면 지금쯤 제6황녀를 수중에 넣었을 터였다.

"역시 아까운 짓을 했어. 넘겨주는 게 아니었는데. 그 여자가 방해하지 않았다면…… 전부 잘 풀렸을 것을……."

기사도 정신이란 걸 내세우는 마음에 안 드는 여자였다.

얌전히 철수하지 말고 페르젠 잔당군을 기습해서 제6황녀를 뺏었어야 했다고 후회했다. 하지만 지금부터라도 늦지는 않았다. 당장 돌아가서 페르젠 잔당군을 섬멸할까……. 품헨은 그렇게 생각하다가 창문 너머에 있는 기척을 알아차렸다.

"무슨 일이지?"

"그란츠군이 피네 성채에서 철수하기 시작했습니다."

"뭐? 선발대만으로 싸움이 끝난 건가?"

"아뇨. 싸우지 않고 그란츠군이 도망쳐서……."

전령의 음성에서 당황이 묻어났다.

품헨은 영문을 알 수 없어서 마차에 달린 창문을 열었다.

밖을 내다보니 피네 성채에서 모래 먼지를 일으키며 검은 그림자가 이동하고 있는 것이 보였다. 저게 최근 소문이 자자한 『아군』이란 놈들인가…… 인정사정없는 악마 같은 군대라고 들었다.

"그런 놈들이 싸우지도 않고 도망치다니 한심하군."

이걸로 끝이라면 맥 빠지는 일이었다. 뭘 위해 돌아왔는지 알 수가 없었다.

무엇보다 『군신』의 후손이라는 녀석은 어디로 간 건가. 상승불패 아니었나.

"소문이란 과장되기 마련이니까."

재미없다고 중얼거린 푭헨은 창을 닫고 마차 안에 털썩 앉았다.

"이대로 피네 성채로 간다. 쓸모없는 동생을 질책해야지."

"알겠습니다."

이윽고 피네 성채가 보이기 시작했다. 그 주변에는 야영지가 구축되어 있었다. 한창 식사 중이었는지 아직도 불이 붙은 채 냄비가 버려져 있어서 『아군』이 허둥지둥 도망쳤다는 것을 알 수 있었다.

"홋, 이런 모습을 보면 내가 강해진 것 같단 말이지."

그리하여 태양이 머리 위에 떠올랐을 무렵에 푭헨은 피네 성채 정문에 도착했다.

온화한 바람이 지상에 불었고, 화초에 맺힌 아침 이슬이 햇빛을 받아 빛났다.

드랄군의 행진이 멈추고, 시간이 조금 지나자, 푭헨은 이변을 알아차렸다.

"어이, 아직 문은 안 열리는 건가?"

짜증을 담아 바깥을 향해 말하자 병사가 당황한 얼굴로 다가왔다.

"그것이…… 몇 번이나 부르고는 있습니다만……."

"정말이지, 한트하벤 녀석은 무슨 생각이야?"

직접 가 줄까 싶어서 푶헨은 마차에서 내렸다. 그 모습을 확인한 측근들이 허둥지둥 말에서 내려 쫓아왔다. 푶헨이 걷고 있는데 그들이 말을 타고 쫓아온다면 불벼락이 떨어질 것은 틀림없었다.

후에 대공이 될 자의 분노를 산다면 영지를 몰수당할지도 몰랐다. 그렇지 않더라도 심증이 나빠지는 것은 확실하리라. 그런 자기 보신적인 이유도 있어서 그들은 푶헨의 뒤를 따르고 있었다.

"한트하벤! 문 열어. 한심한 동생을 구하려고 형이 돌아왔다!"

성가퀴에 늘어선 동생의 문장기를 바라보며 푶헨은 짜증이 나서 몇 번이고 발로 땅을 굴렀다. 경비병이 있으니 안에 아무도 없지는 않을 것이다.

"어이, 뭐 하고 있어? 얼른 문 열지 못해?! 목이 날아가고 싶나!"

그런 푶헨의 노여움을 감지한 측근들의 얼굴이 창백해졌다. 그들도 문을 열라고 필사적으로 호소했다.

그러자 이윽고 망루에 한 남자가 나타났다.

"푶헨 님, 잘 돌아오셨습니다."

공손하게 머리를 숙인 그 남자는 후드로 얼굴을 가리고 있어서 표정을 파악할 수 없었다.

　젊은 남자의 목소리라는 것만을 간신히 알 수 있는 정도였다.

　"네놈은 누구지?"

　"한트하벤 님의 시종으로 일하고 있습니다."

　"무슨 생각이냐? 왜 녀석이 직접 안 나와?"

　"한트하벤 님은 병으로 누워 계십니다."

　"뭐? 저번 편지에 그런 내용은 적혀 있지 않았어."

　"어제 일이니 품헨 님께서 모르시는 것도 무리는 아닙니다."

　"그렇다면 별수 없지. 한트하벤을 문병하고 싶으니 문을 열어 다오."

　품헨은 이야기를 끝내려고 했지만 후드 쓴 남자는 꿈쩍도 하지 않았다.

　"그러고 보니 제6황녀는 어쩌셨습니까?"

　"왜 네놈에게 그런 일을 알려 줘야 하지? 그런 건 어찌 돼도 좋으니 얼른 문 열어!"

　"다시 한 번 묻겠습니다. 제6황녀는 어쩌셨습니까?"

　웃기는 놈이었다. 대체 누구한테 말대꾸인지. 측근들이 제각기 욕했다.

　제6황녀 건을 말단 병사한테까지 들려줄 필요는 없다.

　그렇게 판단한 품헨은 입을 다물고 있었지만 짜증이 나는지 씩씩거렸다.

　"품헨 님, 당신은 제6황녀에 관해 대답할 마음이 없는 겁니까?"

후드 쓴 남자의 말에 푭헨은 마침내 분노한 형상을 나타냈다.

"네 이놈! 지금 누구한테 입을 놀리는 거냐?!"

그 몹시 노한 모습에 측근들이 두려워하며 푭헨에게서 거리를 두기 시작했다.

"당장 문 열어! 내가 직접 네놈의 목을 쳐 주겠어!"

—그때, 등 뒤에서 소란이 일었다.

무슨 일이냐며 측근들이 뒤돌아보는 가운데, 푭헨은 망루에 있는 후드 쓴 남자를 노려보고 있었다. 반드시 죽여 버리겠다고 살벌한 말을 중얼거리며 마침내 허리에 찬 검을 뽑았다.

"어이!"

"왜 그러시죠?"

"네놈 따위 안 불렀어. 주변에 있는 병사들에게 말하는 거다!"

푭헨은 후드 쓴 남자 주위에 있는 병사들을 순서대로 바라보았다.

핏발 선 눈을 바쁘게 움직이면서 입술을 잔학하게 비틀었다.

"거기 있는 남자의 목을 친 자에게는 상을 내리겠다."

하지만 누구도 움직이지 않았다. 오히려 바람에 실려 오는 것은 실소였다.

"그보다 푭헨 님. 뒤를 보십시오. 큰일이 났습니다."

"뭐라고?"

뒤쪽을 가리키는 손을 따라 푭헨은 돌아보았다.

그리고 시야에 들어온 이상한 광경에 숨을 삼켰다.

바람이 없는데도 불구하고 드랄군의 후방에서 모래 폭풍이 일어나고 있었다.

이어서 노호가 귀청을 찢었지만 그것은 곧 비명으로 바뀌었다.

"풉헨 님! 후방에 적이 나타났습니다! 이미 전투가 시작된 모양입니다!"

측근이 안색을 바꾸고 보고했다.

"수는?!"

"모래 폭풍 때문에 파악할 수가 없습니다!"

"어디 군대냐?!"

"그것이— 악?!"

경쾌한 소리가 울렸다. 과일을 잘랐을 때와 같은 담백한 음색이었다.

풉헨은 눈을 크게 뜨고, 쓰러지는 측근을 바라보았다.

눈을 까뒤집고 쓰러진 측근의 이마에 화살 하나가 박혀 있었다.

"풉헨 님, 한눈팔면 위험합니다."

그 목소리에 이끌려 풉헨은 망루로 눈을 돌렸다.

성가퀴에 낯선 깃발이 세워져 있었다.

"뭐, 뭐야……그건…….."

풉헨은 신음처럼 말하고서 떨리는 손으로 문장기를 가리켰다.

누구나 한 번쯤은 본 적이 있는 문장이었다.

어떤 나라에서는 지대한 인기를 자랑하고, 다른 나라에서는 공포의 상징으로 구전되었다.

─백은빛 검을 움켜쥔 흑룡.

"『군신』의 『신기』?"

풉헨은 멍하니 중얼거렸다.

그사이에 한트하벤의 깃발이 차례차례 지상으로 내던져지고 흑룡 문장기가 대신 세워져 갔다. 이어서 엄청난 수의 궁병이 나타났다.

"자, 잠깐, 네놈들 누구한테 화살을……?!"

성벽에 일렬로 늘어선 궁병이 겨누고 있는 것은 풉헨이었다.

바람이 한 차례 크게 일었다.

공기를 가르는 소리가 들렸나 싶더니 주위 측근들이 절규했다.

호위병들이 이변을 깨닫고 방패를 들고서 풉헨 곁으로 달려오려고 했다.

그러나 피네 성채에서 날아온 대량의 화살이 부채꼴로 퍼지며 호위병들을 한 명도 남김없이 사살해 버렸다. 그 뒤로는─지옥이었다.

가차 없는 화살비가 쏟아졌고, 측근과 병사들은 간단히 목숨을 잃어 갔다.

갑작스러운 사태에 풉헨은 아연실색하여 꼼짝도 할 수 없었다.

"풉헨 님, 문을 열겠습니다."

기다리고 기다리던 개문(開門)이었을 텐데 거기서 튀어나온 것은 중장기병이었다.

화살비를 어떻게든 버텨 낸 측근들이 무정하게도 짓밟혀 갔다.

"어서 들어오시지요. 가능하다면 말입니다."

도망치는 자는 창으로 등이 꿰뚫렸고, 용서를 구하는 자에게는 가차 없이 검이 내리쳐졌다.

당연히 이런 상황에서 맞서는 자 따위 전무했다.

도망치는 데 성공하는 자가 있을 리도 없어서 비명을 지르며 절명해 갔다.

그토록 위세가 좋았던 폼헨 역시 도망을 선택했다.

죽어 가는 측근들을 내버려 둔 채 공포에 무릎을 후들거리며 필사적으로 달렸다.

"폼헨 님, 어디 가시는 겁니까?"

"너, 너는……."

후드 쓴 남자가 눈앞에 나타났다. 망루에서 한트하벤의 시종이라고 말했던 남자였다.

"폼헨 님, 제6황녀는 어쨌습니까?"

"……네놈은 누구지."

묻지 않아도 알고 있었다. 그저 믿고 싶지 않았을 뿐이다.

분명 폼헨이 상상하는 그 남자이리라.

이야기는 질리도록 들었다.

어떤 무도회에 나가도 화제는 항상 그 녀석이었다.

누구나 두려움을 담아 그 이름을 불렀다. 누구나 공포를 보이며 그 이름을 불렀다.

　—히로 슈바르츠 폰 그란츠.

　후드를 벗어 던진 남자의 얼굴이 대낮의 햇빛 아래 드러났다.
돌풍이 후드를 가로채 아득한 상공 너머로 데려갔다.
　"네놈이 『독안룡』인가."
　전장에는 어울리지 않는 온화한 얼굴이 한층 더 공포를 부추겼다.
　"그 반응은 질리도록 봤어. 가끔은 예상을 벗어나는 반응을 해 줬으면 좋겠는데 말이야."
　히로는 명랑하게 웃었다. 혼자 붕 떠 보일 만큼 환한 미소였다.
　"제6황녀는 어쨌는지 말해 주겠어?"
　"아, 알아서 어쩌려는 거지?"
　"글쎄, 들어 봐야 알 것 같은데……."
　앞을 가로막은 히로의 등 뒤로 칠흑색 기마가 속속 모여들었다.
　히로는 주위를 둘러보다가 마지막으로 푭헨에게 시선을 보냈다.
　"금방 끝날 거야."
　무엇이 끝나느냐고 물을 필요도 없었다. 푭헨이 이끌던 군세는 지휘관이 없었다. 게다가 측근들도 남김없이 화살을 맞고 죽었다. 요컨대 지휘 계통은 갈가리 찢긴 것이나 다름없었다. 2만의 군세는 단숨에 오합지졸이 되었고, 변변한 연계도 취하지 못한 채 검은 군세에 유린당할 수밖에 없었다.

"페르젠 속주에서 열심히 달려온 모양이니까, 피로도 쌓여 있겠지. 그래서야 제대로 싸울 수 없어."

무엇보다, 라고 중얼거린 히로는 말을 이었다.

"당신처럼 오만한 지휘관이라면 휴식 따위 한 번도 주지 않았을 테니 말이야."

확실히 그 말대로였다.

푭헨은 병사를 쉬게 하지 않고 강행하여 여기까지 왔다.

"그럼 다시 물을게. 제6황녀는 어쨌어?"

여기서 묵비를 관철해도 좋았지만, 고집스럽게 입을 다물어도 고문 받을 뿐. 그렇다면 솔직히 말해서 포로 대우를 받는 편이 득책이다.

그렇게 판단한 푭헨은 사교적인 웃음을 만들었다.

"페, 페르젠 잔당군에게 인도했다."

"그렇구나. 자세히 얘기해 주겠어?"

"그, 그래— 억?!"

얌전히 고개를 끄덕였을 때, 뒤통수에 충격이 느껴졌다.

아프다고 느끼기도 전에 푭헨의 의식은 어둠 밑바닥으로 끌려갔다.

*****

졸도한 품헨을 내려다본 히로는 그를 발로 차서 엎어지도록 굴렸다.

그리고 그의 허리에서 검을 뽑은 뒤, 그 등에 앉았다.

"눈을 떠 줘야겠어."

히로는 칼자루를 빙글 돌려 역수로 잡고 힘껏 내리찍었다.

품헨의 손등을 꿰뚫은 칼끝이 지면 깊숙이 파묻혔다.

"아악?! 무, 무슨— 으아악?!"

격통에 깨어난 품헨의 머리카락을 움켜잡아 그대로 땅에 얼굴을 박아 주니 코피가 뿜어져 나왔다.

"제6황녀에 관해 자세히 말하도록 해. 거짓말하면 지금보다 아파질 거야."

"마, 말할 테니 제발 그만해……."

"시간 아까우니까 짧게 부탁할게."

"제, 제6황녀는 확실히 붙잡았지만, 그란츠 대제국의 황녀이기도 해서 소중히 대했어."

"하지만 그건 이상한데? 브루탈 제3황자가 안부 확인을 위해 만나고 싶다고 했지만 당신은 거부했다고 들었어."

"그, 그건 조건이 안 좋았기 때문이야! 다시 뺏기는 것도 무서웠어. 그녀의 존재는 교섭에 중요했으니까."

"그래서 그녀는 지금 어디 있지?"

"페르젠 잔당군에게 뺏겨 버렸어. 그 녀석들은 인간이 아니야. 악마 같은 놈들이야. 제6황녀한테 무슨 짓을 할지 몰라. 그래서 신병 인도를 거부했지만 기묘한 힘을 써서 저항도 할 수 없었어."

"⋯⋯기묘한 힘?"

"신기한 창을 쓰는 여자였어. 주위 물건을 얼리거나, 날씨를 조종해서 비처럼 창을 퍼붓기도 했지."

"흐음, 그건 또— 별난 여성이네."

대체 그 여성은 누구일까. 날씨까지 조종한다면⋯⋯ 기억에 있는 것은 한 자루의 창.

'⋯⋯거기다 얼리기까지 한다면 십중팔구 『빙제』밖에 없어.'

마황검 5살 『창마(蒼魔)』인가 싶었지만 그것은 쌍검이지 창이 아니었다.

그렇다면 정령검 5제 『빙제』가 틀림없을 것이다.

설마 그란츠 대제국을 떠나 있을 줄은 몰랐지만, 원래부터 정령은 인간을 수호하는 존재이니 정령검이 타국 인간을 택하는 것은 이상한 이야기도 아니었다.

'그란츠 대제국은 인간 중에서도 정령왕의 편애를 받고 있을 뿐이야.'

"심지어 그 여자는 페르젠 왕가의 생존자야."

"그것참 성가신 소유주한테 갔네."

옛날부터 『빙제』는 괴짜였으니 묘하게 납득이 갔으나 굳이 적국 인간을 총애할 줄이야⋯⋯역시 정령검 5제 중에서도 괴팍한 『빙제』다웠다.

"그 여자는 그란츠 황가를 증오하고 있었어. 제6황녀의 안전을 생각한다면 어서 구하러 가는 편이 좋을 거야. 나와 달리 상냥하지는 않겠지."

"당신이 페르젠 잔당군에게 리즈를 넘겼을 때 그녀의 모습은 어땠어?"

"되도록 예우를 갖춰 대우하려고 했지만, 역시 사치스럽게 산 황녀님한테 포로 생활은 고통스러웠던 모양이라서 말이야. 여러 가지로 난제를 요구하거나 욕을 퍼부었어."

"그런가…… 잘 알았어."

히로는 고개를 끄덕이고 폼헨의 오른손에서 검을 뽑았다.

폼헨은 통증을 참으며 신음했지만 그 표정은 어딘가 안도하고 있었다.

히로는 싸늘한 눈으로 그 모습을 본 후 다시 그의 왼손을 힘껏 찔렀다.

"아— 흐아아악!"

"거짓말인 거 다 알아."

"뭐, 뭘 근거로?! 거짓말 따위 안 했어!"

"리즈가 사치스럽게 살았다고? 그녀가 얼마나 고생했는지도 모르면서 다 안다는 것처럼 입 놀리지 마."

히로는 뼛속까지 얼어붙을 것 같은 목소리로 말하고서 칼자루를 비틀어 아픔을 배가시켰다.

"『염제』에게 선택받아 많은 인간이 그녀를 이용하고자 접근했어. 하지만 곧장 버려졌고, 그녀에게 남은 건 두 측근과 늑대 한 마리였지."

정령검 5제에게 선택받았지만, 그것 때문에 파란만장한 인생을 보내게 되었다.

『염제』가 그녀를 고르지 않았다면 그녀는 황녀로서 행복한 인생을 살았을 것이다.

밤낮없이 훈련에 힘쓸 일도 없고, 전장에 나갈 일도 없으며, 포로가 될 일도 없었다.

"남몰래 노력하는 자는 보답 받지 못한다고 생각해?"

자신의 결점에서 눈을 돌리지 않고, 수없이 좌절을 맛보면서도 고독한 괴로움에서 도망치지 않았다.

리즈는 늘 앞을 보고 있었다. 불평하지 않고 언제나 웃으며 노력해 왔다.

"그런 그녀를 모욕하지 마."

히로는 푬헨의 손에서 재차 검을 뽑아 그 칼끝을 그의 뒤통수에 들이댔다.

"당신은 리즈한테 무슨 짓을 했지? 거짓말이라고 판단되면 즉각 머리를 꿰뚫겠어."

"자, 잠깐, 기다려 줘!"

"서둘렀으면 하는데. 당신의 동생이 이끄는 군대가 이곳으로 오고 있어. 그걸 상대할 수 있을 만한 전력은 이쪽에 남아 있지 않아. 그러니 사실대로 말해 준다면 목숨은 빼앗지 않겠어. 포로로 맞이하여 한트하벤 공과 교섭한 후에 넘기도록 하지."

"저, 정말이겠지?"

"물론이야. 그러니 솔직히 대답해 줬으면 해."

히로는 미소를 지으며 안심시키고 푭헨의 어깨를 다정하게 두드렸다.

그러자 단념했는지 깊이 탄식한 푭헨이 뜨문뜨문 이야기하기 시작했다.

"정령검 5제의 가호가 어느 정도 위력인지 조사하기 위해 여러 가지로 시도해 봤어. 어디까지 반응하는지 알 수 없었기에 우선은 작은 돌멩이부터 던졌고 그 크기를 바꿔 갔지. 나중에는 가호의 위력이 약해졌길래 그녀의 손톱을—."

"……이제 됐어."

"하지만 그녀에게는 손끝 하나 대지 않았어! 정말로! 이것만큼은 정말이야!"

"이제 됐다고."

"기다—?!"

히로는 검을 힘껏 내리찍었다.

칼끝이 푭헨의 뺨을 살짝 찢으며 땅에 꽂혔다.

"힉, 힉, 흐아아……."

"솔직히 말해줬으니 포로로 맞이할게."

히로는 푭헨의 등에서 일어났다.

"고, 고맙다. 정말로 고마워!"

얼굴이 눈물콧물 범벅이 된 푭헨이 히로의 다리에 달라붙었다.

"그런 얄팍한 감사 따위 필요 없어. 아무튼 당신은 구속하겠어."

괜찮겠지? 하고 동의를 구하자 폼헨은 힘차게 몇 번이고 고개를 끄덕였다.

그러자 히로의 지시를 받은 병사들이 폼헨을 밧줄로 묶기 시작했다.

그중에는 후긴도 있었다. 그녀는 노기를 숨기지 않고 폼헨을 노려보았다.

"너 같은 놈이 살아 있다니 정말이지 역겨워."

그렇게 후긴이 욕하자 폼헨이 입꼬리를 말아 올렸다.

"좀 더 부드럽게 묶어 주겠어? 그리고 치료를 해 줘. 상처가 곪겠어."

그런 두 사람을 조용히 바라보던 히로는 근처에 있던 무닌에게 『질룡』을 불러오라고 했다.

"예이, 당장 데려오겠습니다."

무닌이 병사들 속으로 사라지자 교대하듯이 가더가 다가왔다.

"드랄군 대부분이 도망쳤어. 추격은 필요 없지?"

"응. 리즈가 어디 있는지도 알았으니 이대로 페르젠 속주에 가려고."

"저 남자는 살려 두는 건가?"

그렇게 말한 가더는 상처를 치료받는 폼헨을 가리켰다.

"그럴 생각이야. 나는 약속을 지키니까."

"……그렇군."

가더는 관찰하는 눈길을 보내다가 납득한 표정을 지었다.

"그럼 이 뒤는 예정대로 하면 되나?"

"응. 부상자는 전부 바키슈 대장군에게 보내 줘."

"알겠다. 각 부대장에게 지시하고 오마."

가더는 대답을 하고 바로 떠나갔다.

그 등을 바라보던 히로는 밧줄에 묶인 품헨에게 다가갔다.

"지금부터 페르젠 속주로 갈 거야. 포로인 당신도 따라와 줬으면 좋겠어."

"뭐? 그럼 당장 동생에게 연락해 줘. 몸값을 준비시킬—."

품헨이 말을 끝내기 전에 히로는 손을 들어 조용히 하라고 지시했다.

"시간 아까우니까 그렇게 여유롭게 굴 수는 없어. 강행군이 될 테니 말이야."

"히로 님, 데려왔습니다."

히로 곁으로 무닌이 돌아왔다.

그 옆에 있던 『질룡』이 히로의 모습을 발견하고서 가슴에 머리를 문질렀다.

"그리고 품헨 공, 안타깝게도 당신의 말은 준비하지 못했어."

"그, 그렇다면 더더욱 교섭을—."

애써 입을 열던 품헨은 『질룡』의 목을 쓰다듬는 히로의 얼굴을 본 탓에 말을 잇지 못하게 되었다.

"응. 페르젠 속주에서 돌아온 뒤에."

히로는 명랑하게 웃고서 땅에 떨어져 있던 밧줄 하나를 주웠다.

그 끝은 품헨에 연결되어 있었다. 히로는 밧줄을 『질룡』의 목에 동여맸다.

"열심히 달려 볼까?"

"뭐?"

히로는 경직된 품헨에게 다가가 그 어깨를 가볍게 두 번 두드렸다.

"그래도 살아 있으면 해방시켜 줄게."

한없이 잔혹하게 웃는 히로를 보고 품헨은 절망감에 얼굴을 파랗게 물들였다.

제5장 천제와 빙제

제국력 1023년 11월 22일.

미테 성채에서 농성 중인 아우라는 괴로운 결단을 강요받고 있었다.

정문 상부 성가퀴, 그곳에 갖춰진 작은 탑 안에 아우라가 있었다.

"오늘에라도 이 성채는 함락될 거야."

무거운 긴장감 속에서 아우라가 간결하게 말하자 참모들이 원통함에 한숨을 쉬었다.

그러나 불평하는 자는 한 명도 없었다.

지금까지 버틸 수 있었던 것은 아우라 덕분이었다.

"그럼 어떻게 하시겠습니까? 가만히 앉아서 죽음을 기다리는 건 그란츠 군인으로서 수치입니다."

한 참모가 입을 열자 나이 지긋한 참모가 쓸쓸한 표정을 지었다.

"경의 말씀은 장렬하게 전사할 각오로 성을 박차고 나가자는 뜻인가?"

오랫동안 분투한 병사들도 녹초가 되어 있었다. 다치지 않은 자가 한 명도 없었다. 식량도 거의 떨어졌지만, 보급할 수 있을 만한 상황도 아니며 구원병이 올 가망도 없었다. 병사들의 체력도 얼마 남지 않았으니 농성은 좋은 계책이 아니었다.

그러나 전사할 각오로 성을 박차고 나가더라도 적군에게 대단한 손해를 끼칠 수도 없었다.

"그래도 나갈 수밖에 없어. 그란츠인으로서 선조에게 부끄럽지 않을 싸움을 해야 해."

"개죽음이 되더라도 말인가?"

"개죽음이 아니네. 우리는 반드시 열두 대신 곁으로 가게 될 걸세."

"분명 브루탈 제3황자가 구해 줄 거야. 포기하기에는 일러."

참모들은 조그마한 희망을 의지하여 농성을 계속하자는 속행파와 군인으로서 화려하게 사라지자는 옥쇄파로 나뉘었다. 어느 쪽을 택할지는 아우라라는 소녀에게 달려 있었다.

"밖에서 조금 생각하고 오겠어."

어떻게 해야 할까…… 아우라는 고민하며 성가퀴에서 아래쪽을 내려다보았다.

미테 성채를 에워싼 페르젠 잔당군의 야영지가 보였다.

그리고 시선을 되돌려 정문에서 1셀(3킬로미터) 떨어진 곳에 눈을 멈췄다.

얼음 속에 갇힌 여성이 놓여 있었다. 아우라도 잘 아는 인물이었다.

"미안해."

아우라는 주먹을 움켜쥐었다. 구하지 못하는 자신의 무력함에 화가 났다.

어떤 수단을 써서 저런 광경을 만들어 냈는지는 모른다.

하지만 리즈처럼 되고 싶지 않다면 투항하라는 권고를 페르젠 잔당군으로부터 받은 상태였다. 그런 말을 하기 시작한 것이 이틀 전이었다.

"뭔가 일어나고 있어. 하지만 무슨 일이 일어나고 있지?"

페르젠 잔당군의 초조함은 손에 잡힐 듯이 확연했다.

그러나 정보가 차단된 상황에서, 간첩을 보내려고 해도 쥐새끼 한 마리 빠져나갈 수 없을 만큼 포위되어 있으니 그 진의를 알아낼 수는 없었다.

"……적어도 구해 주고 싶지만."

얼음 속에 갇힌 리즈를 다시금 보았다. 저런 모습이 된 그녀의 생사는 불명이나, 저렇게 구경거리처럼 취급당하는 것을 보니 그란츠 황가를 섬기는 자로서 화가 났다.

"……분명 용서받지 못할 거야."

자신의 실수가 불러온 결과였다.

그 흑발흑안 소년은 결코 자신을 용서해 주지 않을 것이다. 왜 이렇게 됐을까— 아우라는 자신을 꾸짖으며 분함에 입술을 악물었다.

"처음엔 순조로웠어."

주변에 숨어 있는 페르젠 잔당군을 일망타진하기 위해 아우라는 궁지에 빠진 척 미테 성채로 도망쳤다. 그리고 페르젠 잔당군에게 포위되니 호기임을 깨달은 자들이 속속 모습을 나타내며 미테 성채로 몰려들었다.

3만 이상으로 수가 부푼 것을 볼 때 작전은 거의 성공이었다.

그 뒤에는 새롭게 황제의 칙명을 받은 리즈가 아우라와 함께 싸워 페르젠 잔당군을 협공해서 승리를 거머쥐고, 허둥지둥 도망가는 페르젠 잔당군을 브루탈 제3항자가 소탕할 계획이었지만, 드랄 대공국의 움직임을 읽지 못했다.

그래서 적이 리즈를 붙잡게 되는 실수를 범하고 말았다.

통찰이 안이했다고 말할 수밖에 없었다. 가장 중요한 정보를 소홀히 해 버렸다.

아무리 후회해도 부족할 만큼 되돌릴 수 없는 실수였다.

"……"

사고가 혼탁해져 있음을 알 수 있었다.

광명이 보이지 않아서, 머릿속에 그린 전술은 안개가 낀 듯 부옇기만 했다.

무슨 짓을 해도 소용없다는 생각이 들었다. 요컨대 실패하는 것이 무서웠다.

물러설 곳이 없기에 간단히 결정할 수 없었다.

아우라가 놓는 다음 한 수로 생환할지 전멸할지가 정해지기에……

"저들의 목숨을 헛되이 만들 순 없어."

아우라는 성벽에 주저앉은 많은 병사들을 바라보았다.

오늘 이 순간까지 버틸 수 있었던 것은 아우라를 믿고 저들이 싸워 줬기 때문이었다.

처음에는 5천이 넘었던 병사들도 지금은 1천이 못 되었다.

모두가 상처 때문에 괴로워하고, 격통에 잠도 못자며, 공포로 정서가 불안정해진 자도 있었다.

앞으로 어떻게 해야 할까⋯⋯ 생각하고 있으니 시야 끄트머리에 어떤 인물이 잡혔다.

근골이 우람한 거한이지만 성가퀴에서 아래를 내려다보는 모습은 몹시 작아 보였다.

그는 희끗희끗한 수염을 바람에 휘날리며 얼음 속에 갇힌 리즈를 내려다보고 있었다.

아우라는 황급히 달려갔다.

"⋯⋯트리스 경. 뭐 하는 거야?"

"⋯⋯아우라 님 아니십니까. 공주님을 보고 있었습니다."

그다지 이야기를 나눈 적은 없지만 전에 베르크 요새에서 만났을 때는 좀 더 생명력이 넘치는 노병이었다. 그러나 지금은 시체처럼 생기가 없었다.

"의무실로 돌아가. 걸을 수 있을 만한 상처가 아니야."

"아뇨. 괜찮습니다. 공주님을 구해 내지도 못하고⋯⋯ 저런 꼴을 당하시도록 만들었습니다."

리즈가 붙잡혔던 싸움에서 트리스는 자신의 부대를 무사히 철수시킨 뒤, 곧바로 되돌아와 붙잡힌 리즈를 탈환하고자 드랄 대공국을 상대로 혼자 돌격했다.

분명 이 노병은 그 싸움에서 죽을 생각이었을 것이다.

그러나 그럴 수 없는 이유가 있었다.

"서버러스는?"

노병이 그날 죽지 않고 미테 성채로 피난한 이유는 흰 늑대 때문이었다.

"서버러스 공이라면 여전히 의식을 잃은 채입니다."

아우라의 물음에 트리스는 주먹을 꽉 움켜쥐고서 이를 갈 았다.

그날 일은 아우라도 선명히 기억했다.

트리스가 흰 늑대를 품에 안고서 필사적인 형상으로 미테 성채까지 달려왔다.

자신도 중상을 입었으면서 자기 몸은 돌보지도 않고 흰 늑 대의 치료를 우선해 달라며 부탁했다.

그리고는 그도 의식을 잃었다. 깨어난 것은 엊그제였다.

"……깨어나면 곧바로 돌격할 줄 알았어."

"아무리 그래도 서버러스 공을 두고 갈 수는 없습니다."

트리스는 뒤통수를 두드리면서 난처한 얼굴로 웃었다.

"그런 짓을 하면 공주님께 혼나니 말이지요."

"서버러스, 리즈의 소중한 동물?"

"그야 둘은 저보다도 더 오래 알고 지낸 사이니까요."

"그렇구나……."

"그러니 서버러스 공이 깨어날 때까지는……."

트리스의 얼굴을 올려다보자 입가에서 피가 흐르고 있었다.

눈에 핏발을 세우고 귀신 같은 형상으로 얼음 속에 갇힌 리 즈를 바라보고 있었다.

당장에라도 이곳에서 몸을 날릴 것처럼 위태로운 분위기가 감돌았다.

"의무실로 돌아가도록 해."

아우라는 기합을 담아 트리스의 허리를 때렸다.

이에 깜짝 놀란 트리스는 노여움을 무산시키고 의아한 얼굴로 아우라를 바라보았다.

"부상자에게 무슨 짓을……."

"서버러스. 깨어날지도 몰라. 의무실로 돌아가는 편이 좋아."

아우라는 표정을 누그러뜨리고 헐렁헐렁한 군복 소매를 바람에 펄럭이면서 계단을 가리켰다.

"부상을 치료하지 않으면 리즈한테도 혼나."

"으윽……."

리즈의 이름을 꺼내니 역시 트리스도 따를 수밖에 없는지 순순히 고개를 끄덕였다.

"그럼 사양 않고 쉬도록 하겠습니다."

가볍게 인사한 트리스는 쓴웃음을 남기고서 의무실로 연결된 계단을 얌전히 내려갔다.

아우라는 혼자 남아 석양을 바라보듯 지상에 펼쳐진 페르젠 잔당군의 야영지를 바라보았다.

"돌격, 옥쇄, 분쇄, 격멸, 전멸."

소리 내어 말해 봤지만 어느 것도 와 닿지 않았다.

공격하여 사라질 것인가, 포기하고 가만히 죽을 것인가. 어떤 길이 옳은지 알 수 없었다.

"……?"

그때 갑자기 페르젠 잔당군의 야영지가 술렁거렸다. 성가퀴

위로 올라간 아우라는 시선을 집중하여 그 모습을 살폈다. 그러자 한 여기사가 여유로운 발걸음으로 정문에 다가갔다.

"그란츠 대제국, 트레아 르단디 아우라 폰 브나다라에게 고한다!"

아우라의 고막을 뒤흔드는 큰 목소리가 울렸다.

아우라는 성가퀴 위에서 내려와 몸을 숨기고 그 틈으로 아래를 보았다.

아름답고 고상한 분위기를 풍기는 여기사가 미테 성채를 둘러보고 있었다.

아우라의 오산 중 하나— 페르젠 왕가의 생존자.

하란 스카아하 드 페르젠이었다.

"이것이 최후 통고다! 병사를 헛되이 죽이지 않기 위해서라도 투항하라!"

설마 살아 있을 줄은 몰랐다. 황제의 손에, 아니— 슈트벨 제1황자의 손에 일족은 전부 참수당했다고 들었기 때문이다.

"못 하겠다면 지금부터 총공격을 가하겠다! 어떻게 할 텐가?"

스카아하는 푸른 창을 땅에 내찔렀다. 정적이 찾아왔다. 누구도 목소리를 내지 않았다.

유감스럽다는 표정을 만든 스카아하가 어깨를 크게 떨구었다.

"그렇다면 그란츠군에게 고한다."

석양이 가라앉으려 하는 가운데, 잔광을 온몸으로 받으며 스카아하는 진지하게 말했다.

"트레아 르단디 아우라 폰 브나다라와 뵈제 폰 크로네, 두 사람의 신병을 넘긴다면 병사는 포로로 삼지 않고 조국 땅을 밟을 수 있도록 배려하겠다.”

요컨대 놓아주겠다는 뜻이었다. 이 말에는 아우라도 깜짝 놀랐다.

한 명도 살려 보내지 않을 것이라고 생각했기 때문이다.

“잠시 시간을 주지. 단 두 사람을 내놓기만 하면 돼. 곰곰이 생각했으면 좋겠군.”

아우라의 마음이 흔들렸다. 자신만 투항한다면 부상자도 포함해 돌려보낼 수 있었다.

제대로 된 치료를 받게 해 줄 수 있다. 생사의 경계를 헤매고 있는 자도 구할 수 있을지도 모른다.

하지만 지하 창고에 숨어 있는 뵈제 폰 크로네는 고집스럽게 거부할 것이다.

구속해서 억지로라도 끌어낼 수밖에 없다. 그렇게 판단한 아우라는 조용히 눈을 감고 각오를 다진 후, 성벽을 뒤로했다.

작은 탑으로 돌아온 아우라를 맞이한 것은 지금까지 따라와 주었던 측근들이었다.

그중에는 붕대를 둘둘 만 슈피츠 경의 모습도 있었다.

그들의 표정은 어두웠다. 패배를 깨달았을지도 모른다.

“내가 투항하겠어.”

그 말에 측근들의 안색이 노여움으로 물들었다.

“웃기지 마십시오! 상관을 내놓으면서까지 살아남으라는 말씀입니까?!”

"잘 생각해 주십시오. 어떤 꼴을 당할지 상상이 가실 거 아닙니까."

나이 지긋한 측근이 고개를 가로저으며 거부를 나타냈다.

그란츠군이 페르젠에 했던 처사를 생각하면 아우라가 능욕당할 것은 틀림없었다. 실제로 제6황녀 리즈가 저런 모습이 되어 버렸다.

저 모습을 볼 때 포로로서 제대로 된 취급을 받을 수 있을 리도 없었다.

"아우라 님, 저희는 아우라 님을 내놓을 바에야 장렬하게 전사할 각오로 성 밖에 나가 그란츠 열두 대신 곁으로 갈 겁니다."

슈피츠가 자상한 얼굴로 말했다.

"뵈제 폰 크로네뿐이었다면 내놓았겠지만 말이지."

"확실히 그 녀석이 한 짓을 생각하면……."

모두가 말하는 바와 같이 뵈제의 통치는 최악이었다.

페르젠 왕가를 따랐던 귀족은 일족 전체를 참수하고, 아름다운 딸이나 아내들은 노예로 팔았다는 이야기도 들었다. 게다가 페르젠의 아름다웠던 왕도를 추한 모습으로 바꿔 버렸다.

그는 잔인무도하게도 그란츠 대제국의 귀족에게 들러붙기 위해 페르젠 왕도를 마음대로 해도 좋다는 특권을 귀족들에게 주었다.

아우라가 황제의 칙명을 받고 페르젠 속주로 파견되었을 때, 왕도는 폐허나 마찬가지인 상태였다. 드물게도 브루탈 제

3황자가 화냈던 것을 아우라는 기억하고 있었다.

"그럼 아우라 님, 상대가 시간을 주었으니 이길 전술이라도 생각하는 게 좋겠습니다."

슈피츠가 중앙 책상으로 걸어가자 측근들도 어쩔 수 없다는 듯이 지도에 말을 놓기 시작했다. 이제 예비 부대는 없다. 식량도 떨어졌다. 병사의 체력과 사기도 바닥났다.

"전부 없어질 때까지 싸울 수 있다는 건 대단하군."

나이 지긋한 측근이 농담 같은 어조로 말하니 주위 사람들도 고개를 끄덕이며 동의했다.

아우라는 그런 부하들을 보고 가슴속에서 뜨거운 것이 북받침을 느꼈다.

그들은 마음이 꺾여 투항하려던 아우라를 아직 믿는다고 말했다.

"역시 박차고 나갈까?"

"나가는 척하면서 세리아 에스트레야 전하를 구출할 수 없을까?"

"아우라 님, 저희만으로는 결정할 수 없으니 부디 군의에 참가해 주십시오."

그들은 아직 아우라의 지휘 밑에서 계속 싸우려 하고 있었다.

그렇다면— 그렇다면 각오를 다져야 했다.

이런 부하를 가졌으니, 희망을 버리지 말고 계속 저항하는 것이다.

"장렬하게 전사할 각오로 성을 나갈 필요는 없어."

아우라는 발걸음도 가볍게 책상으로 걸어가 지도에 말을 놓았다.

"상대는 우리보다 우세해. 그런데도 초조해하고 있어."

무언가가 있다. 거기에 호기가 있을 터였다.

그렇다면 오늘 적의 공격을 버티고 내일도, 모레도, 비참할지언정 살아남아 보이겠다. 살아만 있다면 활로는 열린다. 삶을 포기해서는 안 됐다.

"전력으로 살겠어. 그리고 이기겠어."

주먹을 쭉 내민 아우라는 승리를 선언했다.

아무도 부정하지 않았다. 그 말이 맞다고 말하는 것처럼 측근들은 힘 있게 고개를 끄덕였다.

"우선은 오늘 공격을 버틸 거야."

아우라는 머리가 맑아지는 것을 알 수 있었다. 망설임은 떨쳐 냈다.

이제 두려워하지 않겠다고, 무표정하지만 쾌활한 색을 드러내면서 측근들에게 지시를 내렸다.

측근들이 기운차게 여기저기로 흩어졌다. 사방의 성벽을 직접 지휘하기 위해서였다.

아마 다시는 만날 수 없는 자도 있을 것이다.

하지만 그런 불안함이 조금도 느껴지지 않는 발걸음으로 그들은 아무 말 없이 탑을 뛰쳐나갔다. 지시를 끝낸 아우라는 슈피츠와 함께 안뜰로 향했다.

"아우라 님, 정말로 괜찮겠습니까?"

"응. 각 성벽의 응원은 내가 직접 가겠어."

밖으로 나오니 이미 태양은 저문 상태였다. 냉기를 띠기 시작한 공기에 아우라는 몸을 떨었다.

하지만 한 줄기 달빛이 구름 사이로 뻗어 아우라를 따뜻하게 비춰 주고 있었다.

아우라가 안뜰에 모습을 드러내자 대기 중이던 병사들이 불안한 얼굴로 아우라를 보았다.

어느 누구나 피가 배어난 붕대를 감고 있었다.

여기까지 잘 싸워 줬다고, 아우라는 한 사람 한 사람에게 감사의 말을 전했다.

그것도 곧 끝났다. 총원 100명도 안 되는 예비 부대였다.

"방해될지도 모르겠지만 저도 싸우겠습니다."

노병— 트리스가 나타났다.

만신창이인데도 몸에서 활력이 넘쳤다.

아우라는 무슨 일이 있었는지 물으려고 했지만 트리스가 먼저 입을 열었다.

"조금 전에 서버러스 공이 깨어나서 말이지요."

기뻐하며 미소 짓는가 싶더니 곧바로 표정을 다잡았다.

"그렇다면 서버러스 공을 지키기 위해서라도 이 성채가 함락되게 둘 수는 없습니다."

"……잘 부탁해."

"트리스 공이 함께해 준다면 아주 든든합니다."

아우라가 고개를 끄덕였고 슈피츠가 기뻐하며 트리스와 악수를 나눴다.

주변에서는 예비병들이 즐겁게 어깨동무하고 노래를 부르며 사기를 고무하고 있었다.

하지만 그것도 점차 작아졌고, 시간이 지나면서 모두가 긴장감에 지배되어 갔다. 쓸데없는 말을 하는 자는 아무도 없었다. 오장육부를 짓누르는 압박감이 안뜰을 뒤덮었다.

그리고— 미테 성채 바깥에서 적군의 발소리와 함께 우렁찬 외침이 들려왔다.

이쪽보다 몇십 배는 많은 군화 소리가 밤하늘로 울려 퍼졌다.

"시간이 다 됐다! 지금부터 총공격을 개시하겠어! 봐주지 않겠다!"

스카아하의 목소리가 들렸다. 또렷한 목소리라 귓가에 맴돌았다. 확실히 지휘관의 자질을 가지고 있었다. 아우라는 각오를 다지고 허리에 찬 정령 무기를 뽑았다.

그 직후— 정문이 흔들리며 굉음을 냈다.

적의 공격이 시작된 것이겠으나, 슈피츠가 시선을 위로 올렸다.

"북쪽 성벽은 뭐 하고 있는 거야?!"

성벽에서는 궁병이 공격을 가하고 있을 테지만 수가 부족하리라.

그 탓에 적이 쉽사리 문까지 밀어닥쳐 공격하고 있는 것이었다.

"엎드려."

아우라는 짧게 지시하고 방패를 머리 위로 들었다. 슈피츠도 허둥지둥 방패를 들었다.

이어서— 돌이 떨어지는 듯한 요란한 소리가 안뜰에 울려 퍼졌다.

"적은 북쪽 벽에 공격을 집중하고 있어."

이변을 눈치챈 아우라는 간결하게 말하고서 예비 부대를 향해 지시했다.

"……문도 위험해."

공성 병기라도 만들었는지 문이 크게 흔들리고 있었다. 기분 나쁜 파괴음이 먼지를 일으켰다.

아우라는 보강하기 위해 문으로 향하려 걸음을 내딛었으나 곧바로 야단스럽게 넘어졌다.

"……윽, 어, 째서?"

지면에 세게 충돌한 얼굴을 들자 낯선 남자가 눈앞에 서 있었다.

"당신은 죽어 줘야 해. 미안하지만 목숨을 받아 가겠다."

부하 차림을 한 남자는 그렇게 말하고서 허리에 차고 있던 검을 날카롭게 뽑았다.

"아우라 님! 도망치십시오!"

이변을 알아차린 슈피츠의 초조한 목소리가 날아왔다.

도우려고 해도 그와 아우라 사이는 절망적일 만큼 거리가 멀었다.

아우라는 검을 치켜든 남자를 노려보았지만 효과는 없었다.

흉흉한 칼날이 달빛을 받아 광채를 내던 그 순간, 커다란 거구가 두 사람 사이에 미끄러져 들어왔다.

—트리스였다.

"……어?"

아우라가 얼빠진 목소리를 낸 순간, 트리스의 등 뒤에서 요란하게 피가 튀었다.

밤하늘을 붉게 물들이며 선혈이 퍼졌다. 그와 마찬가지로 절망이 안뜰에 퍼졌다.

모두가 눈을 부릅뜨고 트리스를 바라보았다.

"컥…… 무슨—?!"

둔중한 소리가 밤공기를 진동시켰고, 거구가 땅에 풀썩 쓰러졌다.

하지만 이상하게도 쓰러진 것은 트리스 뒤에 있던 암살자였다.

"아슬아슬했네요."

암살자가 쓰러지고 또 다른 목소리가 더욱 뒤에서 날아왔다.

"음? 자네는……?"

깜짝 놀란 표정으로 돌아본 트리스는 갑작스러운 난입자를 확인하고 눈이 동그래졌다.

포근한 달빛을 한 몸에 받은 갈색 피부의 남자가 서 있었다.

"네놈은 뭐냐?! 어디로 들어왔지?!"

슈피츠가 새로운 침입자에게 호통쳤다.

"아뇨, 저는 수상한 자가 아니고요."

남자는 얼굴 앞에서 손을 흔들며 필사적으로 수상한 자가 아니라고 주장했다.

"히로 님의 사병인 무닌이라고요! 명령을 받고 아우라 씨에게 서신을 가져왔습니다!"

얼굴은 상처투성이에 무섭게 생겼는데 어딘가 자유로운 분위기를 풍겼다.

긴장감으로 가득한 이 미테 성채와는 확연하게 어울리지 않는 남자였다.

"슈피츠 경."

아우라는 슈피츠에게 검을 거두라고 명했다. 슈피츠는 못마땅해하면서도 조용히 따랐다.

그 뒤 아우라는 무닌에게 다가가 그를 올려다보았다.

"무닌. 누가 온 거야?"

"히로 님입니다."

쾌활하게 웃는 무닌의 얼굴이 눈부셨다. 무엇보다 믿을 수 없는 말이었다.

히로가 와 있다. 그러고 보니 그와 마지막으로 서신을 주고받은 것이 언제였던가.

레벨링 왕국으로 출발한다는 편지가 마지막이었던 것 같다.

"수는?"

"1500기─『아군』중에서도 정예죠."

아우라는 몸을 떨었다. 순식간에 체온이 급격히 올라간 것을 알 수 있었다.

설마 현대에서 그 이름을 듣게 될 줄은 몰랐기 때문이다.

"『아군』이 지나는 길에는 마왕조차 초목이나 다름없으니―."

아우라는 그렇게 중얼거리고서 한 손으로 움켜쥔 제2대 황제의 책을 끌어안았다.

비교되는 것이 두렵지 않은 걸까. 1000년 전의 일은 대부분 과장되어 있고, 좋은 의미로든 나쁜 의미로든 『아군』은 전설이 된 상태였다. 그것을 경신하는 것은 어렵다.

그렇게 이름을 지은 사람은 아마 히로겠지만, 엄청난 짓을 하는구나 싶었다.

"그렇지만 『군신』의 『아군』도 아니잖아? 그래서야 페르젠 잔당군을 쳐부술 수는 없어."

슈피츠가 옆에서 참견했지만 두 사람 모두 이야기를 듣고 있지 않았다.

"그리고 이게 히로 님의 편지입니다. 여기에 적혀 있는 걸 실행해 달라고 하셨습니다."

"알겠어."

"뒷일은 히로 님께 맡기면 안심이죠. 가슴 쭉 펴고 기다립시다."

아우라는 달빛을 의지해 편지를 읽고서 무표정한 얼굴로 희미한 웃음을 흘렸다.

"아우라 님? 뭔가 재미있는 말이라도 적혀 있습니까?"

슈피츠가 의아해하며 눈썹을 찌푸리고 물어보았지만 아우라는 아무것도 아니라며 고개를 가로저었다.

그저 기뻐서 웃어 버렸을 뿐이었다.

"슈피츠 경, 모든 부대를 북쪽 벽에 모아 줘. 그리고 화톳불도 대량으로 피워."

"이, 이유가 뭡니까? 아무리 그래도 북쪽에만 병력을 모으는 건 너무 위험하지 않습니까?"

"괜찮으니까 서둘러."

차가운 납빛 시선을 받은 슈피츠는 꼿꼿하게 바로 섰다.

"예! 즉각 시행하겠습니다."

경례하고 급히 달려가는 슈피츠를 배웅한 뒤, 아우라는 무닌에게 시선을 돌렸다.

"무닌, 당신은 여기 남아?"

"그야 물론이죠. 히로 님을 믿고 있으니까요."

그렇게 대답한 그는 호쾌하게 웃었다.

*****

포근한 달빛이 지상에 쏟아지는 한편, 얼어붙을 듯 차가운 칼바람이 휘몰아쳤다.

높직한 언덕 위, 세찬 바람이 부는 가운데, 달빛을 받아 검은빛을 반사하는 무리가 있었다.

그 선두에 있는 소년— 히로는 보름달을 향해 손을 뻗고서 짙게 웃었다.

"멋진 보름달이야. 기습하기 더할 나위 없이 좋은 날씨네."

아래쪽을 내려다보니 미테 성채— 그리고 그 주위를 에워싼 페르젠 잔당군이 보였다.

히로는 고작 하루 만에 드랄 대공국에서 페르젠 속주까지 왔다.

원래대로라면 사흘이 걸리는 길을 단기간에 올 수 있었던 것에는 이유가 있었다.

갈아탈 말을 준비해 두라고 바키슈 대장군에게 미리 지시해 두었기 때문이다.

이 강행군을 따라올 수 있었던 것은 3천 중 1천5백― 꽤 우수했다.

"후긴이 적진에 잠입했다. 이쪽도 언제든 돌격할 준비가 돼 있고."

"알겠어."

이걸로 그녀를 구출할 조건이 전부 갖춰졌다.

"마침내 여기까지 왔어. 정말 길었어."

히로는 『천제』를 소환했다.

캄캄한 밤에 떠오른 백은빛이 피로를 풀어 주는 것처럼 병사들을 비추었다.

히로는 천천히 내려온 『천제』의 칼자루를 꽉 움켜잡았다.

"남은 건 신호를 기다리는 것뿐이야."

아우라에게 지시한 일은 단순했다.

적의 전력을 분산할 것, 그리고 그 눈을 미테 성채에 고정시킬 것.

"아우라가 움직였나. 무닌은 잘 잠입한 모양이네."

미테 성채의 북쪽 벽에 대량의 화톳불이 피워져 가는 것이 보였다. 동시에 허술해진 다른 성벽을 적들이 기세 좋게 공격했다. 미테 성채에서 울리는 북소리가 공기를 타고 히로의 귀까지 전해졌다. 눈길을 끌기 위해 도발하고 있는 것이리라.

"제군, 여기까지 잘 따라와 줬어."

히로는 칼집에서 『천제』를 조용히 뽑고 뒤돌아보았다.

호령을 기다리는 병사들의 얼굴을 순서대로 바라보았다. 달빛 덕분에 그들의 굳센 표정이 잘 보였다. 감사의 심정이 마음 안쪽에서 북받쳐 히로는 자연스럽게 미소를 흘렸다.

"정령왕에게 승리를 바치자."

다시 정면으로 몸을 돌린 히로는 밤하늘을 향해 『천제』의 칼끝을 겨눴다.

누군가가 감탄의 한숨을 쉬었다. 달빛을 등진 그는 틀림없이 쌍흑의 영웅왕—.

현대에 되살아난 『군신』임을 의심하는 자는 이 자리에 한 명도 없었다.

그렇기에 승리는 약속된 것이라고 믿었다.

"자, 가자."

적을 도륙하는 데 말은 필요 없었다. 전장으로 향하는 데 미사여구는 필요 없었다.

무엇이 목적인가, 무엇이 필요한가, 무엇을 말하고자 하는가.

모든 것은 그 등을 보기만 하면 충분했다.

그는― 전쟁을 위해 태어난 자.

그는― 권략(權略)의 초월자.

그렇기에― 군신은 말없이 그 존재만으로도 타인의 마음을 뒤흔든다.

"―전군, 돌격."

히로는 『천제』를 아래로 휘두른 뒤, 제일 먼저 언덕을 달려 내려갔다.

『질룡』이 너무 빨라서 다른 기마가 뒤처졌지만 그래도 상관 없었다.

왜냐하면 상대는 미테 성채에 집중하느라 배후는 전혀 주 의하고 있지 않았기 때문이다.

그렇다면 다소 늦어지더라도 문제는 없었다. 기습은 반드시 성공한다.

페르젠 잔당군은 지금이 승부처라고 생각하고 있을 것이다.

덕분에 쉽사리 그 배를 물어뜯을 수 있었다.

"뭐야! 대체 어디서?!"

등 뒤에서 들리는 말굽 소리를 눈치채고 적병이 뒤돌았다.

하지만 이미 늦었다.

"저, 적―?!"

그 목을 단번에 친 히로는 『질룡』과 함께 적진으로 파고들었다.

후속 기마대도 속속 밀어닥치며 『아군』은 노도 같은 기세로 돌진해 갔다.

갑옷이 말굽에 짓밟혔고, 중후한 강철이 일그러지는 소리가 밤공기를 가르며 섬뜩하게 메아리쳤다.

저항다운 저항도 못한 채 페르젠 잔당군은 죽어 갔다.

예리한 바늘처럼 『아군』은 스쳐 지나가는 적을 확실하게 도륙하면서 종횡무진 뛰어다녔다.

공성전만 상정했는지 페르젠 잔당군은 주력이 경장보병으로 구성되어 있었다.

즉, 기마의 돌진력을 막아 낼 방패가 존재하지 않았다.

그렇기에 『아군』을 멈출 수가 없었다. 궁병을 쓰려고 해도 그들은 전선에 투입되어 있었다.

장창대(長槍隊)라는 것도 존재하지만 그들은 투척 역할을 하기 위해 공성전 전선에 투입되는 일이 많았다.

가령 후방에 있더라도 예비 부대다. 가지런히 모여 있는 가시는 아프지만 듬성듬성한 가시는 맞지 않는다. 무엇보다 긴장이 풀린 상태일 때가 많아서 기세가 붙은 기마라면 장창대를 분쇄하는 것은 쉬운 일이었다.

적과 아군이 뒤섞여 난전이 되면 결단하지 못하고 혼란에 빠지는 부대장이 나타나기 마련이다.

냉정하게 일을 파악할 수 없게 되어 당황과 초조함에 스스로 사지로 향하는 것이다.

그리고 의지할 상관이 없어진 부대는 폭주를 시작하고, 밤을 맞이한 지금은 자중지란을 유도하게 된다.

노호, 단말마, 비명, 외침, 다양한 원한이 뒤얽히며 시체가 널린 전장이 되어 갔다.

"히로 님!"

그때, 히로를 부르는 목소리가 들렸다.

눈을 가늘게 좁히고서 시선을 돌리니 횃불을 흔들며 장소를 알리는 후긴의 모습이 보였다.

터무니없는 짓을…… 저래서야 적까지 유인하게 된다.

하지만 그녀 곁에 도착했을 때, 그것은 기우임을 알게 되었다.

그녀에게 달려들었을 터인 적병들은 유례를 찾아보기 힘든 궁술에 의해 한 명도 남김없이 이마가 꿰뚫려 있었기 때문이다.

"너는 가더와 함께 싸우고 와."

히로는 『질롱』에서 뛰어내려 그녀의 목을 쓰다듬어 준 후, 후긴에게 몸을 돌렸다.

"……히로 님."

"리즈를 찾았어?"

그런 히로의 물음에 후긴은 얼굴에 큰 그림자를 드리우고서 눈을 내리떴다.

"아, 그게, 네…… 찾았습니다."

"그녀는 어딨어?"

함께 있지 않은 것을 볼 때 다쳤을지도 몰랐다.

리즈는 사람을 놀라게 하는 것을 좋아하니까 갑자기 튀어

나와 안길 것도 같지만…… 이 상황에서는 있을 수 없는 일이었다.

"저기 있습니다."

후긴이 가리킨 것은— 얼음덩어리였다.

그 안에 갇혀 있는 인물을 본 히로는 숨을 멈췄다.

언제나 즐겁게 군복을 개조했었다. 어디가 바뀌었는지 맞춰보라고 질문을 하는 나날이 이어졌던 적도 있었다. 그 자랑거리인 붉은 군복은 요란하게 찢겨 있었다. 그 틈으로 슬쩍 보이는 것은 붕대이리라. 마치 미라처럼 온몸에 감겨 있었다. 이마에는 열상 자국, 뺨과 입에도 찰과상이 잔뜩 생겨 있었다.

"아, 아아……."

기다리고 기다리던 순간이었다. 하지만 이런 재회는 바라지 않았다.

느릿한 발걸음으로 얼음 속에 갇힌 그녀에게 다가가 손을 뻗었다. 하지만 만질 수는 없었다. 차가운, 몹시 차가운 벽에 막히고 말았다. 이런 모습으로 만들어 놓고도 원한이 풀리지 않았는지 수많은 도검이 얼음에 꽂혀 있었다.

"……."

말이 나오지 않았다. 얼음을 만져도 그녀의 생기는 일절 느껴지지 않았다.

『염제』에게 물어봐도 반응이 돌아오지 않았다.

그 자리에 주저앉아 리즈를 멍하니 바라보는 히로에게 후긴은 말을 걸 수 없었다.

"미안…… 나는 항상 제때 맞추지 못해."

혹은 계획을 전부 파기하고 그녀만을 위해 움직였다면 이런 결말을 맞이하지 않았을지도 모른다.

"히로 님, 리즈 누님을 거기서 꺼낼 방법을―."

후긴은 의견을 말하려다 입을 다물고 뒷걸음질 쳤다.

"……히로 님?"

히로의 주위에서 불길한 어둠이 퍼지고 있었다.

깊은― 한없이 깊은 칠흑이 날뛰고 있었다.

그저, 그저 기묘한 광경.

그 침통한 모습은 보고만 있어도 가슴이 미어질 정도였다.

히로의 손에 있는 『천제』가 명멸했다.

―아름답게 반짝이던 백은빛 검이 까맣게 침체되기 시작했다.

*****

시간은 조금 거슬러 올라간다…….

미테 성채를 포위한 페르젠 잔당군― 그 최전선은 열기에 휩싸여 있었다.

주위에는 많은 화톳불이 피워졌고, 그 일렁이는 불빛이 노기를 팽창시키는 페르젠 잔당병의 얼굴을 비추었다.

그들의 시선은 하나같이 정면 성벽을 향해 있었는데, 그곳에는 많은 사다리가 걸쳐져 있었다.

"본진에서 전령이 왔다! 제2진, 돌격! 반복한다. 제2진, 돌격!"

각처에서 울린 뿔피리 소리가 밤공기를 가르며 하늘로 울려 퍼졌다.

"곧 있으면 함락이다! 제군들의 분투를 기대한다!"

제1진의 지휘관이 열띤 목소리로 소리쳤다.

그에 호응하여 제2진은 우렁찬 외침과 함께 전진을 개시했다. 트라반트 산맥에서 불어오는 냉기가 페르젠 잔당병이 내뿜는 열기에 눌려 자취를 감췄다.

"활을 쏴라! 엄호 사격이다!"

활에서 쏟아진 수많은 화살이 밤의 어둠 속으로 사라졌다. 살깃이 퍼덕이는 소리만이 섬뜩하게 울렸다.

그러나 그것은 확실하게 호를 그리며 미테 성채로 떨어졌고, 성벽에서 몇몇 비명이 터져 나왔다. 그 비명을 듣고 제2진이 힘차게 사다리를 달려 올라갔다.

하지만 상대도 저항이 없지는 않았다. 바위를 떨어뜨리고, 사다리를 떼어 내고, 뜨거운 물을 쏟으며, 온갖 수단을 구사해 미테 성채를 지켜 내고자 했다.

"그렇지만 함락되는 것도 시간문제야."

페르젠 잔당군 본진에서 전선 모습을 살피던 스카아하가 중얼거렸다.

책상에 준비된 지도를 바라보는 스카아하 옆에서는 측근들이 각 전령에게 속사포처럼 지시를 날리고 있었다.

"브루탈 제3황자의 동향은 어떻지?"

"현재 이쪽으로 오고 있는 모양입니다만, 별동대의 양동 작전이 성공하여 오는 데 사흘 이상은 걸릴 듯합니다."

라헤가 주먹을 움켜쥐고 말했다. 시간을 벌 수 있게 되어 기쁜 것 같았다.

그래도 방심은 금물이었다. 무슨 일이 벌어질지 알 수 없는 것이 전쟁이기 때문이다.

"그런가…… 그럼 후방 경계는 한 단계 내리고 그 병사들을 전선에 투입한다."

스카아하가 대기 중인 전령에게 눈짓하자 그는 경례를 하고 곧장 어둠 속으로 달려갔다. 그 뒤 스카아하는 미테 성채로 시선을 던졌다.

"……상대는 이쪽이 정면에 병력을 집중한 걸 눈치챈 모양이군."

정면 성벽에 많은 화톳불이 놓여 있었다. 검은 그림자가 분주하게 움직이는 것을 보면 상대는 이쪽의 의도를 깨닫고 병력을 집결시키고 있는 듯했다.

"숨길 만한 일도 아니니까요. 무엇보다 눈치챘다고 해도 이미 늦었습니다. 이쪽은 벌써 성벽을 공략하고 있습니다."

라헤의 말에 주위 측근들도 동의하며 고개를 끄덕였다.

"즉석에서 만든 물건이긴 하지만 공성 망치를 최전선에 투입했습니다. 아쉽게도 공성탑은 만들지 못했습니다. 스카아하 님의 기대에 부응하지 못해 죄송합니다."

공작병(工作兵)을 통솔하는 측근이 머리를 숙였다.

하지만 스카아하는 그의 어깨를 잡고 고개를 가로저었다.

"신경 쓸 것 없어. 오늘, 이날에 늦지 않고 만든 것만으로도 칭찬할 만한 일이야."

"스카아하 님……."

"무엇보다 아직 싸움은 끝나지 않았어. 긴장을 늦추기엔 일러."

스카아하는 쓰게 웃던 얼굴을 다잡고 주변 측근들을 순서대로 바라보았다.

"귀공들도 아직 긴장을 늦추지 말도록. 상대는 『군신소녀』다. 뭔가 책략을 써 올 가능성도 있어. 빈틈을 보인다면 먹히는 건 이쪽이다."

"'"존명!"'"

측근들이 힘찬 목소리로 대답했다.

스카아하는 만족스럽게 고개를 끄덕인 뒤, 각 성벽의 모습을 살피고 오라며 전령을 보냈다.

"전령이 돌아오는 대로 모든 병력을 아낌없이 동원해 미테성채를 파괴하겠어."

"알겠습니다. 하오나 성채 안에 틀어박힌 그란츠병은 어떻게 하실 겁니까?"

"항복하는 자는 붙잡고, 저항을 이어가는 자는 봐주지 않아도 돼."

"그럼 그렇게 각 부대에 통달해 두겠습니다."

라헤는 힘 있게 수긍하고 사령실에서 뛰쳐나가려고 했다.

하지만―.

"급보! 급보입니다!"

전령이 숨을 헐떡이며 사령부로 뛰어 들어왔다.

돌아다니던 측근들이 손을 멈추고 나란히 시선을 입구로 보냈다.

스카아하 역시 눈썹을 모으며 험악한 눈으로 전령을 보았다.

"무슨 일 있나?"

"예! 후방에서 적이 습격했습니다! 후방군의 지휘관으로부터 원군을 바라는 취지가 전달되었습니다!"

"……후방에서 적이 습격했다고?"

스카아하가 멍하니 중얼거리자 초조함에 지배된 전령이 땅을 내리쳤다.

"깃발은— 검은 바탕에 백은빛 검을 움켜쥔 용입니다!"

전령이 침을 튀길 기세로 말했다.

"『군신』의 후손 『독안룡』이 틀림없습니다!"

그 말을 듣고 사령실에 있던 측근들이 당황했다. 그리고 차례차례 얼굴이 창백해져서 아우성쳤다.

"말도 안 돼! 녀석은 드랄 대공국을 공격하고 있는 것 아니었나?!"

"그것 때문에 품헨 경이 페르젠에서 병사를 철수시켰잖은가!"

"잘못 본 것 아닌가? 보고로는 드랄 대공국을 공격한 수가 5천이 안 된다고 들었어. 그에 반해 드랄 대공국은 3만이 넘는 병력을 가지고 있지. 전력 차이는 확연해."

"하오나 잘못 봤을 리가 없습니다! 녀석들이 내걸고 있는 깃발은 분명히『군신』의 신기였습니다!"

측근들의 비난을 들으면서도 전령은 필사적으로 일의 중대함을 호소했다.

하지만 측근들이 간단히 납득할 수 있을 리도 없었다. 승리가 눈앞에 있었는데 갑자기『군신』의 후손이 나타났다고 들으면 혼란에 빠지는 것도 어쩔 수 없는 일이었다.

"밤이니까 잘못 본 거겠지! 다시 한 번 확인해 보고 와라. 그럼 확실해져!"

"아니, 확인할 필요는 없어."

"스카아하 님……?"

"멋대로 상상을 부풀리고 멋대로 소란을 피우면 상대의 생각대로 움직이는 거야. 진정하고 이야기를 나눠야 해."

측근들의 입을 다물게 한 것은 조용히 투지를 불태우는 스카아하의 말이었다.

"애초에 귀공들은 뭘 당황하고 있지?『군신』의 후손이 어쨌다는 건가."

"하, 하오나…… 그자의 소문은 이 땅에도 전해져 있기에……."

"소문은 소문. 그런 것 가지고 고민할 필요는 없어."

스카아하는 손으로 책상을 내리치고 측근들을 노려보았다.

"상대의 이름에 현혹되지 말게. 목적을 잃지 마. 우리가 할 일은 후방에 나타난 그란츠군을 막는 것, 혹은 철저히 격퇴하는 것. 그게 급무야."

스카아하는 노여움을 감추지 않고 푸른 창을 들고서 천막 밖으로 나가기 시작했다.

라헤가 탄식한 후 그녀의 등을 쫓았다. 그제야 측근들은 제정신을 차리고 뒤를 따랐다.

"스카아하 님! 어, 어디 가시는 겁니까?"

"당연히 후방에 나타난 적을 막으러 가는 것 아니겠나."

스카아하는 간결하게 고하고서 전령을 가까이 오게 했다.

"적의 수는 파악됐나?"

"어두워서 정확한 수는 알 수 없었습니다만, 1000기 이상은 있으리라 사료됩니다."

"후방의 상황은?"

"적의 공격이 무시무시해서…… 부대장이 차례차례 목숨을 잃어 와해 직전입니다."

전령의 말을 듣고 스카아하가 후방으로 시선을 보냈다.

그러자 원래대로라면 들릴 리가 없는 칼부림 소리가 들렸다.

오장육부를 뒤흔드는 쩌렁쩌렁한 말굽 소리, 귀청이 찢어질 듯한 함성.

막사가 불타는지 하늘을 빨갛게 물들일 기세로 큰불이 솟아올랐다.

"당장 움직일 수 있는 수는 어느 정도지?"

스카아하는 라헤에게 물었다.

"100기 정도입니다. 대부분 전선에 투입한 상태라 데려갈 수 있는 수는 이것뿐입니다."

적이 본진에 깊이 파고든 상황에서 고작 100기를 데리고,

어둠 속을 헤매며 어디서 튀어나올지 모를 적을 전멸시킨다. 도저히 무리인 이야기였다.

스카아하는 아득한 눈으로 상공을 올려다보았다. 사람 마음도 모르고 별이 반짝이고 있었다.

"……그래도 아직 역전할 가능성은 남아 있나."

그렇다면 할 수 있는 최대한의 일을 하자고 스카아하는 결단했다.

"……라헤 경. 말을 데려와 줘."

"알겠습니다."

라헤가 병사들의 물결을 피해 어둠 속으로 달려갔다.

그 등을 배웅한 스카아하는 고요한 표정으로 측근들에게 몸을 돌렸다.

"우선은 내 억지에 어울려 준 귀공들에게 감사하네."

스카아하의 각오를 알아차렸는지 측근들은 긴장한 얼굴로 일제히 한쪽 무릎을 꿇었다.

충실한 부하들을 바라본 스카아하는 눈꼬리를 내리고서 입을 열었다.

"여기까지 올 수 있었던 것도 귀공들이 진력해 준 덕분이야."

한 사람, 한 사람, 정중하게 감사의 말을 곁들이며 치하를 담아 측근들의 어깨를 두드렸다.

이윽고 마지막 한 사람에게 감사를 전하고서 스카아하는 머리 숙인 그들을 향해 손을 내밀었다.

"앞으로의 작전을 귀공들에게 맡기겠다. 단 한마디, 전군에게 전해 줬으면 해."

"예! 무엇이든 말씀하십시오. 신명(身命)을 바쳐 스카아하 님을 따르겠습니다!"

측근들은 스카아하가 이어서 할 말을 믿어 의심치 않았을 것이 틀림없다.

페르젠을 위해 목숨을 내던져라, 페르젠 재흥을 위해 마지막까지 계속 저항하라, 그렇게 명령할 것이라고 모두가 생각했으리라.

그러나—.

"도망쳐."

단 한마디였다. 그것만으로도 측근들은 불쌍할 만큼 얼굴을 일그러뜨렸다.

기대하던 말이 아니다. 그렇게 말하고 싶은 것처럼 측근들은 스카아하를 바라보았다.

"어째서입니까?!"

그것은 한 사람만의 의문이 아니었다. 누구나 가슴에 품고 있는 것이었다.

"저희도 스카아하 님과 함께 싸우겠습니다!"

"맞습니다! 스카아하 님을 두고 도망칠 수 있을 리가 없지 않습니까!"

측근들이 잇따라 애원하는 말을 토해 냈다.

그에 스카아하는 그들의 외침을 뿌리치듯이 조금 전과는 달리 날카롭게 눈을 좁혔다.

"페르젠 왕가의 생존자로서, 귀공들의 지휘관으로서 내리는 최후의 명령이다."

왕가의 명령은 절대적이었다. 하지만 측근들은 기죽지 않고 차례차례 대지에 검을 내리꽂았다.

"그렇다면 저희의 목을 여기서 치고 가십시오!"

"맞습니다. 스카아하 님에게 방해가 된다면 여기서 죽음을 택하겠습니다."

"저희를 얕보지 마십시오! 열세에 몰렸다고 해서 도망칠 거라고 생각하십니까!"

스카아하는 측근들의 기백에 눌려 뒷걸음질 쳤다.

그때 라헤가 말을 끌고 돌아왔다.

"스카아하 님, 단념하시는 편이 좋을 겁니다."

"라헤 경……?"

"저희가 숭상하는 왕은 당신 한 분, 저희가 따르는 왕은 당신 한 분입니다."

라헤는 쓰게 웃으며 어깨를 으쓱였다.

"그리고 스카아하 님은 아까 말씀하지 않으셨습니까. 목적을 잃지 말라고, 그란츠군을 막겠다고 하지 않으셨습니까."

라헤가 고삐를 건넸다.

스카아하가 멍하니 고삐를 받아들자 그 또한 측근들과 마찬가지로 한쪽 무릎을 꿇었다.

"우리의 왕이시여, 명령해 주십시오. 페르젠에 해를 끼치는 적을 치라고, 그렇게 말씀해 주십시오."

"바보들 같으니라고······."

스카아하는 작게 중얼거린 뒤, 웃음을 흘리고서 말에 올라 탔다.

"그렇다면 귀공들은 이 자리에 머물며 괜한 생각 말고 미테 성채를 함락하는 데 집중하도록 해라."

"그 무슨—?! 기다려 주십시오! 그래서는 조금 전과 똑같지 않습니까!"

"사령부까지 비울 수는 없지 않은가. 한 번은 명령을 어겼으 니 그 정도로 참아."

정론. 그야말로 반론의 여지가 없는 말에 측근들은 어쩔 수 없이 입을 다물었다.

그래도 같은 전장에서 싸우는 것을 허락받았으니 다행이라 고 해야 할까. 측근들은 납득할 수는 없지만 따를 수밖에 없 다는 것처럼 복잡한 표정으로 고개를 끄덕였다.

"나는『독안룡』의 목을 가지러 단독으로 후방에 가겠어."

이 말에는 라헤가 고언을 올렸다.

"기다려 주십시오. 적어도 이 라헤를 데려가십시오. 호위 없이 어쩌시려는 겁니까?"

"필요 없네. 후방은 적과 아군이 뒤섞인 난전 상태야. 그곳 에 호위를 데려가 봤자 결국 떨어지게 될 테고, 자중지란을 유발하게 될지도 몰라."

그렇기에 단숨에 돌격— 정령검 5제『빙제』를 가지고 있는 자신이라면 가능했다.

"라헤 경. 귀공도 여기에 머물며 본진을 지켜. 알겠나?"

"……알겠습니다."

"그럼 뒷일은 맡기겠다!"

고삐를 당기자 말의 울음소리가 울려 퍼졌다.

스카아하의 존재를 하늘에 알리듯 공기를 진동시켰다.

말이 전속력으로 달리기 시작하자 본진은 순식간에 어둠에 휩싸여 보이지 않게 되었다.

그리고 얼마 지나지 않아 스카아하는 단말마의 비명으로 가득한 전장에 도착했다.

사방팔방에서 적이 덮쳐 오는 곳, 눈앞에 펼쳐진 것은 아비규환 지옥도였다.

격렬한 공격을 당한 후군은 괴멸에 가까운 타격을 받은 상태였다.

허둥지둥 도망치는 아군의 모습도 있는가 하면, 몸이 불타서 절규한 끝에 죽어 가는 자도 있었다.

그치지 않는 죽음의 비가 이곳에 쏟아지고 있었다.

"아악?!"

"……여기까지 적이 육박했나."

스물여덟— 이곳에 오기까지 도륙한 적병의 수였다.

이렇게 깊숙한 곳까지 진격을 허락했다면 적의 칼날은 이미 본진에 바싹 다가와 있을지도 모른다.

"그 목은 내가 받겠다!"

"방해돼."

"으억?!"

한 번의 찌르기로 적의 목을 꿰뚫은 스카아하는 귀신 같은 형상으로 말의 배를 차고 아군의 시체를 넘어갔다. 잔챙이를 상대하고 있을 여유 따위 없었다. 『독안룡』을 찾아야 했다. 하지만 이 어둠 속, 넓은 전장에서 남자 한 명을 찾는 것은 지극히 어려운 일이었다.

"계획이 빗나갔나?"

그란츠 대제국의 지휘관은 대체로 후방에서 유유히 전황을 바라볼 뿐이었다.

그러나 가끔 전선에서 싸우길 좋아하는 자도 있다는 이야기를 들었다.

"『독안룡』은 후자일 가능성이 있어……."

혀를 찬 스카아하는 말 머리를 돌리려다가 어떤 곳에 시선을 멈췄다.

"저건……."

암흑 속에 횃불 몇 개가 일렁이고 있었다.

스카아하는 약간의 기대를 담아 이끌리듯 말을 그쪽으로 돌렸다.

기억이 틀리지 않다면 저곳에는 얼음 속에 갇힌 제6황녀를 놓아두었다.

거리가 좁혀지면서 스카아하의 눈동자에 이해의 색이 깃들었다.

여러 기병에 둘러싸여, 얼음 속에 갇힌 리즈 앞에 주저앉은 한 남자의 모습—.

등골이 오싹해질 만한 패기가 느껴졌다.

이 정도로 압도적인 패기를 뿜어내는 자는 본 적이 없었다.

그렇기에 확신했다. 그가 바로 『독안룡』이라는 것은 의심할 여지가 없었다.

"찾았다!"

기뻐하며 외친 스카아하는 『빙제』를 들고 말 위에서 몸을 앞으로 숙여 전속력으로 평원을 내달렸다. 물론 그런 요란한 소리를 냈으니 상대도 스카아하를 눈치채 버렸다.

"네 녀석은 누구냐?!"

"네놈들에게 안락한 죽음을 선사할 자다!"

횃불이 일제히 스카아하에게 향했을 때, 그녀는 말 등을 박차고 어둠 속으로 몸을 날렸다. 스카아하를 향해 창이 내질러졌지만 그녀는 공중에서 몸을 틀어 피하는 데 성공했다. 그대로 창끝을 번뜩여 적의 목을 꿰뚫고 시체를 걷어차며 도약했다.

그런 그녀의 곡예사 같은 기술에 적병은 어안이 벙벙해져 있었다. 그 머리에 『빙제』의 손잡이를 내리쳐 두개골을 분쇄했다. 뇌척수액이 주변으로 튀는 순간에 스카아하는 한 명을 찔러 죽이고, 창을 되돌리며 또 다른 한 명을 옆으로 쓸어 넘겼다. 세 명째에 이르러서는 완력만으로 말에서 끌어내려 그 병사의 애마의 말굽에 밟혀 죽도록 했다.

"후긴 님! 히로 님을 데리고 도망— 윽?!"

"그렇게 둘 것 같나?"

맞서는 네 번째 적병의 몸통을 파란 번개가 관통했다.

"아…… 커, 흑?!"

배에 커다란 구멍이 뚫린 적병이 말 등에서 떨어지며 침묵했다.

마지막으로 지면에 『빙제』를 찔러넣은 스카아하는 움직임을 멈췄다.

"여성과 아이를 죽이는 건 기사도에 반하는 일이야. 그러니 그 활을 내려 주지 않겠나?"

스카아하는 패기를 팽창시키며, 활을 겨눈 여성을 위협하듯 노려보았다.

갈색 피부의 여성이었다. 겉모습에서 쾌활한 분위기가 느껴졌다. 그 손이 떨리고 있는 것이 보였다. 그녀는 포식자의 사냥 목표가 된 작은 동물처럼 무서워하고 있었다.

그래도 도망치지 않는 것은 『독안룡』을 사모하기 때문일지도 모른다.

목숨을 잃더라도, 비참하게 숨지더라도 후회하지 않는다며, 두려움 속에서 용감한 결의가 묻어났다. 그런 갸륵한 모습을 보니 차마 죽일 수가 없었다.

그렇기에― 스카아하는 분노를 폭발시켰다.

"귀공은 언제까지 여자 뒤에 숨어 있을 셈인가!"

몸에 전류가 흐를 정도로 큰 목소리에 갈색 피부의 여성이 온몸을 딱딱하게 굳혔다.

그 목소리는 전장에 울려 퍼져 많은 자의 귓가에 닿았다.

요컨대 적에게 자신이 어디 있는지를 알려 주는 꼴이었다. 곧장 주위에서 『독안룡』의 안부를 확인하는 말이 어지러이 날아다니기 시작했다.

그래도 스카아하는 격정을 억제할 수 없었다. 『독안룡』을 지키기 위해 많은 병사가 귀중한 목숨을 잃었다. 갈색 피부의 여성은 실력 차를 알면서도 맞서기를 결의했다.

"그런데도 그 꼴사나운 모습은 뭐지?!"

무기력— 압도적인 패기를 뿜어내면서도 기력이 조금도 느껴지지 않았다.

"싸울 생각이 없다면 그 목을 받아 가겠다!"

스카아하는 너무나도 이상한 분위기를 휘감은 소년에게 『빙제』를 겨누었다.

*****

벽이 없어지는 감각이 들었다.

하지만 그것은 분명 잃어서는 안 되는 것이었다.

인간이 인간으로 있기 위해 최후의 방파제로 존재하는 것이었기 때문이다.

그래도 눈앞의 광경을 봐 버린 이상, 몸 깊숙한 곳에서 치밀어 오르는 충동을 억제하는 것은 불가능에 가까웠다.

증오는 분노로 바뀐다. 분노는 슬픔으로 바뀐다. 슬픔은 웃음으로 바뀐다.

그렇게 돌고 돈 끝에 있는 것은— 무(無)였다.

하지만 인간의 감정이란 묘해서 절대 사라지지는 않았다.

어딘가에 계속 남아 있었다. 자신도 알아차리지 못하는 곳에서 영원히 머물렀다.

그것은 우연한 계기로 얼굴을 내민다. 스스로도 깜짝 놀랄 만큼 크게 변동하는 결과를 낳았다.

이성은 소실되고, 짐승으로 전락한 본능이 겉으로 드러난다.

—사람들은 그것을 살육 충동이라고 불렀다.

"히로 님……?"

후긴은 히로가 뿜어내는 비정상적인 살기를 알아차렸다.

"……언제까지 무반응으로 있을 생각이지?"

그렇게 말한 것은 후긴 근처에 있던 여기사였다.

그녀는 갑자기 나타나 후긴의 부하들을 눈 깜짝할 사이에 명부로 보내 버렸다.

그토록 대단한 창술을 봐 버려서야, 후긴도 자신의 실력으로는 여기사를 이길 수 없다는 것을 깨달았다. 그렇기에 이해할 수 없는 점이 있었다.

"이봐, 너! 이 이상은 다가오지 마!"

후긴은 활을 들고 여기사에게 화살촉을 겨누었다. 이 이상 히로를 자극하지 않았으면 했기 때문이다. 그러나 그녀는 후긴을 무시하고 히로에게 한 발자국 걸어왔다.

"나는 하란 스카아하 드 페르젠. 귀공의 이름을 묻겠다. 그대는 누구지?"

당연히 히로는 아무런 대답도 하지 않았다. 무기질적인 눈으로 그저 리즈만을 바라보고 있었다.

"어이, 그만두라고 하잖아!"

후긴은 혀를 찼다. 남의 말을 안 듣는 여자라고 내심 욕했다.

저렇게나 실력이 있으면서 왜 히로의 모습을 눈치채지 못하는 것일까.

그런 후긴의 마음은 그녀에게 전해지지 않았고, 스카아하는 노기를 팽창시키며 히로를 노려보았다.

"자존심을 버리면서까지 이번 싸움에 임했는데, 마침내 복수를 이룰 수 있을 줄 알았는데, 그걸 방해하고서 이름도 밝히지 않는 건가!"

짜증을 포함한 음성이 주변에 울려 퍼졌다. 하지만 그래도 히로는 돌아보지 않았다.

"훗, 바보 취급하는 것도 적당히 해!"

참다못한 스카아하가 창을 들고 히로에게 달려들었다.

"앗, 히로 님을 건드리지 마!"

공격을 알아차린 후긴이 화살을 쏘았지만 그것들은 전부 손에 맞아 떨어져 버렸다.

"정령검 5제―『빙제』를 상대하겠다면 죽을 각오로 덤벼야 할 거야."

스카아하가 후긴에게 충고했다.

"……정령검 5제라고?"

후긴은 정령검 5제 이야기를 히로에게 살짝 들은 적이 있었다. 만약 만난다면 체면 차리지 말고 도망치라는 조언을 받았다. 그제야 후긴은 퍼뜩 깨달았다.

어쩌면 『빙제』 때문에 그녀의 위기감이 둔해져 있을지도 몰랐다.

"등 뒤를 덮치는 건 기사의 불명예지만, 예의도 모르는 자에게 격식을 차릴 필요는 없겠지."

스카아하는 땅을 박차고 도약했다. 창을 상단에서 하단으로 내리고— 그대로 찌르며 강하했다. 그것은 일반인이라면 피할 수 없는 공격이었고, 몸 따위 간단히 날아가 버릴 만한 위력이 담겨 있었다. 하지만 『흑춘희』 자락이 공중에 나부끼며 창끝을 튕겨 냈을 뿐만 아니라 뾰족하게 변해 강렬한 반격을 가했다.

"칫, 그건 뭐지?!"

스카아하는 몸을 홱 돌려서 뺨을 약간 희생하여 피하는 데 성공했지만, 자세를 바로잡을 틈도 없이 검은색 창이 육박했다. 스카아하는 안색을 바꾸고 훌쩍 물러났다. 그래도 눈앞까지 쫓아온 검은 창을 아슬아슬하게 쳐 내고서 더욱 뒤로 도약했으나 추격의 비는 그치지 않았다.

"정체를 알 수 없는 외투로군— 웃?!"

주춤하면 죽는다. 겁먹으면 죽는다. 두려워하면 죽는다. 눈도 깜박일 수 없는 공방전이 펼쳐졌다.

무시무시한 속도로 찔러 들어오는 검은 창을 늦시 않게 대처하는 스카아하도 괴물 같은 실력이었다. 잇따라 공격해 오는 검은 창을 심장 바로 앞에서 튕겨 낸 스카아하는 흙먼지를 일으키며 땅에 착지했다.

"헉, 하아…… 헉, 그건 뭐지?!"

가쁘게 호흡하며 스카아하가 얼굴을 들었을 때—.

"어, 어느새……."

그녀의 눈앞에 히로가 서 있었다. 눈 깜짝할 사이, 무시무시한 속도로 거리를 좁힌 것이다.

그러나 불가사의하게도 공격할 기미는 없었다.

스카아하는 못마땅하게 입가를 일그러뜨리고 히로를 노려보았다.

후긴 역시 무인이었다. 그녀는 스카아하가 왜 움직임을 멈췄는지 알 수 있었다.

—검은 눈동자 때문이었다.

"과연 그렇군…… 그게 『천정안(天精眼)』인가."
우라노스

무도에 생애를 바친 자에게 그것은 일종의 극치였다.

한평생 수련을 거듭한 자 중에서도 극히 일부만이 도달할 수 있는 영역.

숨 쉬는 입자가 보임으로써 움직이는 공기를 파악해 모든 것을 깨달을 수 있었다.

"그런 작은 몸에 대체 얼마나 큰 힘을…… 귀공은 정말로 인간인가?"

스카아하가 근심과 두려움을 섞어 중얼거리자 히로는 섬뜩하게 웃었다.

정적— 아니, 침묵을 강요받는 압박감 속에서 히로는 억양 없는 목소리로 이름을 밝혔다.

"히로 레이 슈바르츠 폰 그란츠—."

오른손을 든 그는 자신의 얼굴 왼쪽 절반을 덮은 안대를 만졌다.

패기가 부풀어 오르며 방대한 힘이 주위를 압박했고, 대기는 견디지 못하여 파열했다.

악의와 살의가 뒤섞여 독특하고 일그러진 공간을 만들기 시작했다.

그런 가운데, 히로는 어둠에 녹아드는 듯한 말을 자아냈다.

—너를 죽일 자의 이름이다.

그 직후, 검게 침체된 『천제』가 힘껏 휘둘렸다.

스카아하는 지근거리에서 가해진 공격을 막아 냈지만 너무나 큰 충격에 지면이 함몰되었다.

"으윽?!"

뒤이어 스카아하의 시야 끄트머리에서 히로의 오른발이 날아왔다. 스카아하는 왼팔을 들어 막았으나 매서운 일격을 끝까지 버티지 못하고 흙먼지를 쓸어 가는 것처럼 날아갔다.

"꽤 하는군…… 다음은 내 차례다!"

스카아하는 착지하자마자 대지를 박차고 히로에게 육박하여 반격을 가했다.

창끝은 정확하고 무자비하게 급소를 노렸지만 히로는 그 모든 공격을 교묘하게 튕겨 버렸다.

스카아하는 눈앞에서 불꽃을 튀기면서도 겁먹지 않았고, 공격이 전부 막혀도 어째선지 여유로운 미소를 유지했다.

"홋, 내 힘을 보여 주지!"

스카아하는 소리 높여 바람처럼 투명하고 청량한 목소리를 자아냈다.

『빙제(게볼그)』의 『천혜(그람)』—『필격(싱글렌드)(必擊)』.

하늘에 뜬 별들이 급속도로 구름에 삼켜지더니 포학한 폭풍이 천상에 휘몰아쳤다.

"『빙제』가 가르쳐 줬다. 그대는 『천제(엑스칼리버)』 사용자인 모양이군."

날씨조차도 바꿔 버리는 얼음창이 대기에 생겨나며 하늘을 뒤덮어 갔다.

기온이 급격히 내려가기 시작하자 비정상적인 환경 변화에 지상에서 싸움을 이어가던 사람들이 모두 손을 멈추고 상공을 쳐다보았다.

"그렇다면 봐줄 필요 없겠지! 『빙제』, 모든 것을 척살하라!"

스카아하가 양팔을 아래로 휘두르자 얼음창의 비가 대지에 쏟아졌다.

흰 연기가 주변을 감싸며, 지면을 부수고 땅울림을 일으키며 히로를 삼키려 했다.

그러나 히로는 남의 일처럼 그 광경을 바라볼 뿐, 도망치려는 기색을 전혀 보이지 않았다.

"히로 님! 도망치세요!"

구름이 하늘을 거무칙칙하게 물들이는 가운데, 후긴의 비명이 울려 퍼졌다.

하지만 무의미했다. 이미 히로가 있던 일대는 무질서한 얼음창이 가득 메우고 있었다.

후긴은 그 자리에 털썩 주저앉았지만 스카아하는 감탄의 한숨을 쉬었다.

"그는 아직 죽지 않았어. 그나저나 놀랍군. 『필격』이 듣지 않는 건가."

진풍(陣風)이 흰 연기를 걷어 내면서 시야가 트였다. 숨을 들이쉬면 폐가 얼어붙을 듯한 냉기가 주변에 흩어지는 가운데, 놀랍게도 상처 하나 없이 멀쩡한 히로가 여유롭게 나타났다.

그의 주위만 구멍이 뻥 뚫린 것처럼 얼음창이 하나도 존재하지 않았다.

"……과연. 그것이 『흑춘희』인가."

스카아하는 숨을 고르면서 히로와 거리를 뒀다.

"대단한 힘이야. 얼마나 깊은 경지에 도달해 있는 건지……『천제』와 『흑춘희』, 상반되는 힘을 사용하면서 잘도 미치지 않는군."

스카아하의 혼잣말에도 히로는 여전히 아무런 반응도 하지 않았고 조금도 움직이지 않았다.

그저 똑바로 스카아하를 응시할 뿐이었다. 어디까지나 쫓아올 것 같은 기괴한 기척을 내는 히로를 보고 스카아하는 한기라도 느꼈는지 몸을 떨었다.

"그리고 뭔가 하나 더 있어. 『천정안』인가 싶었지만, 유감스럽게도 『빙제』가 부정하는군. 대체 귀공은 누구지?"

"……."

변함없이 히로는 아무런 대답도 하지 않았다.

스카아하는 대답을 듣는 것을 포기했는지 어깨를 으쓱이고서 『빙제』를 고쳐 쥐었다.

"그렇다면 그 몸에 직접 묻도록 하지. 『흑춘희』로 막을 수 있을 거라고 생각하지 않는 게 좋을 거야."

푸른 창에서 냉기가 흘러넘치기 시작했다. 회색 연기가 지상에 떨어지며 세계를 물들여 갔다.

"『빙제』가 뚫지 못하는 건 없어."

—신천(神穿).

마하

패기의 폭발. 스카아하가 던진 얼음창이 번개처럼 히로에게 향했다.

하지만 히로는 『흑춘희』를 교묘하게 조종하여 그 광창(狂槍)을 막았고, 검은 외투가 턱을 벌려 창을 삼켜 버렸다. 스카아하는 그 모습에 놀라 눈을 크게 떴지만—.

"위장이야— 실은 귀공의 머리 위에 있는 게 진짜 목적이다."

웃음을 흘리며 하늘을 가리켰다.

히로가 머리 위를 올려다보자, 주위의 공기를 빙결시키면서 『빙제』가 강렬한 음파를 내며 일직선으로 그를 향해 내려오고 있었다. 『흑춘희』는 여전히 얼음창을 삼키고 있는 중이었기에, 무방비 상태가 된 히로는 회피 행동을 취하려 했으나—.

"유감스럽게도 『필격』으로 발밑은 얼어 있어…… 피하는 건 불가능해."

스카아하는 괴롭게 숨을 쉬며 말했다. 힘을 너무 사용했는지 미려한 얼굴에는 피로의 색이 짙게 드러나 있었다. 그래도 그녀는 거칠게 숨을 토하면서 히로에게 주먹을 내밀었다.

"내 승리다."

압살하려는 듯이 『빙제』가 히로를 직격했다. 요란한 폭발음이 울리며 크게 모래 먼지가 일었다. 히로는 충격의 여파로 날아가 리즈가 갇힌 얼음덩어리와 충돌했고, 순식간에 모래 먼지에 휩싸여 모습이 보이지 않게 되었다.

—각성은 한순간이었다.

옆구리에서 솟구치는 격통에 히로는 납처럼 무거운 숨을 토해 냈다.

"아, 으윽……!"

조금 전까지 흐렸던 시야가 급속히 맑게 개고, 머리를 지배하고 있던 어둠이 걷혔다. 등 뒤에 있는 두꺼운 벽에 몸을 기댄 히로는 옆구리를 내려다보았다. 엄청난 양의 피가 흐르고 있었다. 수도꼭지를 완전히 튼 것처럼 선혈이 콸콸 분출되었다.

"……오랜만에 피를 흘렸네."

분노에 지배된 나머지, 조정을 게을리한 벌일 것이다. 하지만 덕분에 눈이 떠졌다.

무엇보다 등으로 전해지는 차가운 감촉이 달아오른 몸에서 열기를 앗아가 주었다.

냉정해지라고 호소하는 것 같았다.

고개만 뒤로 돌리자 얼음 우리에 갇힌 리즈의 모습이 보였다.

"……고마워. 덕분에 제정신으로 돌아올 수 있었어."

히로는 비애에 잠겨 눈을 찌푸리고서 일어섰다.

구멍이 뻥 뚫려 있던 옆구리 상처는 이미 아물어 있었다.

경이적인 치유력— 그런 자신의 모습에 히로는 막연한 불안감을 느꼈다.

"나는…… 정말로 괴물이 되어 버렸구나."

어디서 길을 잘못 들었을까. 어디에 감정을 두고 와 버린 걸까.

정말로 자신은 **인간**인가 하는 의문이 뇌리에 맴돌았다.

"……내 전력을 받고서 살아 있는 건가?"

몹시 놀란 목소리가 들렸다.

히로가 목소리가 들린 방향으로 눈을 돌리니, 차가운 바람이 모래 먼지를 걷어 낸 그 앞에 스카아하가 서 있었다. 의아한 얼굴로 히로를 바라보는 그녀의 눈동자에는 미처 다 숨기지 못한 경악이 어려 있었다.

"어떻게, 살아 있지? 정말로 귀공은 인간인가? 그래서는 마치……."

"그 이상은 말하지 않아도 돼. 나는 남들보다 살짝 튼튼할 뿐이야."

히로는 스카아하를 조용히 시키고 여유로운 발걸음으로 그녀에게 다가갔다.

그 손에는 **백은빛** 『천제』가 쥐여 있었다.

스카아하는 순식간에 판단을 내리고 『빙제』를 머리 위로 들어 올렸다.

이어서 충격이 엄습했다. 지면이 요란하게 부서지며 스카아하는 발목까지 땅에 묻혔다.

"자, 지금부터가 진짜 싸움이야."

히로는 오른손을 들어 손가락을 튕겼다. 그러자 곧장 주위 공간이 일그러지기 시작했다. 쩌적— 발생한 균열을 신호로 공간이 차례차례 갈라지며 정령 무기가 나타났다.

밤하늘에 떠오른 정령 무기는 흡사 별처럼 지상을 메워 갔다.

환상적인 광경을 앞에 두고 스카아하는 넋을 잃고서 멍하니 있었다.

마치 하늘과 땅이 뒤집어진 것 같았고, 그 부드러운 빛은 무척 따뜻했다.

"그렇군…… 귀공은 신기한 남자야."

스카아하가 『빙제』를 들었다.

"서로 전력으로 가도록 할까."

마주한 히로는 『천제』를 들었다.

"그래, 내 힘은 이제 얼마 남지 않았어. 그러니 이 일격에 모든 것을 걸지."

스카아하는 후방으로 도약한 후 『빙제』를 등 뒤로 돌려 잡았다.

패기가 부풀어 오르며 공기가 터지는 듯한 소리를 연주했다.

『빙제』의 『천혜』— 『필격』.

스카아하 주위의 수분이 얼어붙으며 대량의 얼음창이 나타났다.

그것들은 전부 한 소년— 히로를 겨누고 있었다.

"……."

그에 반해 히로는 그저 아무런 움직임 없이 그 자리에 서 있을 뿐이었다. 긴장감은 없었고, 그곳에는 무(無)만이 존재했다. 하지만 그 몸에서 뿜어져 나오는 패기는 심상치 않았다.

히로가 앞으로 한 발자국 내딛자 지면이 방대한 힘을 견디지 못하고 부스러졌다.

『천제』의 『천혜』— 『신속루치페르』.

주위에 소환된 정령 무기가 폭력적일 만큼 밝은 빛을 내뿜었다.

그것들은 전부 한 여성— 스카아하를 겨누고 있었다.

그리고— 세계가 흔들렸다.

승패는 한순간— 시간으로 따지면 단 몇 초.

하지만 그것을 목격한 후긴은 영원과도 가까운 시간을 느꼈다.

그녀의 눈앞에서 수백, 수천, 수억의 공방이 펼쳐졌다.

정령검 5제가 만들어 내는 패기와 패기— 그것이 충돌하여 생긴 충격의 여파는 삼천 세계에 울렸다. 감각으로 파악할 수밖에 없었다. 눈으로 좇을 수 있을 만한 속도가 아니었다.

일반인은 도달할 수 없는 절대적인 영역.

이것이 정령검 5제— 그 소유자끼리의 싸움.

어느 쪽이 우세인지 열세인지, 그것조차도 알 수 없었다.

후긴이 정신을 차렸을 때는 승패가 결정 난 상태였다.

"……내 패배인가."

스카아하는 위를 보며 쓰러져 있었다. 하늘은 평소와 같은 밤하늘로 돌아와 있었다.

"치명적인 상처는…… 없나."

온몸에 베인 상처가 생겼지만 모두 치명상은 아니었다.

그렇다면 아직 싸울 수 있다. 그렇게 말한 그녀는 이를 악물고 일어서려고 했다.

"내게는 이뤄야만 하는 일이 있어. 여기서 쓰러질 수는……."

하지만 그녀는 그대로 엎어져 버렸다. 사지에 힘이 들어가지 않는 모양이었다.

그녀는 분함에 눈물을 흘리며 머리를 땅에 박았다.

"……분하군."

오열하기 시작한 스카아하를 보며 히로는 조용히 그녀에게 다가갔다.

흙을 밟는 소리를 들었는지 스카아하가 얼굴을 들고 히로에게 시선을 보냈다.

"나를 죽일 건가?"

"……."

히로는 아무 말 없이 『천제』의 칼끝을 스카아하에게 겨누었다.

"그렇다면 페르젠 속주 장관 뵈제와 슈트벨 제1황자에게 전해 줬으면 하는 말이 있다."

"무슨 말을 전하려고?"

"죽어서도 너희를 죽이겠다고."

등골이 오싹해질 정도의 증오에 히로는 반대로 흥미를 느꼈다.

"무슨 일이 있었는지 물어봐도 될까?"

"즐거운 이야기는 아니야."

"싫다면 상관없어. 누구든 질문 받고 싶지 않은 부분이 있을 테니까."

스카아하는 한동안 히로를 지그시 응시하다가 슬프게 눈을 내리뜨고 이야기하기 시작했다.

"나는 유학 중이었기에 화를 면했지만……."

여섯 나라에서 유학 중이었던 스카아하는 난을 피했으나, 귀국한 그녀를 기다리고 있던 것은 폐허가 된 왕도였다. 살아남은 백성들은 그란츠병에게 유린당하며 노예 같은 취급을 받았고, 그녀의 형제들은 전부 참수당한 상태였다. 여동생들은 슈트벨에게 능욕당하고 끌려갔으며, 그 목은 소금에 절여져 후일 전달되었다고 한다.

"봐, 전혀 즐겁지 않은 얘기지?"

"확실히…… 그러네."

"그럼 이제 충분하겠지. 내 목을 쳐라."

스카아하가 목을 내밀었다. 상당히 깨끗한 태도였다.

"그렇게나 복수심을 품고 있으면서 비교적 간단히 죽음을 택하는구나."

"그대에게도 날 죽일 만한 이유가 있을 테니까."

스카아하는 얼음 속에 갇힌 리즈에게 시선을 보냈다.

히로도 똑같이 눈길을 주었지만 곧 원래 위치로 시선을 되돌렸다.

"그러네. 그녀가 죽어 있었다면 나는 널 죽였을지도 몰라."

하지만 리즈는 분명히 살아 있었다. 정말로 스카아하가 그녀를 죽일 생각이었다면 일부러 얼음 속에 가둘 필요는 없었다. 본보기라고 하기에도 효과는 너무나 약했다.

사람은 예쁜 것에는 혐오감을 느끼지 않고, 추한 것에서는 눈을 돌리는 경향이 있기 때문이다.

요컨대 사지 멀쩡한 그녀를 봐 봤자 잔혹함은 전해지지 않았다.

　생사도 확인할 수 없는 상황에서 분노는 지속되지 않는다. 화를 돋우려면, 원한을 심화시키려면 리즈의 목을 쳐서 보내는 것이 가장 효과적이었다.

　"하지만 너는 그러지 않았어. 이유가 뭐지?"

　"……나는 여자와 아이를 죽이는 취미 따위 없어. 애초에 그녀에게는 아무런 원한도 없고. 그러니 내가 그 목숨을 빼앗는 것은 페르젠 왕가의 인간으로서 허락되지 않는 일이야."

　"자존심 문제라는 건가?"

　히로의 말에 스카아하는 고개를 끄덕였다.

　"페르젠 왕가의 마지막 생존자로서, 왕족으로서의 긍지는 지켜야만 해."

　무엇보다―, 그녀는 진지한 눈으로 히로를 보았다.

　"부모가 남긴 긍지는 무슨 일이 있어도 더럽히지 않아."

　히로는 그 말을 듣고 무심코 웃음을 흘리고 말았다.

　그녀가 자신과 똑같다고 생각했기 때문이다.

　친했던 자들이 남긴 것을 지키려는 마음, 복수심에 불타면서도 안이한 부분을 남긴 서툰 부분 등― 정말로 그녀는 자신과 똑같다는 생각이 들었다.

　"뭐가 우습지?"

　"아니, 미안. 살짝 그리운 기억을 떠올려서……."

　히로는 사죄를 입에 담고서 진지한 얼굴을 만들었다.

"너는 살려 두겠어."

"뭐라고?"

깜짝 놀란 표정으로 바라보는 스카아하를 향해 히로는 어깨를 으쓱여 보였다.

동정심에 살려 주자고 생각한 것도 아니고, 그녀의 기분을 헤아려 돕는 길을 택한 것도 아니었다. 그저 재미있지 않았을 뿐이다. 황제나 슈트벨의 의도에 놀아나 그녀의 목숨을 빼앗는 것이 진심으로 바보 같이 여겨졌을 뿐이었다.

원흉인 인물들이 태연히 살아서 지금도 웃고 있었다.

그 상황을 용서할 수 없을 뿐이었다.

"영문을 모르겠군. 왜 날 용서하지? 제6황녀를 저런 꼴로 만든 건 나다. 그뿐만 아니라 귀공의 병사를 이 손으로 셀 수 없이 상처 입혔어. 많은 백성들을 끌어들여 불행하게 만들었지. 그런 날 정말로 용서하려는 건가……?"

스카아하는 확연하게 동요를 보였다.

살았다고 기뻐하지도 않고, 어떤 종류의 갈망이 그 음성에서 묻어났다.

"그런가…… 넌……."

히로는 그녀가 죽고 싶어 한다는 것을 깨달았다.

부모를 잃고 형제도 잃었다. 돌아갈 고향도 잃고, 자신이 있을 곳조차도 잃었다.

옛 동지를 모아 복수만을 생각하며 자아를 계속 유지했을 것이다.

친족을 구하지 못했던 자신에게 벌을 주기 위해. 병사와 국민을 복수에 끌어들이 죄를 갚기 위해. 그녀는 죽을 장소를 바라고 있었다.

만약 그렇다면—.

"누구든 무언가의 희생 위에 살아가고 있어. 그럼에도 속죄하고 싶다면 죽음을 택하도록 해. 하지만 그건 도망이고 단순한 자기만족일 뿐이야."

히로는 그렇게 말하고서 그녀에게 다가가 그 귓가로 입을 가까이 댔다.

"그래도 죽음을 바란다면. 그 목숨은 내가 받지. 앞으로는 내 수족이 되어 일해 줘야겠어."

오만한 말이었다. 스카아하는 믿을 수 없다는 얼굴로 멍해졌다.

하지만 그렇게라도 말하지 않으면 그녀는 죽음을— 자결을 택할 것이다.

그렇기에— 그녀에게 희망을 주었다.

"때가 되면—."

그다음 말은 승리의 함성을 지르는 그란츠병의 목소리에 의해 끊겼다.

그러나 눈을 크게 뜬 그녀의 귀에는 확실하게 들렸을 것이다.

시간이 지나면서 점차 이해했는지, 눈에 빛이 되돌아온 스카아하는 힘 있게 고개를 끄덕였다.

*****

　제국력 1023년 11월 25일— 미테 성채 공방전으로부터 사흘이 지났다.

　그날, 패배를 깨달은 페르젠 잔당군 대다수는 어둠을 틈타 모습을 감췄다.

　앞으로 큰 싸움이 일어날 일은 없을 테지만 각지에서 작은 충돌이 빈발하리라.

　졌다고 해서 그들의 원한이 사라지지는 않을 것이고, 페르젠의 백성들이 괴로워하는 동안에는 평온을 되찾을 수 없을 것이다.

　페르젠에 평화가 찾아올 때까지는 기나긴 시간이 걸리리라.

　그란츠 대제국은 앞으로도 계속 페르젠에 막대한 비용을 들여야 했다.

　페르젠 속주 또한 거듭된 싸움으로 피폐해졌다. 백성들은 주거를 잃었고, 병사들도 갈 곳이 없는 상황이었다. 그 미래는 도적, 산적, 야당(野堂) 등 다양하겠지만 이내 결국 각지에서 약탈이 횡행할 테고, 피비린내를 맡은 괴물이 마을들을 습격하는 일도 있을 것이다.

　그렇게 되면 치안을 회복시키기 위해서 재차 대규모 병력이 투입될 터였다.

　'하지만 서방에는 그럴 만한 여유가 없어.'

　그럼 어떻게 될 것인가— 결론에 도달한 히로는 깊이 탄식했다.

그는 현재 미테 성채 안뜰에 가설된 의무실에 있었다.

눈앞에는 청결한 시트를 깐 침대가 놓여 있고, 그 위에서 조용히 숨을 내쉬고 있는 사람은 리즈였다. 히로는 그녀의 손을 부드럽게 꼭 쥐었다.

"아, 맞아. 트리스 씨랑 서버러스도 무사해. 둘 다 다치기는 했지만 목숨에 지장은 없다고 군의관이 말했어. 밥도 잔뜩 먹어서 건강해."

"······."

대답은 돌아오지 않았다. 히로는 슬프게 눈을 내리떴다.

"―남은 건 너뿐이야. 모두 네가 깨어나길 기다리고 있어."

목구멍에서 흘러넘치려는 감정을 애써 참으며 히로는 열심히 이야기를 계속했다.

"그날과 입장이 반대네. 그때 네가 걱정해 줬던 게 선명히 기억나."

이 세계에 다시 불려 왔을 때, 『천정안』을 사용한 반동으로 방대한 지식이 흘러드는 것을 견디지 못해 히로의 의식은 혼탁했었다. 만난 지 얼마 안 되어 정도 별로 안 들었을 터인 소년을 돌봐 준 것이 그녀였다. 이후 깨어났을 때는 다정한 소녀의 배려가 가슴 깊이 사무쳤었다.

그렇기에 리즈의 처지를 알았을 때, 그녀를 지지하자고 스스로에게 맹세했다.

그날 가슴에 새긴 맹세는 잊지 않았다. 그러나 기분은 멀리 동떨어져 버렸다.

"리즈…… 지금의 나는 뭘 목표하고 있다고 생각해?"

누구에게도 털어놓지 않은 진짜 목적…… 그것을 그녀가 알았을 때 어떻게 생각할까.

이미 히로의 마음속에서는 결론이 나와 있었다. 아마 바뀌는 일은 없을 것이다.

그러니까—.

"부디 그때는 네 손으로—."

자조적인 웃음을 흘린 히로는 여전히 생생한 상처 자국이 남은 리즈의 손을 부드럽게 쓰다듬었다.

그때—.

"……리즈의 용태는 어때?"

"—?!"

갑자기 등 뒤에서 누군가가 말을 걸어오자, 히로는 깜짝 놀란 표정으로 돌아보았다.

"……왜 그래?"

의무실 입구. 그곳에 아우라가 서 있었다. 머리에 붕대를 감은 모습이 애처로웠다.

"언제부터 거기에……?"

"응…… 아까 왔어."

말을 흐린 아우라는 리즈를 보던 시선을 히로에게 옮기고 납빛 눈동자에 참회를 담았다.

"정말로 미안해."

갑자기 아우라가 히로에게 머리를 숙였다.

"사과해도 용서받을 수 있는 일이 아니란 건 알아."

손을 세게 움켜쥐고, 눈물을 흘리지 않겠다며 힘을 주고서 바라보았다.

늘 무표정인 아우라가 드물게도 감정을 강하게 드러내고 있었다.

"모든 책임은 내게 있어."

그러니 어떤 처벌도, 질책도 받아들일 각오가 되어 있다고……

그녀 또한 이번 싸움에서 지워지지 않을 상처를 입은 한 사람일지도 모른다.

그런 그녀에게 전할 말은 아무것도 없었다. 위로의 말을 건네 봤자 의미는 없었다.

그래서 히로는 그저 미소를 지으며 입을 열었다.

"너도 무사해서 다행이야."

"—?!"

울음을 필사적으로 참는 것처럼 입술을 꾹 깨문 아우라가 눈을 내리떴다.

"아우라의 책략은 틀리지 않았어. 잘 고안된 계책이었다고 생각해."

그렇다고 결과가 바뀌지는 않았다.

아우라의 책략은 실패했고, 그란츠 대제국에 다대한 손해를 끼쳤다.

히로의 진언도 있으니 처벌 내용은 개선되겠지만, 아무 일도 없이 끝나지 않을 것은 확실했다.

"앞으로가 큰일이야. 네 입장은 위태로운 균형 위에 있어."

이미 알고 있는지 아우라는 얌전히 고개를 끄덕였다.

어떤 결과든 받아들일 각오가 되어 있다고, 그 눈동자는 말하고 있었다.

"하지만 나보다 히로 쪽이 큰일이야."

드랄 대공국을 페르젠 속주에서 철수시켰다. 그뿐만 아니라 그란츠 대제국이 이번 싸움에서 본 손실 일부를 부담시키는 확약도 얻어 냈다.

무엇보다 정령검 5제 소지자인 리즈를 구출했고, 고립된 아우라까지 구해냈다. 그 공적은 헤아릴 수가 없었다.

분명 크로네 가문을 필두로 한 중앙 귀족이 가만히 있지는 않을 것이다.

수면 아래에서 계책 중이던 슈트벨 제1황자나 다른 황위 계승자들도 표면으로 나오리라.

"알고 있어. 하지만 방심하진 않을 거고, 자만심도 없어."

그리고 앞으로는 이런 일이 일어나지 않도록 모두를 지켜보이겠다고 히로는 새롭게 결의했다. 아우라는 그런 히로의 의지를 느꼈는지 고개를 끄덕이며 동의를 나타냈다.

그러다 문득 생각났다는 듯이 고개를 작게 기울였다.

"부탁받은 일…… 페르젠 속주 장관 뵈제를 사령실에 불러 뒀어."

"고마워. 그럼 기다리게 하는 것도 미안하니까 갔다 올게."

"응."

"그동안 리즈를 부탁해. 군의가 조금 있으면 깨어날 거라고 했거든."

"그럼 뵈제를 기다리게 하는 편이 좋아."

"아냐, 리즈가 깨기 전에 끝내 두고 싶으니까."

히로는 그렇게 말하고 아우라에게 리즈를 맡기고서 의무실을 뒤로했다.

밖으로 나오자 아침 해가 맞이해 주었다. 주위로 눈을 돌리니 병사들이 바쁘게 뛰어다니고 있었다.

질병이 퍼지지 않도록 미테 성채를 청소하고 시체를 처리하는 등, 눈을 돌리고 싶어질 만한 일을 하고 있는 것이었다. 그래도 그들은 불평하지 않고 작업에 몰두해 있었다.

그런 분주한 곳에서 성벽으로 향하는 도중에 히로는 순회 중이던 한 부대를 불러 세워 따라오라고 지시했다.

사령실은 정문 위— 성가퀴에 축조된 작은 탑에 있었다.

그 입구에 다다르자 많은 남자들이 히로를 기다리고 있었다. 그중 한 명이 히로의 앞으로 나왔다.

"기다리고 있었습니다."

아우라의 측근인 슈피츠였다.

거리로 나서면 새된 비명을 불러일으킬 그 잘생긴 얼굴은 피로와 수면 부족으로 인해 그늘져 있었다. 근처에는 긴장한 얼굴로 아우라의 측근들이 모여 있었다.

"이 안에 그가 있습니다."

슈피츠는 엄지로 등 뒤에 있는 문을 가리켰다.

그 후 자세를 바로잡고 가볍게 인사— 한쪽 무릎을 꿇고 머리를 숙였다. 그의 주위에 있던 아우라의 측근들 또한 슈피츠를 따라 똑같은 동작을 되풀이했다.

"이번에 구해 주신 것에 대해 진심으로 감사드립니다."

슈피츠로서는 드물게도 진지한 태도였다. 그만큼 이번 싸움이 위험했다는 것을 알 수 있었다.

히로는 슈피츠의 어깨를 두드리며 신경 쓸 것 없다고 고개를 가로저었다.

하지만 그래도 그는 허리를 구부린 채 머리를 들지 않았다.

"세리아 에스트레야 전하 건에 관해 말씀드리고 싶은 것이 있습니다. 염치없는 이야기라고 생각하시겠지만, 부디 아우라 준장에게 온정을 베풀어 주실 수 없을까요. 이번 실책의 책임은 그녀가 아니라 작전을 성공시키지 못한 저희에게 있습니다."

그를 위해서라면 자신들의 목을 내놓겠다고 할 분위기였다.

"제발, 아무쪼록, 히로 전하께서 황제 폐하께 잘 말씀드려 주시기를 이렇게 간청 드립니다!"

아우라는 상사를 생각하는 부하를 뒀구나, 하고 히로는 생각했다.

"괜찮아. 처벌은 면할 수 없겠지만 엄벌은 피할 수 있을 테니까."

"정말입니까?"

슈피츠가 깜짝 놀라 얼굴을 들자— 아우라의 부하들이 환성을 질렀다.

"응. 그러니 안심하고 너희는 일로 돌아가도록 해. 뒤는 내 게 맡겨 주지 않겠어?"

"예! 부디 아우라 님을 잘 부탁드립니다!"

히로는 재차 깊이 머리를 숙이는 그들을 쓰게 웃으며 물렀다.

그리고 작은 탑의 문을 두 번 정도 두드린 후 호위를 이끌고 안으로 발을 들였다.

"기다리게 해서 미안해요."

안에는 긴장한 얼굴을 한 페르젠 속주 장관— 뵈제 폰 크로네가 의자에 앉아 있었다.

"히, 히로 전하 아니십니까!"

뵈제는 히로의 모습을 인지하고 의자에서 일어나 경례했다.

히로는 그에 답례하지 않은 채 조용히 뵈제를 응시하며 입을 열었다.

"왜 여기에 불렸는지 알고 있나요?"

"……아, 아니요. 모릅니다."

뵈제가 당황했다. 정말로 모르는 모양이었다.

"그럼 왜 불려왔는지 아실 수 있도록 먼저 그를 보여드리도록 할까요."

히로는 데려온 호위 중 한 명을 가리켰다.

"오랜만이군요…… 뵈제 경."

호위— 라헤는 투구를 벗어 던지고 뵈제를 증오스럽게 노려 보았다.

"아니?! 너, 넌……어떻게 여기에?!"

뵈제가 놀라는 것도 무리는 아니었다.

라헤는 페르젠 잔당군의 기두인 스카아하를 섬기는 남자였다.

그 전에는 페르젠 왕가를 지키는 친위대의 대장으로 활약하던 인물이기도 했다.

요컨대 적— 여기 있어서는 안 될 인물이라는 뜻이었다.

"히로 전하! 이건 대체 어떻게 된 겁니까?!"

언성을 높이는 뵈제를 향해 히로는 온화한 표정을 지어 보였다.

"그들과 협력하게 돼서 말이죠. 단순한 구두 약속이 아니라는 걸 알려 주기 위해서는 당신의 신병을 인도할 필요가 있었어요."

"우, 웃기지 마! 무슨 소리를— 어이, 네놈들! 뭐 하는 거냐?!"

히로를 호위하던 다른 병사들이 호통치는 뵈제를 제압하여 구속했다. 그들도 페르젠 잔당군에 소속된 병사였다.

히로는 싸움이 끝난 후에 라헤와 병사 몇 명을 미테 성채에 잠입시켰다.

간단한 일이었다. 계급은 별개로 치더라도, 황족인 히로의 행동을 수상히 여기는 자는 아무도 없었다. 그 점을 이용해 그들을 『아군』으로 위장하여 미테 성채를 순회시켰던 것이다.

"히로 전하, 저를 죽이시면 엄청난 일이 될 겁니다!"

히로는 아우성치는 뵈제를 짜증스럽게 여기면서 코웃음 쳤다.

"구체적으로 가르쳐 주겠어?"

"내가 없어지면 크로네 가문은 반드시 수상히 여길 것이다! 당연히 동방 귀족이 지지하고 있는 당신을 의심하겠지. 그렇게 되면 중앙 귀족을 적으로 돌리게 되는 거다!"

"그게 뭐 어쨌는데?"

"뭐, 뭐라, 고?"

할 말을 잃은 뵈제를 바라보던 히로는 그를 제압한 병사에게 눈짓했다.

"아악?!"

뒤통수를 얻어맞은 뵈제가 눈을 까뒤집으며 바닥에 쓰러졌다.

싸늘한 눈으로 그 모습을 내려다본 히로는 작게 숨을 토해냈다.

"더는 참아 줄 수가 없어."

어딜 가도 크로네 가문의 악랄한 소행 때문에 진절머리가 났다.

성가심을 넘어 살의조차 솟아났다.

"머지않아 크로네 가문은 몰락할 거야. 곧 당신 뒤를 따르게 되겠지."

마대에 담기는 뵈제를 바라보며 히로는 그렇게 선언했다.

그때 라헤가 다가왔다.

"히로 전하, 협력해 주셔서 감사합니다."

"고맙다고 하기에는 일러요. 아직 약속을 이행하지 않았어요."

"제 기분의 문제입니다. 히로 전하께는 아무리 감사해도 모자랍니다."

"그럼 뵈제의 부하가 이변을 눈치채기 전에 이 성채를 떠나세요. 이 좋은 기회를 헛되이 만들지 않기 위해서도 말이죠."

라혜는 고개를 끄덕이고 뵈제가 든 마대를 부하에게 짊어지라 명했다.

평상시라면 수상하게 여겨질 모습도 시체 처리에 쫓기고 있는 현 미테 성채에서는 의심받지 않을 터였다. 붙잡히는 일 없이 성채에서 탈출할 수 있을 것이다.

"그럼 이만 실례하겠습니다."

"그에게서 얻은 정보는 제게도 알려 주세요."

"알겠습니다. 반드시 유익한 정보를 끄집어내 보이겠습니다."

그럼 이만, 가볍게 인사한 라혜는 부하들을 이끌고 떠나갔다.

히로는 그들을 배웅한 뒤 사령실을 나와 성벽 계단을 묵묵히 내려갔다.

'슬슬 크로네 가문은 퇴장해 줘야겠어.'

그렇게 되면— 슈트벨 제1황자가 가만히 있지는 않으리라.

필시 히로의 앞을 막아설 것이다. 그럼 황제와 대립할 가능성도 있었다. 어디서부터 손을 대든, 읽을 수 없는 상황이 계속될지도 모른다.

'어느 정도 패는 모였으니까…… 그것들을 잘 사용한다면 승산은 있어.'

히로는 리즈가 잠든 의무실이 아니라 미테 성채 밖으로 걸음을 옮겼다.

전쟁의 흉터가 생생히 남아 있었다. 주변에 널린 시체는 질병 예방을 위해 우선적으로 처리하고 있지만, 불타 내려앉은 막사 밑에 깔린 자도 많이 남아 있을 것이다.

이곳은 페르젠 잔당군이 남기고 간 야영지였다.

마치 폐허처럼 고요함에 휩싸여 있었고, 검과 창이 땅에 내버려져 있었다.

아직 연기를 내고 있는 잔불이 나뭇잎을 태우며 불쾌한 냄새를 발생시켰다.

거기에 희미하게 섞인 피비린내에 이끌렸는지 수많은 까마귀가 먹이를 찾아 헤맸다.

이윽고 히로는 어떤 장소에서 발을 멈췄다.

주위에 버려진 막사보다도 한층 큰 천막이었다.

위치를 봤을 때 야영지 중앙 부분— 사령관용 천막이었다.

히로는 망설임 없이 안으로 발을 들였다.

"역시 여기 있었구나."

천막 안쪽에 마련된 넓은 공간으로 들어가니 한 여성이 양쪽 무릎을 모으고 앉아 있었다.

"귀공인가……."

뒤돌아본 그녀는 하란 스카아하 드 페르젠이었다.

"조금 전에 라헤가 뵈제를 붙잡았다고 알려 왔어."

스카아하는 땅에 양손을 짚고 머리를 숙였다.

"약속을 지켜 줘서 고맙다."

"라헤 씨한테도 말했지만, 아직 약속을 이행하지 않았으니 감사는 필요 없어."

"그렇다고 해도, 원래대로라면 뵈제의 신병은 확보할 수 없었어. 감사한 마음은 가시지 않아."

히로가 성실한 사람들이라고 생각하던 그때, 스카아하가 히로에게 등을 돌렸다.

그녀 앞에는 상자 십여 개가 놓여 있었다. 히로는 그게 무엇인지 궁금해서 입을 열려고 했다.

하지만 그것을 알아차린 스카아하가 선수를 쳤다.

"여기에는 가족들의 목이 들어 있어."

원형이 남아 있지 않은 것도 있지만, 그래도 사랑하는 가족들의 마지막 모습이라고 그녀는 말했다.

다시 상자로 몸을 돌린 스카아하는 손을 마주하고서 눈물 흘리며 기도를 올리기 시작했다.

그것은 일찍이 초대 무녀공주가 정령왕에게 바쳤던『시』였다.

마족의 압제 정치에 고통받는 사람들을 구하지도 못하고, 분쟁이 끊이지 않는 세상에서 상처 입는 사람들을 치유하지도 못하고, 전쟁은 확대되기만 할 뿐, 무력한 자신은 아무것도 할 수 없다면서 정령왕에게 울며 호소했던 시였다.

그런 그녀의 기도가 끝나기를 기다려 히로는 리즈를 살려둔 이유를 물었다.

"또 그걸 묻는 건가…… 전에도 말했잖아."

"하지만 그 이유만으로는 부자연스러운 점이 남아."

"뭐라고?"

"그때는 멋대로 상상하고 결정지어 납득했지만, 다시금 생각해 보니 굳이 얼음 속에 가둘 필요가 없었어."

"그러니까, 내게 아녀자를 죽이는 취미는 없다고 했을 텐데."

"그거야. 그 말을 믿는다면 너는 원래부터 리즈를 죽일 생각이 없었다는 게 돼. 그렇다면 왜 얼음 속에 가뒀을까 이상해서 말이지. 그 방법으로는 상황을 이해할 수 없을 뿐, 틀어박힌 병사들의 분노를 유도할 순 없어. 다치고 초췌해진 그녀를 보여 주는 편이 더 효과적이었을 거야."

히로가 빠르게 설명하자 스카아하는 포기했는지 어깨를 떨구고서 돌아보았다.

"그때의 상황을 단적으로 말하자면 우리는 궁지에 몰려 있었다. 그러나 이쪽에는 제6황녀라는 비장의 패가 있었지. 그것을 깨달은 병사들이 폭주를 일으키지 않도록 하기 위해서라도 그녀를 얼음 속에 가둬야 했어."

즉, 그것은 리즈의 몸을 지키기 위한 행동이었다. 리즈를 원망하는 자가 많은 상황 속에서 그녀를 안전하게 지킬 수는 없었다. 무엇보다 같은 여자로서 그러한 능욕을 당하게 하고 싶지 않았던 걸지도 모른다.

"그리고 그녀는 일찌감치 해방시킬 생각이었어."

"무슨 뜻이야?"

"내가 그녀를 이용해 그란츠 대제국에 요구한 건 슈트벨 제1황자의 신병과 황제의 사죄였다."

그 후에는 미테 성채로 도망친 뵈제를 붙잡고 아우라와 브루탈 제3황자의 신병을 확보한 뒤, 그들을 건네는 조건으로 페르젠에서 철수할 것을 요구할 계획이었다고 한다.

하지만 황제는 사죄는커녕 답신 하나 보내지 않았다.

"폽헨 공은 독자적으로 브루탈 제3황자와 교섭 자리를 마련한 것 같지만."

히로는 턱에 손을 대고 눈을 내리뜬 채 생각했다.

황제를 알현했을 때, 그는 페르젠 잔당군에게서 아무런 요구가 없었다고 말했다.

밝히지 않은 이유는 무엇일까— 히로가 그 요구를 받아들이라고 진언할 것이라 생각했기 때문이리라. 만약 황제가 거부한다면 두 사람 사이에 명확한 골이 생겨 버린다.

그것을 피하기 위해서는 요구를 받아들여야만 하지만, 황제가 사죄 따위 할 리 없었다.

'그 밖에도 이유를 생각한다면⋯⋯.'

히로가 스카아하를 동정하여 그녀를 살려 둘 것이 두려웠거나, 아니면 정령검 5제 『빙제』가 히로의 장기말이 되는 것을 막고 싶었을 가능성이 컸다.

그렇기에— 말하지 않았다.

히로가 주저 없이 스카아하를 죽일 수 있도록, 가능한 한 그녀의 정보를 숨긴 것이다.

그렇다면 리즈의 상황도 파악하고 있었을 것이 틀림없다.

바키슈 대장군도 미리 포섭하여 철저히 정보를 봉쇄했으리라.

'협력하는 척하며 실은 뒤에서 조종하고 있는 건가⋯⋯ 웃기는 남자군.'

글라이하이트 황제는 예상보다 더 만만치 않고 교활했다. 가장 성가신 적일지도 모른다.

"히로 공……."

그때, 이름을 부르는 소리에 히로는 현실로 돌아왔다. 눈앞에는 한쪽 무릎을 꿇은 스카아하가 있었다. 그녀는 신묘한 얼굴로 히로에게 시선을 보내왔다.

"나는 지금부터 귀공의 창이 되겠다."

그녀는 『빙제』를 불러내 자루를 양손에 올리고 머리 위로 올렸다.

"나는 귀공을 따르는 창이다. 온갖 적의 심장을 꿰뚫는 창이다. 귀공에게 악의를 보내는 모든 자에게 이 창을 찔러 보이겠다."

신하로서 섬기겠다는 맹세를 최상의 예로 증명했다.

엄숙하게 말한 그녀의 각오를 알아차린 히로는 『천제』를 불러냈다.

"이것은 시작이야. 너의 목적까지는 아직 멀었지. 하지만 반드시 약속을 이행하겠어."

계약, 맹약, 제약— 이를 칭할 단어는 무수히 많으리라.

그러나 이 맹세는 서로의 정령에 의해 맺어졌다.

두 사람이 든 무기가 눈부시게 빛났다.

공기가 무거운 것은 서로의 정령이 상하 관계를 정하기 위해 충돌하고 있기 때문이었다.

"귀공은 내가 바라는 것을 줄 건가?"

"반드시 바라는 걸 주겠어."

"귀공은 나와의 약속을 어기지 않을 건가?"

"반드시 약속을 이행해 보이겠어."

"그렇다면 지금부터 내 모든 것이 귀공의 것이다."

맹약— 그것은 주종의 맹세. 즉, 스카아하의 몸에 저주를 새기는 것이었다.

에필로그

맹약을 끝낸 두 사람은 활활 타는 천막을 바라봤다.

"반드시 원수를 갚을 테니까……."

요란한 소리를 연주하며 불타 무너져 내리는 천막─ 그 광경을 글썽이는 눈동자에 투영하면서 스카아하가 툭 중얼거렸다. 히로는 거기 담긴 깊은 슬픔을 감지했으나 위로의 말을 건넬 생각은 없었다.

말하지 않아도 그녀는 앞으로 계속 나아갈 수 있기 때문이었다. 복수를 이룰 때까지 멈추지 않을 것이다.

하지만 히로는 그 뒷일을 생각하고 있었다.

복수를 이룬 뒤에는 자신의 길을 찾아 걸었으면 좋겠다고…….

'그때까지는 내가 이끌자. 분명 리즈와도 좋은 관계를 구축할 수 있겠지.'

서로가 좋은 자극제가 되어 정령검 5제 소지자로서 서로를 향상시켜 갈 것이다.

"……이걸로 미련은 없어. 지금만큼은 과거와 결별하도록 하지."

불타는 천막을 등지고 스카아하가 말했다.

"그럼 미테 성채로 돌아갈까."

히로가 걷기 시작하자 스카아하가 그 뒤를 조용히 따라왔다.

그녀의 신원은 많은 이들에게 알려져 있었다. 그렇기에 그녀는 후드로 얼굴을 가린 상태였다.

한동안은 불편한 생활을 해야 할 것이다. 미안하지만 스카아하가 참아 줄 수밖에 없었다.

'하지만 그것도 잠시뿐이야.'

앞으로는 밖으로 향해 있던 눈을 안으로 돌리게 될 것이다.

어디서부터 무너뜨려야 할까. 요란하게 움직이면 들킬 우려가 있으니 표면상으로는 조용히 보낼 수밖에 없을 것이다.

그러나 확실하게 숨통을 끊기 위해 서서히 궁지로 몰아 줄 생각이었다.

'우선은 리즈의 회복을……'

그렇게 생각한 순간, 히로는 미테 성채 앞에서 발을 멈췄다.

그립고도 몹시 따뜻한 목소리가 들린 것 같았기 때문이다.

하지만 주변을 둘러봐도 병사들이 작업하고 있는 모습만 보일 뿐이었다. 환청인가 싶어 실망한 히로는 다시 걷기 시작하려다가—.

"하하……! 정말 다행이야."

머리 위를 올려다보니 한동안 보지 못했던 소녀의 모습이 히로의 눈에 날아들었다.

"히―――로―――!"

그토록 바라왔던 아름다운 선율이 바람에 실려 부드럽게 귀를 어루만지고 갔다.

상처가 완치되지도 않았는데 그녀는 위태로운 발걸음으로 성벽에 올라가 있었다.

가끔 얼굴을 찌푸리는 것은 상처가 아프기 때문이리라. 그런데도 리즈는 자신은 무사하다고 히로에게 주장하듯 커다란 동작으로 호소했다.

　　히로는 기가 막혀서 메마른 웃음밖에 안 나왔다. 옆에 있는 스카아하는 깜짝 놀라 눈이 휘둥그레져 있었다.

　　"히————로————!"

　　몇 번이나 자신의 이름을 부르는 붉은 머리 소녀— 그 옆에는 어쩔 줄 모르며 허둥대는 은발 소녀도 있었다.

　　"홋, 과연. 씩씩한 아가씨군."

　　"분명 친해질 수 있을 거야."

　　히로가 그렇게 말하자 스카아하는 힘 있게 고개를 끄덕였다.

　　"알고 있어. 짧은 교제였지만…… 그녀의 심성에는 딱 한 번 닿았으니까."

　　"그래? 그럼 가자. 그녀가 성벽에서 떨어지기 전에 말이야."

　　히로는 들뜨는 마음을 달래면서 가벼운 발걸음으로 고대하던 순간을 맞이했다.

■작가 후기

『신화 전설이 된 영웅의 이세계담 4권』을 구매해 주셔서 감사합니다.

전권부터 읽어 주신 분은 석 달 만입니다.

4권부터 읽어 주신 분은…… 계신가요? 아무리 그래도 역시 없겠지요?

만약 「내가 그렇다」고 하시는 분이 계실 때를 대비해, 뵙게 되어 영광입니다.

독자 입장에서 석 달이라는 기간은 무척 길게 느껴집니다만, 이렇게 집필하게 되니 석 달이라는 기간은 매우 짧게 느껴집니다. 1권이 발매되고 4권까지 1년이 살짝 못 되려나요.

격동의 1년— 정말로 빠르게 지나가 버렸습니다.

마음먹고 이야기하자면 책 한 권은 되지 않을까 합니다.

작년에 있었던 일 중에서 강하게 인상에 남아 있는 건 서점에 제 책이 늘어서 있을 때입니다. 그 뒤로는 다망함에 쫓겨 순식간에 새해를 맞이하게 되었습니다.

올해는 새해가 되자마자 팬레터를 받아서 대단히 행복했습니다.

그리고 파티에 참가하기도 했습니다. 저 같은 사람이 참가해도 될까 고민했으나 지금 생각하면 참가해서 다행이었습니다. 여러 가지로 귀중한 체험을 했습니다.

앞으로도 즐겁게 지낼 수 있다면 더 바랄 것이 없겠지만, 이런저런 일이 일어나는 것이 인생이니 방심하지 않고 살아가려 합니다.

그럼 감사 인사를 드리겠습니다.

미유키 루리아 님, 이번 권도 새 캐릭터를 포함해 등장인물들을 매력적으로 그려 주셔서 정말 감사합니다. 언제나 러프가 오기를 두근거리며 기다리고 있습니다.

담당 편집자 S님, D님. 전권에 이어 이번 권도 정말 폐를 끼쳤습니다. 앞으로도 폐를 끼칠지도 모릅니다만 부디 잘 부탁드립니다.

편집부 여러분, 교정자분, 디자이너분, 본 작품과 연관된 관계자 여러분, 정말 감사합니다. 앞으로도 잘 부탁드립니다.

이번에도 다대한 폐를 끼치게 된 동료들에게는 진심으로 감사하고 있습니다.

그리고 전권부터 읽어 주고 계신 독자님, 여기까지 올 수 있었던 것도 전적으로 여러분 덕분입니다. 진심으로 감사합니다.

앞으로도 더욱 더 멈추지 않는 중2를 발산해 갈 테니 잘 부탁드립니다.

그럼 또 뵐 수 있기를 고대합니다.

타테마츠리

신화 전설이 된 영웅의 이세계담 4

1판 1쇄 발행 2018년 2월 10일
1판 3쇄 발행 2019년 7월 30일

지은이_ Tatematsuri
일러스트_ Ruria Miyuki
옮긴이_ 송재희

발행인_ 신현호
편집국장_ 김은주
편집진행_ 최은진 · 김기준 · 김승신 · 원현선 · 권세라
편집디자인_ 양우연
국제업무_ 정아라 · 전은지
관리 · 영업_ 김민원 · 조인희

펴낸곳_ (주)디앤씨미디어
등록_ 2002년 4월 25일 제20-260호
주소_ 서울시 구로구 디지털로 26길 111 JnK디지털타워 503호
전화_ 02-333-2513(대표)
팩시밀리_ 02-333-2514
이메일_ lnovelpiya@naver.com
L노벨 공식 카페_ http://cafe.naver.com/lnovel11

SHINWA DENSETSU NO EIYU NO ISEKAITAN 4
ⓒ2016 by Tatematsuri
First published in Japan in 2016 by OVERLAP, Inc.
Korean translation rights reserved by D&C MEDIA Co., Ltd.
Under the license from OVERLAP, Inc., Tokyo JAPAN

ISBN 979-11-278-4379-3 04830
ISBN 979-11-278-4025-9 (세트)

값 7,000원

Copyright © 2016 Mugichatarou Nenjuu
Illustrations copyright © 2016 Riichu
SB Creative Corp.

검사를 목표로 입학했는데
마법 적성 9999라고요?! 1권

넨쥬무기챠타로 지음 | 리이츄 일러스트 | 김보미 옮김

『하지만 전 전사학과에서 검객이 되고 싶어요!』
일류 검사를 꿈꾸는 소녀 로라는 불과 아홉 살에 모험가 학교에 합격.
『검사 친구가 많이 생겼으면 좋겠다』는 기대에 부푼다.
그리고 다가온 입학식 날. 로라는 검 적성치 측정에서 경이로운 107점을 기록,
보통의 학생은 50~60이기에 로라는 틀림없이 검 천재다.
그런데 하는 김에 마법 적성치도 측정한 결과…… 무려 『전 속성 9999』!!
전대미문의 압도적 수치에 학교 전체가 들썩. 마법학과로 즉시 전과 결정♪
검객이 되고 싶은 바람과는 반대로 로라는 천재 마법사로 쑥쑥 커가고
순식간에 마법학과의 어느 선생님보다도 강해지는데……
인기 폭발 학원 판타지!!

라이트노벨의 새로운 빛! ㄴ노벨의 신간은 매월 10일에 발매됩니다. http://cafe.naver.com/lnovel11

세이버즈=가든

토모토 스이 지음 | 우미시마 셴본 캐릭터 원안 | 쿠로사와 테츠 일러스트 | 요시무라 마사토 콘셉트 디자인 | 송재희 옮김

검도에 열심인 소년 텐조 키즈나는 어느 날 사범인 조부에게서
선조 대대로 물려 내려왔다는 검 모양의 액세서리를 받는다.
그로부터 며칠 뒤, 머릿속에 자신의 이름을 부르는 목소리가 들리고―.
목소리에 이끌려 도장 뒤편의 거목을 만진 순간,
액세서리가 진동하더니 키즈나의 시야는 화이트아웃.
정신이 들자 그곳은 낯선 이세계의 대지였고,
갑자기 현대에는 존재하지 않을 터인 『마물』에게 습격당한다.
"어째서 그 검을 안 쓰는 거야?"
아무것도 모르는 키즈나를 도운 것은 에바라는 수수께끼의 소녀인데―?!
『아르카디아=가든』으로 이어지는《대지와 정령의 이야기》시동!!

라이트노벨의 새로운 빛! L노벨의 신간은 매월 10일에 발매됩니다. http://cafe.naver.com/lnovel11

흔해빠진 직업으로 세계최강 1~6권

시라코메 료 지음 | 타카야Ki 일러스트 | 김장준 옮김

『왕따』를 당하던 나구모 하지메는 같은 반 아이들과 함께 이세계로 소환된다.
차례차례 사기적인 전투 능력을 발현하는 반 아이들과는 달리
연성사라는 평범한 능력을 손에 넣은 하지메.
이세계에서도 최약인 그는 어떤 반 아이의 악의 탓에
미궁의 나락으로 떨어지고 마는데—?!
탈출 방법을 찾을 수 없는 절망의 늪에서
연성사로 최강에 이르는 길을 발견한 하지메는
흡혈귀 유에와 운명적인 만남을 이루고—.
"내가 유에를, 유에가 나를 지킨다. 그럼 최강이야. 전부 쓰러뜨리고 세계를 뛰어넘자."

나락으로 떨어진 소년과 가장 깊은 곳에 잠들었던 흡혈귀가 펼치는
『최강』 이세계 판타지 개막!

© Hiroaki Nagashima/AlphaPolis Co., Ltd
Illustration Kisuke Ichimaru

잘 가거라 용생, 어서 와라 인생 1~3권

나가시마 히로아키 지음 | 이치마루 키스케 일러스트 | 정금택 옮김

밭일에 힘쓰고 음식을 얻기 위해 동물을 사냥한다.
검소하지만 따뜻한 변경의 생활에 청년 드란은 「삶」의 기쁨을 맛보고 있었다.

그러던 어느 날,
부근의 숲에서 마을을 괴멸시킬지도 모르는 위협과 직면하게 된다.

반인반사(半人半蛇)의 미소녀 라미아, 경국의 미인 검사와 협력!
우리 마을을 지키기 위해, 청년 드란은 용종(竜種)의 마력을 해방시킨다!

**삶에 지친 최강최고(最強最古)의 용이,
변경의 청년으로서 「인생」을 산다!**

라이트노벨의 새로운 빛! L노벨의 신간은 매월 10일에 발매됩니다. http://cafe.naver.com/lnovel11

세븐캐스트의 히키코모리 마술왕 1~2권

미사키 카츠미 지음 | mmu 일러스트 | 송재희 옮김

마술이 개념화하여 물리 법칙을 능가한 신생 마법세계.
이곳 마도에는 마술 결사 「세븐캐스트」가 최강이라는 이름하에 군림하고 있었다—.
"그저 빈둥거리면서 살고 싶어……."
마술학원에 다니는 브란은 마술로 만든 분신에게
출석을 대행시키는 등교거부 학생.
다만 전학생인 왕녀 듀셀하고는 같은 히키코모리 기질 때문인지
묘하게 가까워지고?!
그러나 듀셀의 정체는 전투에 특화된 루브르 왕국의 국가마술사였다—.
"그럴 수가, 나보다 고위 마술사라니."
"상대가 안 좋았네— 내가 「세븐캐스트」의 위자드 로드야."
일곱 새도를 원격 조작으로 사역하여 세계 질서를 뒤엎어라?!

히키코모리야말로 최강—
문외불출 신세기 마술배틀 판타지!!

변변찮은 마술강사와 금기교전 1~9권

히츠지 타로 지음 | 미시마 쿠로네 일러스트 | 최승원 옮김

알자노 제국 마술 학원의 계약직 강사인 글렌 레이더스는 수업 중
자습 → 취침 상습범.
그러다 웬일로 교단에 서나 싶으면 칠판에 교과서를 못으로 고정해놓는 등,
그야말로 학생들도 기가 막혀 하는 변변찮은 강사다.
결국 그런 글렌에게 진심으로 화가 난 학생,
「교사 킬러」로 악명이 자자한 시스티나 피벨이 결투를 신청하지만—
이 해프닝은 글렌이 허무하게 패배하는 안타까운 결말로 막을 내린다.
하지만 학원에 닥친 미증유의 테러 사건에 학생들이 휘말리자,
"내 학생에게 손대지 마!"
비로소 글렌의 본성이 발휘된다!

TV애니메이션 방영 화제작!!